네팔, 그 곳에서
나는 희망을 보았다

기적보다 아름다운 희망심기 프로젝트

네팔, 그 곳에서
나는 희망을 보았다

글·사진 **정재연**

생각나눔

네팔 이야기는 그곳을 완전히 떠난 후에야 제대로 쓰기 시작하였습니다. 나의 이야기를 써야겠다고 생각한 것은 네팔을 가기 전부터였지만, 쉬이 시작하지 못했었습니다. 네팔에서 나를 가장 가까이에서 도와줬던 지인 중 한 분인 씨디 다이가 제가 힘들어할 때에 "재연 씨의 이야기를 책으로 내면 좋을 것 같아요. 글을 쓰다 보면 분명 본인 상처도 치유할 수 있을 거예요."라고, 꼭 나의 이야기를 출판해서 한국사회에 알리기를 바랐습니다. 그때 저는 나를 치유하기 위한 글을 꼭 써야겠다고 생각은 했지만, '네팔에서의 2년'을 마무리 짓는 데에는 거의 5년이 걸렸습니다. 참 게을렀다 싶지만 처음 해본 집필은 정말 어려웠다고 변명을 해봅니다.

네팔에서 돌아온 지 5년이 되어가던 2015년 봄, 네팔에서 불현듯 지진 소식이 들려왔습니다. 언제고 일어날 일이라고 예상은 되었지만, 막상 지진이 일어나자 그 피해는 생각했던 것보다도 엄청났습니다. 내가 걸어 다니던 길이 파괴되고, 내가 감탄하며 보던 왕궁들과 고택들이 무너졌으며, 길에서 수없이 마주쳤을 사람들이 죽어갔습니다. 당시에 내가 네팔을 위해 할 수 있는 일이 너무나도 없다는 것에 속상했고, 지진현장을 볼 때마다 애가 타고 처참히 무너진 그들의 삶을 보면서 많이 울었습니다. 그러다 이렇게 울고만 앉아있을 때가 아니라는 생각이 번쩍 들었습니다. "그동안 지지부진하던 네팔 이야기를 빨리 마무리 지어야 할 때이구나. 꼭 책으로 만들어 네팔을 알리는 것만이 내가 할 수 있는 최선이구나."라고 말입니다. 이 책의 반은 2015년 봄이 오기 전에 썼고, 그 나머지 반은 네팔에 지진이 다녀간 이후부터 그해 말까지 써서 마무리 지었습니다.

제가 이 책을 썼던 건 치유의 과정이었습니다. 네팔에서 제게 도움을 주었던 사람들이 얼마나 많았었는지, 제게 아름다운 추억이 얼마나 많았었는지를 책을 쓰면서야 제대로 느낄 수 있었습니다. 저에게 글쓰기는 외롭고 힘든 작업이기도 했지만, 독자가 될 타인과 미리 소통하고 상처받았던 마음을 좋았던 추억과 사랑받았던 기억으로 달랠 수 있었기에 정말 이기적인 작업이기도 했습니다. 제 기억 속에서도 잊혔을 것만 같았던 일들이 노트북에 손을 얹자 폭풍처럼 쏟아져 나왔습니다. 몇 년이 지나고서도 책을 낼 수 있을까 걱정이 많았는데, 제 기억력이 좋았던 덕분인지 막상 글쓰기를 시작하면 힘들었던 기억도 좋았던 기억도 모두가 생생하게 떠올라서 글로 풀어낼 수 있었습니다. 하지만 행복했던 기억들은 저를 감격에 젖게 해서 글쓰기를 중단시켰고, 힘들었던 기억들은 그때의 감정들이 소용돌이치며 올라와 노트북을 덮게도 했습니다. 그럼에도 네팔에서의 시작과 끝을 다 쓸 수 있었던 것은 아침에 몇 시에 일어났는지까지도 적어두었던 저의 작은 다이어리와 본부에 보고하기 위해 작성했던 현장 보고서와 지역조사 보고서가 있었기 때문입니다.

네팔은 제가 오롯이 혼자 설 수 있게 해준 곳이자, 아이러니하게도 세상에서 나 혼자가 아님을 알 수 있게 해준 곳입니다. 그래서 네팔은 제게 가장 아픈 곳이면서도 가장 따뜻한 마음의 고향입니다. 저를 가장 많이 성장하게 해준 네팔에서 제가 좌절하고 실패한 것은 그만큼 제가 무모하지만 용기 있는 도전을 많이 해봤고, 치열하게 살아봤다는 증거일 것입니다. 20대가 된 뒤로, 물론 네팔에서도 저는 매 순간 최선의 선택을 위해 치열하게 고민했고, 저의 선택에 후회하지 않기 위해서 또 열심히 살았습니다. 그런데 지나고 보니, 제 선택만으로 이어진 것 같았던 제 인생이 결코 그 선택만으로 이루어진 것은 아니라는 것을 알았습니다. 삶은 언제나 저를 예상치 못한 길로 안내하고 기대하지 않은 결과도 낳았지만, 그렇기에 또 늘 기대되고 살아갈 만한 가치가 있는 거…. 그게 저에게는 인생이고 삶이었습니다. 제가 한 선택을 책임지기 위해서 너무 애쓰며 살지 않아도 된다는 것을, 매 순간 최선을 다하되 즐겁게 살아야 한다는 것을 네팔에서 '쌩고생'을 하며 배웠습니다.

마지막으로 이 책을 낼 수 있게 도와주신 도서출판 생각나눔에 먼저 감사의 인사를 전합니다. 그리고 언제나 저를 믿고 응원해주신 모든 분들께도 이 책을 통해 무한한 고마움을 전하고 싶습니다. 제 삶의 뿌리인 부모님과 사랑하는 언니와 동생 석범, 친지분들. 네팔에서 희망을 볼 수 있는 기회를 열어준 지구촌공생회와 이사장 송월주 큰스님. 모자란 제자를 늘 믿어주고 지지해주시는 나의 스승님이신 백경남 교수님, 김영필 선배님과 백사모 선배님들, 나의 영원한 고3 담임 선생님이신 박미혜 수녀님. 나의 오랜 멘토이신 따뜻한 우림 스님. 어려웠던 학창시절 내게 큰 베풂과 용기를 주신 김길성 선생님, 나의 오랜 친구들 혜수, 이정, 민희, 지현, 선희, 유진, 주영, 수민, 명선, 민영, 성미. 구례화가 소소 언니, 네팔에서 함께 고생하며 많은 추억을 나눈 윤희, 내게 네팔의 친정을 만들어주신 아가타 수녀님과 라파엘라 수녀님, 네팔 정착기에 무한 도움과 배려를 주신 양계화 참사님과 이재명 거사님, 김동완 영사님, 네팔에서 외로움을 함께 달래며 힘을 주었던 선미 언니, 선희 언니, 소연 언니, 자영이, 네팔에 도착했을 때 멘붕에 빠지지 않게 도와준 영수 언니와 윤정 언니, 스리 시데솔 학교 공사에 애써주신 서은식 선교사님, 룸비니 학교 건립에 큰 도움을 주신 대성석가사의 법신 스님, 네팔에서 외롭고 힘들 때, 위험할 때 늘 내 곁을 지켜준 네팔베프 미누 센, 네팔에서 프로젝트를 성공시킬 수 있도록 도와준 다와 다이, 씨디 다이와 AHRCDF의 멤버인 아식, 갸누, 벅터 다이, 네팔에서 함께 활동했던 KONAN(네팔 한국 엔지오 모임) 가족들과 코이카 도영아 소장님, 네팔에서 또 다른 세상을 볼 수 있게 해주신 공정무역 그루 이미영 대표님, 네팔에서 내게 친절을 베풀어주고 크고 작은 도움을 준 모든 현지 분들, 한국어로 쓰인 이 책을 읽지는 못할 나의 영원한 미국 가족인 The O'Connell's의 매트, 로리, 카터, 클로이와 캐일라, 모든 분들께 정말 감사드립니다.

차 례

🕊 다르지만 따뜻한 그곳, 네팔을 이해하기

🕊 고요하지만 치열한 그곳, 네팔에서 상상하다

낯선 그곳,
네팔과 만나다

🎈 네팔은 내게 운명이다

"왜 네팔인가?" 이는 내가 네팔에 가려 했을 때나 네팔에 있을 때는 물론, 네팔에서 돌아와서도 가장 많이 받은 질문이다. 많은 사람들은 해외봉사를 나간 이유보다도 내가 왜 네팔까지 갔어야 했는지를 더 궁금해했다. 그런 그들에게… 운명의 이끌림처럼, 알 수 없는 어떤 힘에 끌려 네팔에 갔다고 한다면 너무 문학적인 표현이고 무책임한 발언이라고 할까? 하지만 그것은 사실이었다. 나는 알 수 없는 운명의 힘에 끌려, 네팔까지 갔다.

나는 청소년기를 지나면서 해외봉사에 대한 꿈을 가지게 되었다. 그렇다고 TV에서 멋진 사람이 나와 해외봉사를 하는 모습을 보고 반했다거나, 특별한 계기가 있었던 것은 아니다. 세계 곳곳에서 가난과 분쟁으로 고통 받고 있는 사람들의 모습을 볼 때마다, 나는 눈물을 흘리기보다는 언젠가 저들이 사는 세상 속으로 들어가 도와야겠다는 막연한 생각만을 했을 뿐이다. 그랬지만 대학에 들어가서는 공부한다는 핑계로 해외봉사를 실행에 옮기지 못했다. 내가 02학번이니까, 대학생들의 해외봉사가 조금씩 활기를 띠기 시작할 무렵이었다. 나는 대학교 3학년을 마치고, 미국 보스턴에서 1년간 오페어(Au Pair) 생활을 했었다. 새롭고 무모한 도전에서 나름 성공을 거둔 이후로 나는 어디든 갈 수 있다는 용기와 어떤 일이든 할 수 있다는 자신감을 얻었다. 사실 무엇보다도 세상 어디로든 나가고 싶은 욕구가 솟구쳤다는 게 맞을 것이다. 그래서 나는 복학 후 4학년 여름방학 때 대학생 해외봉사 프로그램에 지원했지만, 경험부족으로 탈락하고 말았다.

기업의 후원을 받아 보름간 캄보디아에서 봉사하는 프로그램이었는데, 각 대학마다 남녀 한 명씩만 뽑았으니 경쟁이 치열하긴 했다. 솔직히 그때 나는 나의 뚜렷한 봉사에 대한 열정과 미국에서 쌍둥이를 돌본 경험으로도 충분히 뽑힐 수 있을 거라고 생각하다가 그만 자신감에 상처를 입고 말았다. 하지만 나는 아마도 더 좋은 기회가 올 거라 생각하면서, 내 힘으로 제대로 봉사할 수 있는 자리를 찾았을 때 봉사하러 가야겠다고 스스로 위로했다.

이른바 단기해외봉사도 한번 나가보지 못했던 내가 네팔이라는 나라에 꼭 가야만 했던 이유는 분명 있었다. 그렇지만 내가 이전부터 네팔에 대해서 지대한 관심을 가지고 있었다거나, 그곳에 대해서 잘 알고 있었다고는 말할 수 없다. 부끄럽게도 나는 네팔에 가기로 결정한 그 날에서야 비로소 네팔이 인도와 티베트 사이에 끼어있는 작은 나라이고, 히말라야의 8,000m 넘는 봉우리가 가장 많은 나라라는 것을 알았다. 잘 알지도 못하던 그 나라에 왜 그토록 가고자 했는지는 네팔에서 온 한 스님과의 만남이 계기가 되었다. 나는 종종 서울 수유리에 있는 화계사에 나갔었는데, 정월 대보름날에 네팔에서 잠시 한국에 들르신 네팔 스님을 뵐 수 있게 되었다. 그분은 스님이셨지만, 네팔에서는 국회의원이고 최고의 국립대학교인 트리부반 대학의 교수도 겸임하고 계신다고 했다. 그 스님께서는 동글동글한 내 얼굴이 친근했던지, 떠나기 하루 전날이었는데도 네팔과 한국에 대해서 나와 많은 이야기를 나누고 싶어 하셨다. 그렇게 대화를 하면서 내가 더 편해지셨는지, 떠나시던 날 아침 네팔 스님께서는 나를 찾아오셨다. 떠나기 전에 주지 스님을 만나 꼭 전하고 싶은 말이 있는데, 내가 통역을 해주면 좋겠다고 하셨다. 그날 네팔 스님이 화계사 주지 스님께 전한 말은 딱 한 마디였다. "우리나라 네팔은 가난한 나라이니, 주지 스님께서 가능하시다면 네팔을 많이 도와주시길 바랍니다." 그 짧은 말을 전하는데 나는 온몸이 찌릿한 전율을 느꼈다. 그 말은 꼭 네팔이 나에게 전하는 말처럼 느껴졌기 때문이다. 그때부터였다. 내가 아프리카도 아닌, 그 어떤 동남아의 빈곤 국가도 아닌 네팔에서 해외봉사를 시작하겠다고 마음먹은 것은 그때 그 한마디로부터 비롯된 것이다. 그러니 네팔은 나에게 '운명처럼 다가온 그대'였다고 밖에는 달리 말할 수가 없다.

🎭 지구촌공생회를 만나다

대학교 4학년 때, 나는 열심히 유학을 준비하고 있었다. 유학을 하게 되면 국제정치학 분야, 특히 국제분쟁과 평화학 쪽으로 공부할 생각이었다. 공부를 마친 이후에는 관련 분야의 국제기구나 현장에서 일을 하고 싶었다. 그런데 장학금 문제로 소위 이름만 들어도 알 만한 대학들의 박사 과정에만 지원을 해서인지 이듬해에 나는 줄줄이 낙방을 하고야 말았다. 유학만을 생각하던 나에게는 절망의 순간이었다. 마지막 학교로부터 불합격 소식을 들었던 5월까지, 혹시나 하는 기대감으로 나는 매일매일 합격편지를 기다리는 피 말리는 시간을 보냈다.

마지막으로 불합격 편지를 받고 나서, 나는 뜨거운 여름이 올 때까지 멍하니 시간만 보내고 있었다. 다시 유학을 준비하려면 대학원 입학시험점수를 올리는 일 외에는 내가 할 수 있는 일이 없다는 것을 나는 잘 알고 있었다. 고민과 좌절의 시간을 보내면서 나는 문득 해외봉사를 떠올렸다. 언젠가는 꼭 하고야 말겠다고 늘 생각만 하던 그 일, 세상 속으로 뛰어들어 사람들 속에서 함께 일하며 사는 일, 그 일을 해야겠다는 생각이 들었다. 정말 더 나이가 들기 전에 내가 해야 할 일은 학교에서 하는 공부가 아닌 해외봉사였다. 나 스스로 생각해봐도, 공부를 마치고 나이가 들면 밑바닥부터 부딪히는 일을 할 기회가 있을까, 아니면 내가 그 일에 용기를 낼 수 있을까 하는 생각이 든 것이다. 인생지사 새옹지마라고, 유학의 실패는 내게 새로운 도전을 할 수 있는 기회를 준 것이다.

해외봉사를 나간 경험은 단 한 번도 없고, 국내에서도 미아동 소재 모 공부방과 약수동의 모 어린이집에서 삼 개월 미만의 봉사를 해본 것이 모두였던 나였기에 정작 해외봉사를 나가려 하니 어떻게 해야 할지 몰라 막막하기만 했다. 인터넷 창을 켜놓고 한국국제협력단 코이카(KOICA)의 사이트부터 살폈다. 하지만 코이카는 전문 봉사 단원을 모집하고 있어서, 정치학과 경제학을 전공한 내가 할 수 있는 일은 없었다. 그래서 나는 월드비전, 굿네이버스와 같은 큰 구호단체부터 알아보았다. 대개는 겨울에 봉사 단원을 뽑아 봄에 파견을 하는 시스템이었기 때문에, 이미 여름이 되어가던 그때는 내가 도전해 볼 기회조차 찾기가 쉽지 않았다. 그러던 중 우연히 지구촌공생회를 알게 되었다. 그때 마침 지구촌공생회에서는 네팔지부의 프로젝트 매니저를 모집하고 있었다. 불과 1년 전, 나는 네팔 스님의 "네팔을 도와주세요."을 들은 이후로 막연하게 네팔에 가야겠다는 생각만 했을 뿐이다. 그런데 네팔에서 일할 사람을 찾는다는 공고를 보고 나는 심장이 뛰기 시작했다. 바로 그때, 언뜻 '이것은 운명'이라는 말이 번개처럼 뇌리를 스쳤다. 소위 말해서, 필(feel) 같은 거 말이다. 내가 그 공고를 발견한 것은 원서마감을 불과 이틀 앞둔 때였기 때문에 나는 급하게 자기소개서와 지원서를 작성해서 보냈다.

원서 마감일에 지구촌공생회 사무국에서 바로 전화가 왔다. 서류전형에 합격했으니, 면접을 보러 삼일 뒤에 서울로 올 수 있느냐는 것이었다. 금요일에 서류 합격하고, 월요일에 면접을 보러 가게 된 것이다. 가족을 포함한 그 누구에게도 말할 틈도 없이 혼자 저질렀던 일인데, 예상보다 훨씬 빨리 일이 진행되어버린 것이다. 하지만 서울에 면접을 보러 가게 되었으니, 이제는 어쩔 수 없이 부모님께 말씀을 드려야 했다. 나는 상기된 얼굴로 부모님께 어쩌면 네팔에 가게 될지도 모르겠다며 말을 꺼냈다. 부모님께서는 순간 너무나도 당황해하시는 기색이 역력했지만, 몇 분 지나지 않아 흔쾌히 면접을 잘 보고 오라고 하셨다. 그렇지만 가난한 나라에서, 그것도 2년씩이나 혼자서 일해야 한다는 사실에 부모님도 그리 마음이 편치는 않은 것 같았다.

사실 지구촌공생회가 어떤 일을 하는 단체인지, 네팔에서 내가 정확히 어떤 일을 하게 될 것인지에 대해서는 면접을 보는 도중에서야 제대로 알게 되었다. 나는 그전까지는 공고문을 통해 2년간 네팔에서 교육 프로젝트를 진행해야 한다는 것밖에는 알지 못하고 있었던 것이다. 국장님, 과장님, 해외사업팀 팀장님, 그렇게 세 분과 대화식 면접을 봤다. 한참 이야기를 하는 도중에야 내가 알게 된 놀라운 사실이 있었다. 네팔은 아직 지구촌공생회가 사업을 시작하지 않은 나라라서, 이번에 가게 될 매니저는 모든 것을 '혼자서', 그리고 '처음부터' 만들어 가야 한다는 것이었다. 그렇지 않아도 긴장해서 얼굴이 홍당무가 되어 있었는데, 나는 그 말을 듣게 되자 정말 얼굴이 터져버릴 만큼 달아올랐다. 정말 하고 싶었던 일이고, 좋은 기회인데… 너무 커진 상황에 겁이 나기까지 했다. 그 막연한 두려움을 견디며 나는 무조건 잘할 수 있다며 자신 있는 모습으로 면접에 임했다. 그 무모한 일에 도전할 사람이 드물었는지, 아니면 정말 내가 가야 할 자리였는지는 몰라도, 나는 서류에서부터 면접까지 일주일 만에 단 한 방에 합격을 했다.

그렇게 번갯불에 콩 구워 먹듯 일사천리로 나의 네팔행은 결정되고 진행되었다. 충분한 마음의 준비를 하기도 전에, 나는 당장 국내 사무국에서 연수를 시작했다. 8월부터 2개월 동안 다양한 일들을 하면서, 나는 마음가짐도 굳게 하며 내가 할 일들에 대해서 감을 잡아나갔다. 그리고 10월 초 라오스 지부를 거쳐, 나는 정말이지 가방 두 개만 달랑 들고 단신으로 네팔로 갔다.

🗿 한국에서 네팔을 공부하다

2008년 8월 초부터 지구촌공생회 서울 사무국에서 나의 사전교육이 시작되었다. 나는 같은 날 입사한 나의 담당 간사님과 미얀마에 파견될 홍 보살님과 함께 기초 교육을 받았다. 교육에 대한 체계가 잡혀가는 과정이던 그 시기에 나를 가르쳐야 할 담당 역시 신입이어서 나는 교육을 받는다기보다는 문서작성법과 사규 등을 함께 배우고 연습하는 시간을 보내야 했다. 의정부에 있는 이모 집에서 지내면서 교육을 받았는데, 출퇴근 시간만 편도 1시간 30분이 걸렸다. 갑자기 결정된 일인 데다 가족들과 함께 보낼 시간이 아쉽다는 생각에, 나는 주말마다 부산에 오고 갔다. 그 덕에 살이 빠지는 효과는 보았지만 네팔에 가기도 전에 지쳐 쓰러질 것 같기도 했고 제대로 준비할 시간이 부족하기도 했다.

담당 간사님은 국제개발 분야의 초보자인 나에게 국제개발 관련 인덱스를 찾아보는 법을 가르쳐 주었고, 나에게 국제개발 분야의 주요 논문이나 기사들을 찾아서 읽고 요약하여 발표하라는 숙제를 내어주곤 했다. 네팔 사업은 처음으로 시작하는 것이라서 사무국에도 네팔 여행을 다녀온 사람만 한두 명 있을 뿐 제대로 그곳을 아는 사람은 없었다. 그래서 네이버 검색란에 '네팔'을 타이핑 하는 것으로부터 나의 네팔 공부가 시작되었다. 네팔의 기본정보들을 검색하여 '네팔'이라는 워드 파일에 저장하였고, 정치나 경제와 같은 심화 기사나 정보를 찾을 때마다 요약하여 그 파일에 추가하였다. 네팔어도 공부해 보려고 책과 사전을 찾아보았으나, 그 당시에는 출간된 책들이 없었다. 그래서 여행 책자에 나온 여행용 단어와 문장들에 인터넷 모 카페에 올라온 네팔어 기초를 더하여 '네팔어 소책자'를 만들어 혼자 읽어 보면서 공부하였다. 현장에서 얼마나 써먹을 수 있을지 의문은 남았지만, 네팔어 한마디도 모르는 채 네팔에 가는 위험만은 피하게 되었다는 생각에 적이 안심이 되었다.

그리고는 코이카와 한국 해외원조단체 협의회의 웹사이트에서 네팔에서 사업을 하는 기관을 찾아, 그 기관들의 홈페이지에서 개괄적으로 한국기관들이 네팔에서 하고 있는 사업들에 대해 공부해나갔다. 그다음에는 '네팔에서 사업하는 기관'이라는 이름으로 워드 파일을 하나 만들고, 그곳에 인터넷에서 구한 정보들을 기록해 두었다. 이후 담당 간사님과 함께 주요 기관들을 하나하나 방문하면서 네팔 사업 국내담당자들을 직접 만났고, 네팔에 대한 정보와 네팔에서 행해지고 있는 사업과 네팔 현장 책임자의 연락처를 받아 '네팔에서 사업하는 기관'에 추가하였다.

지금 생각하면 네팔 출국 전에 준비한 자료와 공부한 부분들은 구체적이지 못했고 실질적인 부분에서 아주 미진했던 것 같다. 해외봉사요원용이라기보다는 여행자를 위한 정보에 더 가까웠다. 이렇게 부족한 사전정보를 가지고, 혼자서 처음 가는 나라에 여행이 아닌 현지봉사를 위해 갔다는 게 얼마나 용감하고 무식한 일이었는가를 생각하면 지금도 새삼 놀라곤 한다.

🎭 라오스 지부에서 현장교육을 받다

한국을 떠나 네팔로 들어가기 전에 나는 잠시 라오스에 들렀다. 지구촌공생회의 지부가 처음으로 설립된 라오스 지부에서 현장실습을 하기 위해 일주일간의 일정으로 라오스에 들른 것이다. 급하게 비행기 표를 끊다보니 라오스 지부가 있는 비엔티엔으로 가는 길은 꽤나 험난했다. 부산에서 인천으로, 인천에서 홍콩으로, 그리고 홍콩에서 방콕으로 옮겨 다닌 후 방콕 수완나폼 공항에서 5시간을 기다려서야 마지막 목적지인 라오스로 향하는 비행기에 몸을 실을 수 있었다.

라오스 지부 현장실습은 처음부터 계획된 일이 아니라, 네팔 파견을 보름 정도 앞두고 갑자기 결정된 사안이었다. 나와 담당 간사는 국내에서 사무국에 앉아 다른 지부들의 사업을 보고 듣는 것만으로는 한계가 있다는 것을 절실하게 느끼고 있었다. 그래서 우리가 네팔 사업이 현장에서 실제로 어떻게 돌아가게 될지를 배우기 위해서는 꼭 해외 지부에 나가 먼저 둘러봐야 한다고 윗분들을 설득한 끝에, 나의 라오스행에 대한 허락이 떨어졌다. 당시 라오스 지부를 가게 된 중요한 이유 중 하나는 라오스 지부의 전통성과 우수성에 더하여, 때마침 그곳에서 '쌈본 화계초등학교' 준공식이 있을 예정이었기 때문이었다.

라오스의 첫인상은 그냥 어둠이었다. 비행기가 연착이 되어 해가 진 후에야 어둑해진 비엔티엔에 내렸고, 라오스 지부 차량을 타고 들어가면서 둘러본 비엔티엔은 보이는 게 거의 없이 비가 내리고 고요한 분위기였다. 나는 그곳이 어딘지도 모르는 채 도착한 라오스 지부의 기숙사에서 여자 활동가 선용 언니의 방에서 짐을 풀었고, 대충 씻은 후에 어떻게 잠이 들었는지도 모르게 잤던 것 같다.

일요일 아침이 되었다. 라오스에서 맞는 첫날, 나는 설레기보다는 모든 것이 궁금하기만 했다. 원래 일요일은 지부 사무실이 쉬는 날이었지만, 일주일 앞으로 다가온 '쌈본 화계초등학교 준공식' 준비로 모든 활동가들과 자원 봉사자들이 출근하였다. 라오스의 유일한 국립대학에서 맑게 보이는 4명의 학생들이 쌈본 화계초등학교에 같이 일하러 가겠다고 지부에 왔다. 나는 순수하면서도 당당한 그들의 모습에서 부러움과 감동을 동시에 느꼈다. 쌈본 화계초등학교에 들어가는 길은 생각보다 오래 걸렸다. 울퉁불퉁한 흙길을 따라 한참 들어가서야 학교가 나타났다. 야생의 비포장도로, 나무로 만든 힘없는 집들, 해어진 옷을 입고 있는 사람들을 보면서 순간 많은 생각을 했던 것 같다. 대부분의 사람들이 느꼈을 그런 감정들, '미안함, 낯섦, 안도감'과 함께 말이다.

그날의 임무는 아이들의 손과 발자국으로 얼룩진 학교 흰 벽을 페인트로 다시 칠하는 일이었다. 벽 전체를 바르려면 비용과 수고가 많이 들기 때문에 창틀 밑으로만 페인트를 칠할 계획이었다. 벽의 면을 구획 짓기 위해서, 창틀 사이에 길게 자른 종이를 붙였다. 준비한 장갑이 모자라 나는 맨손으로 페인트칠을 시작했다. 요령 없이 한 번 만에 페인트를 발랐더니 현지 주민들이 위아래로 여러 번 덧발라야 한다고 몸소 시범을 보여주었다. 아담해 보이던 학교는 막상 페인트칠을 시작하자, 도무지 페인트칠이 끝나지 않을 만큼 길게 느껴졌다. 한 번의 칠이 끝나고, 한두 시간 건조시킨 이후에 2차 도색작업에 들어갔다. 손에도 옷에도 페인트로 뒤범벅이 되었다. 햇볕도 뜨겁고 긴 비행의 피로까지 겹쳐서 많이 피곤했는데도, 여러 사람이 웃으며 함께 작업을 하니 즐겁게 페인트칠을 할 수 있었다.

그때 문득 이런 생각도 들었다. "나는 네팔에서 혼자 일 해야 하는데… 잘 견딜 수 있을까?" 이런 내 마음을 알았던 것일까? 화장실까지 페인트를 다 칠하고 일이 마무리되자, 학교 측에서 교장실에 라오비어를 준비해 놓고 계셨다. 그 유명한 동남아의 맥주 'Lao beer'에 시원한 얼음까지 더해지자 부드러운 맥주 맛은 정말 시원하고 달콤했다. 맥주 파티까지 마치고 돌아오던 길에 보트축제를 한다고 해서 다 함께 그곳에 들렀다. 길거리 음식도 먹고, 시장도 구경하며 라오스의 첫날을 예상치 않게 아주 알차게 즐기며 마무리했다.

　지구촌공생회 라오스 지부는 이른 아침부터 일과를 시작했다. 매일 아침 7시에 지부의 모든 직원이 모여 회의를 하고, 이후 각자의 일정에 따라 일을 하였다. 나의 하루도 바로 아침 회의에 참석하는 일부터 시작되었다. 이후의 일정은 특별한 이벤트가 있는 사업장을 우선적으로 담당 활동가를 따라 방문하여, 업무에 관해 듣고 배우며 때때로 질문을 하는 식으로 진행되었다. 라오스 지부 사무실과 기숙사 건물에는 유치원과 도서관도 함께 있어, 지부에서 유치원을 어떻게 운영해 나가고 있는지도 보고, 도서관에서 이루어지는 프로그램도 보았다. 그중 하루는 도서관에서 사서 교육을 받아 도서관 지킴이 노릇도 하였다. 공생 유치원은 원아들에게 점심도 직접 만들어 제공하였는데, 지부 전 직원도 함께 점심 식사를 하였다. 나는 현지 음식에 적응할 틈도 없이 자연스럽게 현지 음식을 먹게 되었다.

　라오스 지부에서는 다른 지부와는 다르게 자매결연 사업을 소규모로 진행하고 있었고, 나는 담당 활동가를 따라 자매결연 대상 아동의 가정방문도 함께할 수 있었다. 그때 내가 방문해 본 학생은 '쌈본 화계초등학교'의 고학년이어서, 나중에 준공식에서 만나 다시 인사할 기회가 있어 좋았다. 자매결연 대상이니 당연히 그 여학생의 집의 형편은 넉넉하지 못하였다. 집은 나무로 지어진 2층 가옥이었는데, 1층에는 가축들을 키우고 있었고 2층에서 모든 가족이 공간의 구분이 없이 지내고 있었다. 처음 보는 나를 부끄러워하던 여학생의 따뜻한 미소가 지금도 가끔 생각이 난다.

　라오스 지부에서 진행하고 있는 프로젝트의 현장들을 대부분 둘러보고 나서는, 준공식 준비를 담당한 활동가를 따라다니며 준비를 거들면서 준비 과정을 꼼꼼히 수첩에 기록하고 머릿속에 정리하였다. 준공식 날에는 점심 식사와 행사 식순을 학교 측과 협의하는 곳에도 함께 해, 무엇을 중요하게 논의하는지, 지구촌공생회 본부에서 요구하는 부분들은 어떤 것들인지를 잘 새겨들었다. 학교를 오고 가는 길에 비엔티엔에서 제일 유명하다는 쌀국수집에서 진한 국물에 숙주나물과 고수를 비롯한 각종 향신채를 듬뿍 넣은 라지 사이즈의 쌀국수를 남김없이 먹기도 했다. 준공식에 참여하기 위해 한국에서 오실 손님들의 식사를 위해 이틀에 걸쳐 한국식당을 둘러보고, 다른 두 군데 식당에서는 미리 메뉴를 시식해볼 기회도 있었다. 라오스 지부 사람들을 졸졸 따라다니며, 그저 구경하기 바빴던 것 같았지만, 그날의 기억들은 짧게는 몇 달 후에, 길게는 1년 후에 내가 네팔에서 가이드로 거듭나는 일에 엄청난 밑바탕이 되었다.

　준공식 당일 날, 나는 귀빈들이 머물고 있는 호텔로 가서 그곳에서 귀빈들과 함께 밴을 타고 학교로 갔다. 페인트칠을 하던 어수선한 학교는 어느새 축제의 장이 되어 있었다. 뜨거운 햇볕을 가릴 텐트가 운동장 한쪽에 쳐져 있었고, 온 마을의 사람들까지 모여있었다. 학교에서는 학생들의 노래와 전통춤을 볼 수 있는 공연을 준비해 두었고, 신명 나는 무대가 끝나자 맛있는 점심도 제공되었다. 마을의 어르신께서는 학교의 발전과 참석자들의 행운을 비는 의식을 행한 후, 참석자들에게 팔목에 행운의 실을 일일이 묶어 주었다. 나도 슬며시 그들 속에 들어가 두 손 모아 인사하며 행운의 팔찌를 선물 받았다. 나는 모든 것이 낯설기만 하던 그곳에서, 어느새 장소도 사람도 익숙해져 축제를 함께 즐기고 있는 자신이 신기하기도 했다. 그리고 온 마음으로 그날의 기쁨을 함께하니 절로 웃음이 나면서 얼마나 행복했는지 모른다. 준공식이 끝난 후 저녁에는 라오스 지부 활동가들의 회식에 참석해서 그동안의 어려움들과 보람에 대해 함께 나누었다. 준공식 다음 날에는 한국에서 오신 손님들을 위한 시내 관광이 있었고, 나도 그 모든 일정에 함께 하며 비엔티엔의 유명한 관광지들을 볼 수 있었다. 이렇게 나에게 주어진 일주일이 끝나던 날, 떠나기 전날 저녁에 나를 위한 자그마한 파티가 있었다. 비엔티엔에서 외국인들이 가장 좋아한다는 피자집에서 피자와 맥주를 먹으며 감사함과 석별의 정을 나누었다. 라오스에서의 1주일은 짧았지만, 지구촌공생회 소속으로 어떻게 일해야 하는지를 배울 수 있는 알찬 시간이었고 개발도상국에서 활동가로 살아가는 것이 어떠한 것인가를 현장감 있게 익히고 터득할 수 있는 보람찬 시간이었다.

학교 오픈식에서 라오스 전통공연을 보여준 학생들

학교 오픈식 현장

🎭 카트만두에 도착하다

네팔의 수도인 카트만두는 고도 1,350m에 위치한 분지의 도시이다. 그렇다고 비행기에서 내리자마자 높다고 느껴질 정도의 고도는 아니었지만, 공항 활주로에서 잠시 멈춰 360°를 돌아보니 사방이 설산으로 둘러싸여 막연하게나마 이곳이 고원의 분지임을 느낄 수 있었다. 빵빵하게 채운 백팩을 등에 메고 왼쪽 어깨에는 2.5kg짜리 노트북 가방을 걸친 채 기내용 캐리어까지 끌어야 했기 때문에, 나는 비행기에서 제일 마지막에 내려야 했다. 게다가 활주로에 발을 딛자마자 사방을 둘러보면서, 병풍처럼 에두른 설산에 감동하여 사진을 찍느라 제일 마지막에 공항 안으로 들어갔다. 대부분의 사람들이 이미 다 공항 안으로 들어간 뒤, 나는 전기가 들어오지 않아 어둑한 복도를 따라 어렵사리 헷갈리지 않고 비자 받는 곳까지 갈 수 있었다. 내가 똘똘해서였을까? 아니면 공항 안에 표지판이 잘 설치가 되어서였을까? 둘 다 아니었다. 트리부반 국제공항은 너무 작아서 대합실로 들어가는 길이 오직 하나밖에 없었기 때문이었다. 나는 잠시 긴장을 늦추고 혼자 미소를 지었다. 비행기 안에 꽉 차 있던 여행객들은 이미 입국 심사대 앞에 모두 줄을 서 있었다.

　네팔은 공항에서 입국비자를 주는 몇 안 되는 나라 중의 하나다. 나는 이미 한국 네팔 대사관에서 90일 여행 비자를 받았기에 빨리 입국 심사대를 통과할 수 있었다. 나는 여권과 비자에 쾅쾅 도장을 받고, 에스컬레이터를 타고 1층으로 내려왔다. 짐을 찾기 전, 트리부반 공항에서는 자신이 들고 있는 모든 짐들을 다시 검사받아야 했다. 역시나 어설프고 낡아 보이는 벨트에 모든 짐을 올리고 나는 몸만 살짝 빠져나왔다. 여행의 설렘으로 가득 찬 그 사이에서 나는 약간은 상기되고 긴장한 모습으로 내 짐 가방을 기다리고 있었다. 30kg를 훨씬 넘은 예쁜 하드케이스 가방을 발견했지만, 그 가방을 건져내느라 나는 애를 먹어야 했다. 녹이 슨 카트에 가방을 모두 가지런히 싣고, 나는 마지막 검색대를 통과해서 공항 밖으로 나섰다. 네팔에는 단 한 사람의 지인도 없었으므로, 공항 입구에서 나를 기다리는 사람은 나를 픽업해 주기로 한 게스트하우스 운전기사 단 한 사람뿐이었다.

내가 네팔행을 준비하면서 유일하게 정해뒀던 것은 숙소였다. 나는 한국 여행객들 사이에서 유명한 '네팔 짱'이라는 숙소에 예약하면서 픽업도 함께 예약해 두었다. 네팔에서 나를 반겨줄 사람은 없겠지만, 적어도 내 이름이 적힌 플래카드를 든 누군가 공항 앞에 서 있을 것은 분명했다. 공항을 빠져 나오면서 내 심장의 박동수는 점점 빨라지기 시작했다. 전면 유리창 앞으로 수없이 늘어선 네팔 현지인들 속에서 나는 내 이름을 열심히 찾았다. 그렇지만 내 이름은 보이질 않았다. 참으로 '난감했다.' 사람들이 너무 많아서인지 나를 기다리던 기사는 좀 더 멀리 서 있었다. 내 이름이 적힌 플래카드보다도 눈이 먼저 마주쳤던 그 기사와 나는 서로 단번에 알아봤다. 사람의 느낌이라는 건 참으로 신비스러워서, 어떠한 도움이 없이도 그렇게 각자를 알아볼 수가 있다. 나는 웃으면서 그 기사와 인사를 나누었고, 기사는 내 짐을 열심히 끌며 나를 차로 안내했다.

나를 기다리고 있던 차를 보고 나는 또 놀라지 않을 수가 없었다. 20여 년 전, 한국에서 유행하던 소형 봉고차 다마스와 흡사 비슷한 사이즈로 폐차 직전의 낡은 봉고차가 서있었다. 이런 차에 올라타야 한다는 것이 갑자기 서러워져서 절로 눈가에 눈물이 맺혔다. 그런 나를 알아챈 것인지 모르지만, 차에 올라탄 그 순간부터 운전기사는 끝없이 내게 말을 걸어왔다.

공항을 빠져나오면서부터 나의 얼굴에서 미소는 사라졌다. 새로운 세상에 대한 호기심도 설렘도 더 이상 생기지 않았다. 내 눈 앞에 펼쳐지고 있는 처참한 가난, 도무지 정신을 차릴 수 없게 만드는 무질서. 이것이 내가 견뎌내면서 살아내야 할 현실이었다. TV 속의 다큐멘터리에서 보던 그 모습이 진짜 현실임을 실감하면서도, 도무지 이 광경이 현실임을 받아들일 수 없었다.

숙소로 가는 동안 내 눈에 스쳐 간 카트만두의 모습은 너무도 서글펐다.

내 눈가에는 절로 눈물이 고여 왔고 목이 메면서 얼굴이 화끈 달아올랐다. 힘들게 살아가는 네팔사람들을 보면서 마음이 아팠던 것도 사실이다. 하지만 그보다는 그 가난한 도시에 나 홀로 있다는 사실을 도저히 받아들일 수가 없었다. 어쩌다 내가 지금 이곳에 혼자 있게 된 것인지 너무나 두렵고 서러웠다. 순간 나는 정말 막막하기만 했다. 그렇다고 돌아갈 수도 없었고 당장 내일도 보이지 않았다. 그러나 나는 마냥 감상에 젖을 수도, 후회할 수도 없었다. 나는 이미 선택되어 네팔로 왔고, 스스로 꼭 네팔 사람들에게 희망이 되겠노라고 나 자신과 약속을 해버렸기 때문이었다. 숙소로 가는 30여 분 동안 나는 차 안에서 창밖을 보며, 그렇게 울음을 참으며 마음을 굳게 먹고 있었다.

🗣 나는 네팔에서 이렇게 시작했다

카트만두에 도착하자마자 처음 한 일은 한국과의 빠른 연락을 위해 핸드폰을 개통하는 것이었다. 그 다음의 일은 안전한 집으로의 이사, 은행계좌 만들기, 우체국에 사서함 만들기 등등. 두 달간 이렇게 소소한 기본 틀을 다진 이후로 나는 본격적으로 네팔을 이해하고 알기 위해서 많은 사람들을 만나고, 기관들을 방문하고, 개인적으로 책과 다양한 자료들을 구해서 공부하기 시작했다.

네팔 이해하기는 네팔어 공부로 시작했다. 11월 중순부터 나는 네팔어 개인교습을 시작했다. 나의 네팔어 선생님은 미누(Meenu)라는 싱글 여자였는데, 나보다 세 살 정도가 많아서 대화도 잘 통하고 편해서 점차 친해졌다. 네팔어는 출국 전에 사전교육 기간 동안 어렵사리 구한 한 권의 책으로 독학해 본 것이 전부여서, 처음에는 많이 생소하고 이해가 잘 안 가서 헤매기 일쑤였다. 그럼에도 우리나라 말과 주어-조사-목적어-동사로 끝나는 큰 틀에서의 문법적 어순이 비슷해서 생각보다는 빨리 습득할 수 있었다. 게다가 '필요가 배움의 선생'이라는 말처럼, 내가 당장에 필요하다 보니 시장 용어부터 습득했던 것 같다. 처음 한 달은 거의 매일 아침마다 수업에 나갔었다. 그런데 두 번째 달부터는 일도 많이 생기고 몸도 자주 아파 빠지는 날이 많아지면서 수업 횟수를 일주일에 세 번으로 줄였다. 그리고 또다시 매주 두 번으로 줄이다 삼 개월 만에 네팔어 수업 듣는 것을 끝냈다. 단체에서 네팔어 수업비를 지원하는 것이 더 이상은 어렵다고 하고, 스스로도 네팔어 기본은 터득한 것 같았다.

새로운 세상을 안다는 것. 살다 보면 자연스레 이 새로운 세상을 이해하고 배워나가겠지만, 나에게는 그만큼의 여유로움이 주어지지 않았다. 3개월 안에 프로젝트 대상 후보지를 뽑아서 보내달라는 단체의 요구가 있었기에 네팔 이해하기 속성법을 강구해야만 했다. 나는 한국에서 사전에 충분히 공부를 못했고 단체에서도 사전 지역조사조차 전혀 없었다. 그렇다. 나는 '맨땅에 헤딩'해야 했다.

나름의 고심 끝에 찾아낸 방법은 네팔에 거주하고 있는 한국 사람을 만나는 것이었다. 모두가 환영이었지만, 우선 네팔에서 국제개발과 관련된 일을 하고 있는 엔지오 관계자분들, 선교사님들, 수녀님들, 대사관과 코이카 담당자분들을 만났다. 우선 내가 가진 아주 작은 인맥을 동원해서, 쉽게 만날 수 있는 분들부터 만났고, 그분들은 다시 내게 도움을 주실 수 있는 분들을 소개시켜 주셨다. 당시 겨우 26살의 여자가 그것도 혼자서 네팔에 일하겠다고 온 것에 모두들 놀라시며, 염려도 많이 해주셨고, 적극적으로 조언도 해주시면서 실질적인 도움을 주셨다.

11월 10일. 가장 먼저 방문했던 기관은 '굿네이버스'였다. 내가 한글학교 교사로 있었을 때, 당시의 교장 선생님이 굿네이버스의 정도용 지부장님이셨기에 가장 먼저 쉽게 이 기관을 방문해 볼 수 있었다. 굿네이버스 네팔지부는 로컬 엔지오가 설립되어 있으면서 협력체제로 운영되고 있었고, 지부 사무실도 체계가 잘 잡힌 듯 보였다. 정도용 지부장님이 갑작스러운 스케줄로 자리를 비우셔서, 현지 매니저의 안내로 굿네이버스의 사업과 운영방식들에 대해서 들을 수 있었다.

11월 11일. 나는 기아대책에서 설립하고 운영하고 있는 'Ever Vision School'에 방문하였다. 여기는 같이 한글학교 교사를 했던 옥경이라는 기아대책 봉사 단원이 활동하고 있는 학교여서, 그 동생을 통해서 학교 방문 약속을 잡을 수 있었다. 나는 옥경이의 출근길에 동행하여 편하게 학교를 찾아갔다. 미술수업을 하던 옥경이의 수업도 참관해볼 수 있었고, 옥경이와 함께 학교에서 점심도 먹었다. 학교를 총괄 관리하시던 문 선교사님을 만나, 학교 설립과정과 현재 운영되고 있는 상황에 대해서 간략하게 들었다. 그리고 내가 어떠한 방향으로 프로젝트를 만들어 나가야 할지에 대한 현실적인 조언들까지 덤으로 들을 수 있었다. 감사한 말씀이었지만, 현실적인 얘기들을 듣다 보니 이 상황을 어떻게 헤쳐나가야 하나라는 생각에 마음이 더욱 무거워졌다.

11월 14일. 코피온 네팔 센터를 방문했다. 코피온의 연락처를 구하는 게 어려워서, 주스를 사 들고 무작정 방문했다. 코피온 센터는 풀촉 사거리에서 가까운 곳에 위치해 있었다. 그리고 뚝뚝이를 타고 지나가거나 걸어 다니면서 자주 지나치던 곳이라 찾아가기가 쉬웠기 때문에 무작정 그냥 가봤다. 다행히 두 명의 간사가 있었고, 간단하게 얘기도 나눌 수 있었다. 하지만 센터장님이 휴가 중이라며 재방문을 하는 게 좋겠다 하여 연락처를 주고받으며 재방문을 약속했다.

11월 17일~18일. 처음으로 카트만두를 벗어나 고르카와 다딩이라는 지역을 방문했다. 수녀님들이 일하시는 곳이어서 타 기관 사업지 탐방과 함께 간단한 지역조사를 곁들일 수도 있었다. 한국인 수녀님 두 분이 데이케어 센터(한국의 어린이집과 유사함)와 보건소를 지으면서 의료봉사를 하는 곳은 다딩이었으며, 헌 옷을 나누어 주기 위하여 수녀님들이 고르카에 처음으로 방문하던 길에 내가 동행한 것이었다. 낡은 지프차를 타고, 덜컹거리며 산과 물을 건너 도착한 고르카에서 방문할 마을은 차에서 내려서 두 시간은 족히 걸어가야 하는 곳이었다. 나는 수녀님과 이야기를 나누면서 주변을 구경하며 걸었다. 마을에 도착해서 수녀님과 나는 그야말로 환대를 받으며 옷을 나누어 주고 점심을 먹은 뒤 왔던 그 길로 다시 돌아갔다. 그날 저녁은 다딩 마을에서 잘 예정이었으므로 고르카에서는 그리 오래 머물지 못했다. 우리는 오고 가는 길에 있던 학교들을 둘러보고 그 학교 선생님들과도 짧게나마 대화를 나누었다. 해가 다 지고서야 다딩 마을에 도착했는데 산꼭대기에 멋진 숙소가 있었다. 그 마을 출신의 사람이 개인 투자로 만든 리조트였다. 인조 불빛이라고는 하나도 없는 그 하늘에서 은하수를 보면서, 낯선 침대에서 피곤했는데도 잠을 설쳤다. 그리고 다음 날, 아침부터 수녀님

한국에서 온 헌옷을 나르는 현지사람들

고르카 산골에서 헌옷 나눠주는 모습

의 안내로 그 지역 학교들을 둘러보고 수녀님들께서 일하시는 장소도 방문했다. 체계적인 면에서는 많이 부족한 지역조사였지만, 혼자서는 가기 어려운 산간지역을 직접 방문하고 그 지역의 교육환경을 살펴봤다는 데 의미가 있었다.

11월 20일. 오전에 대사관 안에 있던 코이카 네팔 사무소를 방문하였다. 코이카 소장님을 만나 우리 단체와 나에 대한 소개를 하고 도움을 요청했다. 그런데 소장님께서는 네팔의 경우 대부분의 단체들이 교육사업을 하고 있다면서 안타까워하셨다. 그리고 정작 카트만두에서는 물 문제가 심각하다고 하시면서, 교육사업 외에 다양한 사업도 할 수 있으면 좋겠다는 의견을 주셨다. 그 날 오후 대사관에서 돌아오는 길에 코피온을 재방문해서 마침내 센터장님을 만날 수 있었다. 중년의 남자를 예상했지만, 센터장님은 갓 서른이 된 여자분이었다. 처음에 좀 당황하긴 했지만 오히려 편하게 대화를 나눌 수 있었다. 센터장님은 따뜻하게 원두커피도 직접 내려주면서 진심 어린 표정으로 나를 걱정해 주었다. 지난번 방문 때보다 좀 더 심도 있게 코피온이 진행하고 있는 센터 프로그램들에 대해서 들을 수 있었고, 친분도 좀 쌓인 듯하여 앞으로 좋은 관계가 될 수 있을 것 같았다. 그런데 정말로 그 센터장님은 나중에 나에게 좋은 언니이자 고향 선배가 되어 주었다.

11월 21일. 한국 도선사의 지원으로 세웠다는 '선혜학교'를 방문하였다. 카트만두 대학교 부설 비쇼바샤 캠퍼스 한국어과의 데브라는 학생이 선혜학교가 시작할 때부터 봉사를 해와서 선혜학교의 위치와 사정을 잘 알고 있었다. 나는 한국어 교사이자 내 친구인 윤희의 소개로 데브라는 학생과 함께 그 학교를 방문할 수 있었다. 도선사는 학교 설립 시에만 방문하였고 그 이후로는 '서비스포피스' 네팔사무소가 학교를 운영하면서 도선사에서는 운영금만 지원해주고 있었다. 불교계에서 진행했던 사업의 현주소를 제대로 볼 수 있었고, 사업을 장기적으로 어떻게 계획을 세워나가야 할지에 대한 숙제를 받아온 날이기도 했다.

11월 24일, 25일. '히말라야 도서관'이라는 책으로 유명해진 '룸투리드(Room to Read)'에 방문하였는데, 24일에는 약속한 담당자가 자리를 비워 두 시간이 넘도록 기다리다 그냥 돌아왔고, 25일에 재방문했다. 룸투리드는 책을 통해서 익히 알고 있던 터라 개인적으로나 사업적으로나 꼭 방문해보고 싶었다.

룸투리드의 방문은 이렇게 이루어졌다. 기관의 홈페이지를 찾아서, 대표 이메일 주소로 메일을 보냈고 메일로 방문해도 좋다는 답을 받았다. 나는 메일을 받자마자 룸투리드로 달려갔다. Raju(라주)와 Govinda(고빈다)라는 매니저 두 사람을 만나서, 룸투리드 오피스를 살펴보고 사업에 대해서도 안내를 받았다. 아울러 카트만두 근교 지역에서 도움이 필요한 학교와 지역의 정보까지 그분들을 통해서 받을 수 있었고, 앞으로 도움이 필요하다면 언제나 협력을 해주겠다는 긍정적인 약속까지 받았다. 그 이후 룸투리드의 소개로 12월에는 카트만두 외곽의 공립학교를 서너 군데 방문할 수 있었고, 12월의 포카라 방문 시에는 룸투리드 포카라 사무소 매니저를 소개해주어 포카라 사업지도 방문할 기회를 얻을 수 있었다. 책 속에서 보았던 도서관을 직접 보면서 실망을 하기도 했지만, 나는 룸투리드의 스태프들의 따뜻한 마음과 실질적인 도움에서 그 기관의 힘과 히말라야의 희망을 엿볼 수 있었다.

모든 지역조사와 기관방문은 보고서의 형식으로 작성되어, 모두 서울 본

부에 실시간으로 전송되었다. 보고서를 작성하는 것이 처음이다 보니 서툴
러서 보고서를 작성할 때마다 내용과 양식이 업데이트되었다. 당장에 손에
잡히는 결과물은 없었지만, 네팔에 그리고 나의 프로젝트에 한걸음 가까워
진 11월이었다.

🖋 '희망심기 프로젝트' 가 탄생하다

네팔에서 나에게 주어진 대표 미션은 학교를 하나 짓는 것이었다. 1억이라는 예산만 정해져 있었을 뿐, '어디에, 어떤 규모로, 어떻게' 지을지에 대한 계획은 그 어떤 것도 정해져 있지 않았다. 그래서 이 모든 물음에 답해 보는 것에서부터 나의 미션을 시작했다. 마치 흰 도화지에 그림을 그리는 것처럼, 나는 빈 종이 위에 구도를 잡고, 스케치를 하고, 색칠을 하고, 다시 구도를 바꿔 보기도 하고, 덧칠도 하는 이 모든 과정을 혼자서 구상하고 구체화하는 과정이었다. 네팔에서 내가 매일 보고 들은 것들과 매일 만나는 사람들을 통해서 배우고 느낀 것들을 바탕으로 그림을 그려나가야 했다. 그래서 나는 매일매일 생각했다. 아침에 눈을 뜨면 '오늘은 누구를 만나러 가야 할까?', '무엇을 보러 가야 할까?'에 대해 고민했고, 변화무쌍한 일상을 마무리하고 잠자리에 들기 전 침대 위에 누워서는 오늘의 만남과 배움에서 도움이 될만한 것들은 무엇이었는지를 곱씹어 보면서, 내일 아침엔 또 어디로 나가서 프로젝트에 도움이 되는 일을 찾아낼지를 생각하다 잠이 들곤 했다. 정전으로 깜깜해진 밤은 처음에는 나를 막막하게 만들었지만, 익숙해진 어둠은 오히려 빛조차도 방해하지 않는 공간과 시간을 만들어주어 내 생각의 깊이를 더해주었다. 답답하고 막막하기만 하던 하루하루가 채워지면서 점차 프로젝트의 방향을 잡아나갔다. 1년 가까이 진행된 지역조사의 결과로 프로젝트 대상지도 선정이 되었고, 그동안 축적된 인맥과 정보들로 네팔 도착 1년 만에 마침내 프로젝트를 시작할 수 있었다.

프로젝트가 마무리가 되어 가던 때까지도 나의 프로젝트는 그냥 학교 짓기 프로젝트라고 불렸을 뿐, 프로젝트 나름의 이름을 가지고 있지 않았다. 학교 짓기 프로젝트에 이름을 붙여준 건 이 첫 프로젝트가 마무리될 즈음이었다. 굿네이버스 네팔 지부장님이 어느 날 프로젝트명이 무엇인지 물어보셨는데, 나는 그 순간 당황하면서 그런 것은 없다고 했었다. 그러자 지부장님은 왜 프로젝트의 기본이자 시작이 될 프로젝트명이 없는지를 의아해하시면서 나에게 프로젝트가 마무리되기 전에 프로젝트의 시작과 끝을 아우를 수 있는 이름을 하나 찾아보라고 했다. 그때부터 몇 날을 고민한 끝에 너무나도 뻔하고 흔한 희망이라는 단어를 넣어 '희망심기 프로젝트'라고 작명했다.

처음 네팔에 갈 때에는 가슴 한가득 희망을 품고 갔었고, 네팔에서 일하는 동안에는 늘 네팔 아이들에게 희망을 주고 싶다는 소망을 가지고 있었다. 그리고 일을 하면서는 어느덧 히말라야의 순수한 아이들로부터 희망을 배우고 있었다. 불확실한 미래와 성취 여부를 알 수 없는 막연한 꿈을 뛰어넘어, 그 모든 두려움을 덮어버릴 수 있는 희망이야말로 히말라야처럼 높고 깨끗하게 빛나는 우리 본연의 마음이라는 생각을 했다. 그래서 그 희망을 나 자신의 마음과 네팔 아이들의 마음에 더 깊게 새겨주고 싶다는 뜻에서 나의 네팔 프로젝트명은 '희망심기 프로젝트'가 되었다.

익숙해진 그곳,
네팔에서 일하다

희망심기 프로젝트 I
- 학교 방문을 위한 1차 지역조사

　　나의 'Field Trip(지역조사)'은 '학교건립'이라는 프로젝트를 준비하기 위한 기초과정으로 공립학교 방문을 중심으로 이루어졌다. 지역을 먼저 선정하기보다는 여러 경로를 통해 추천받은 학교를 중심으로, 학교가 있는 지역 방문을 함께하였다. 해당 지역에 대해서는 사전에 가능한 한 모든 정보력을 동원하여 기본정보들을 수집하고, 학교 방문 시 주변 지역을 돌면서 부족한 정보들을 채우고 기록하였다. 나에게는 현장방문키트가 있었는데, 베이지색 벙거지 모자와 기자 수첩처럼 손바닥만 한 수첩과 삼색 볼펜, 라이카 렌즈를 장착한 카메라였다. 그리고 이 키트를 넣었던 파란색 등산배낭은 늘 나와 현장에서 함께하였다. 나는 수첩에 학교와 주변 동네에서 알아봐야 할 사항들을 미리 적어두어, 빠트림 없이 조사하고 질문을 할 수 있도록 준비를 하였다. 또한, 현장을 돌면서 눈으로 보는 정보는 카메라에 담고 귀로 들은 정보와 떠오르는 생각들은 수첩에 적었다. 최대한 많은 정보를 남겨두어야 나중에 보고서를 작성할 때 도움이 될 것이라는 생각에서, 나만의 방식으로 수첩과 카메라에 정보들을 마구마구 구겨 넣었다.

학교는 세 경로를 통하여 추천받았는데 우선 네팔 현지인들, 국제개발 엔지오인 룸투리드를 통해 소개받은 학교 선생님, 그리고 교육부와 교육청 공무원들을 통해 카트만두 시내와 근교의 학교들을 소개받았다. 그리고 나는 소개해준 그들과 함께 학교들을 방문하였다. 조사지역을 카트만두와 그 근교로 한정한 것은 본부에서 첫 번째 프로젝트를 수도인 카트만두나 그곳에서 멀지 않은 지역에서 시작하기를 원했기 때문이었다. 모든 학교 방문은 '학교 방문보고서'의 형식으로 정리하여 서울 사무국에 보고하였다. 단, 학교 방문을 마친 이후에 학교와 지역들을 비교 분석하고 나의 생각도 함께 정리해서 종합적 의견을 제시하기 위해 1차 학교 방문 지역조사를 마치는 동시에 보고서를 작성하였다. 또한, 네팔에서는 일을 서두르다가 쉽게 그르칠 수 있었으므로, 지역조사 중에도 수시로 현지에서 활동 중인 한국인들로부터도 다양한 의견을 들으러 다녔고 현지 교육공무원들과도 지속적인 관계를 유지하면서 조언을 구했다. 처음에는 있는 그대로 네팔의 교육환경을 전달하는 것이 중요하다고 생각하였지만, 점차 학교를 방문하는 횟수가 늘어나고 더 많은 보고서를 작성하게 되면서 보고서의 역할이 중요함을 깨닫게 되었다. 단순한 사실 전달을 넘어서 교육현장에 대한 나의 생각과 정해지지 않았던 프로젝트의 방향을 정하고 설득해 가는 과정이 보고서라는 것을 알고, 우리 단체가 지원해야 할 부분과 그 이후에 기대되는 효과, 그리고 다른 학교들과의 비교를 통해 얼마나 도움이 필요한가에 대해서 의견을 제시하고자 하였다.

주요 세 경로를 통한 1차 학교 방문 지역조사는 아래와 같이 진행되었고, 세세한 사항들은 실제 학교 방문보고서에 잘 기록되었다. 1차 지역조사를 마무리 짓고, 모든 학교 방문보고서를 서울로 발송한 이후 사무국에서는 3달 뒤인 5월에 현장방문을 추진하였다. 현장방문의 목적은 방문보고서에서

관심을 끄는 주요 대상학교들을 직접 방문한 후 프로젝트 대상지를 선택하기 위함이었다. 1차 지역조사를 마감하고 한국에서 현장방문단이 올 때까지 약 3개월간 나는 현장방문을 준비하고, 프로젝트 진행을 준비하기 위해 여전히 여러 사람들과 기관들을 찾아다니며 이야기를 듣고 의논하면서 다양한 프로젝트의 방향들에 대해서 검토하였다.

1. 네팔 지인의 소개

11월 17일~18일 : 고르카와 다딩의 산간마을

고르카와 다딩은 네팔에서 정착하던 시기에 수녀님 두 분께서 지방으로 봉사하러 나가시는 길에 동행하면서 방문한 지역이다. 고르카 지역은 본격적으로 지원할 대상의 학교를 찾으러 갔다기보다는, 다딩으로 가는 도중에 들렀던 곳으로 이는 현지의 여건과 학교의 수준을 살펴보기 위함이었다.

다딩의 날랑 마을에는 초등학교까지만 운영하는 작은 공립학교 두 곳과 유치부부터 12학년까지 운영하는 '스리 시데숄 공립학교(Shree Siddheswor Higher Secondary School)'가 있었다. 산간마을에 있는 학교치고는 규모가 상당했다. 유치부부터 12학년까지 900여 명의 학생들이 다니고 있었다. 열 개의 교실이 있긴 했지만, 학생 규모에 비해서는 턱없이 부족해서 저학년은 합반을 하고 있었다. 교육청의 지원을 받아 고학년을 위한 새 교실을 짓고 있긴 했으나, 그 새 교실을 제외하고는 쓸 만한 교실이 없었다. 흙과 돌로 지어진 학교 건물은 곧 무너져 내릴 것처럼 보였고, 빛이 잘 들어오지 않아 대낮인데도 어두워 이런 곳에서 어떻게 공부할 수 있나 하는 생각이 들 정도였다. 화장실이 있긴 했지만, 물도 나오지 않는 데다 제때 청소도 하지 않아 학생들이 사용하기에는 매우 불편해 보였다. 가장 큰 문제는 학교 부지가 평지가 아니다 보니, 운동장이 4층으로 되어 있었고 건물도 거기에 맞춰 계단식으로 지어져 있다는 것이었다. 그로 인해 학생들이 활동하기 불편할 뿐 아니라 안전장치도 없어, 운동장에서는 언제나 추락의 위험이 도사리고 있었다.

외진 산골 마을에 있는 이 학교에는 교과서가 제대로 공급이 되지 못해 부족할 뿐 아니라, 그 외의 거의 모든 교육기자재가 부족한 상황이었다. 스리 시데솔 공립학교는 짧은 시간이었지만, 내가 카트만두에서 보던 학교와는 사정이 많이 다르게 보였다. 모든 면에서 카트만두에서 보던 학교에 비해 열악했지만, 그곳에서 만난 학생들과 선생님들은 그 누구보다도 배움에 대한 열의가 강해 보였다. 서울 본부에서는 카트만두 근교에서 첫 프로젝트를 시작하기를 원했으므로, 이 학교를 지원할 가능성은 무척 낮았지만 내게는 마음 깊은 곳에서부터 울림을 주는 학교였다.

12월 15일~16일 : 카트만두 시내 팔크나졸(Parknajol) 지역

네팔에서 우연히 알게 된 현지 지인 P씨가 학교 두 곳을 소개해주었는데, 그중 하나가 카트만두 중심인 타멜 거리 뒤편에 있는 '네팔 유박 공립학교(Nepal Yubak Secondary School)'였다. 역사가 오래된 공립학교인 '네팔 유박 공립학교는 650명이 넘는 학생들이 다니고 있는 규모가 제법 큰 학교였다. 나는 P씨와 함께 12월 15일에 처음 방문하였으나, 시험 기간이어서 교감 선생님하고만 만날 수 있었다. 교감 선생님을 통해서 학교의 전반적인 상황에 대해서는 들을 수 있었지만, 보다 구체적인 정보들이 필요해서 별도로 자료를 요청했다. 다음 날 오전, 나는 다시 '네팔 유박 공립학교'를 방문하여 전날 교감 선생님한테 부탁한 자료집도 받을 수 있었고, 학교 학생들의 모습도 보고 여러 선생님들도 함께 만나 이야기도 나누었다.

12월 19일, 01월 06일 : 다찌(Daa:chhi) 지역과 사쿠(Saa:Khu) 지역

나의 네팔어 선생님이자 친구인 미누와 함께 다찌 지역과 카트만두 동북쪽에 있는 사쿠 지역을 방문하였다. 다른 학교 방문 방식과 다르게, 이번에는 카트만두 근교에서 어렵게 사는 동네를 우선 찾아가 주변 학교들을 둘러보는 방법을 택했다. 이미 운영되고 있는 공립학교지만, 완전한 신축이 필요한 학교들이 있는지를 탐문 수사하듯 찾아다녔다. 나는 미누의 스쿠터 뒷자리에 올라타, 먼저 다찌 지역과 사쿠 지역을 돌면서 사람들에게 주변에서 가장 열악한 공립학교가 있는지와 어디에 그런 학교가 있는지를 물으면서 학교들을 찾아냈다. 우선 12월 19일에는 다찌 지역에서 '찬란따르 초등학교(Chanlantar Low Secondary School)'를 찾아 방문조사를 하였다. 이곳은 1학년부터 8학년까지 백여 명의 학생이 다니는 아주 가난한 학교였다. 보름 이후 다찌에서 좀 더 스쿠터를 타고 들어가 사쿠 지역을 방문하여

'스리 자야왈리 프라타미르 비디얄라 유치원(Shree Jayawali Prathamir Bidhyaalaya Pre-school)'을 찾았다. 이 학교는 유치부만 있는 공립학교로 70여 명만 다니는 소규모의 작은 공립 유치원 같은 곳이었다.

2. Room to Read 소개

룸투리드의 매니저는 도움을 주겠다는 약속을 지켜주었는데, 카트만두 근교에서 도움이 필요한 학교의 선생님을 직접 소개해주었다. 그 선생님은 '스리 수리요다야 발 비카쉬 초등학교(Shree Suryodaya Bal Vikash Primary School)'의 라주(Raju Kumar) 선생님이었다. 나는 선생님과 전화로 약속 시간과 장소를 잡았고, 12월 11일 오전에 '파탄 더르바르 광장' 앞에서 만나 선생님의 오토바이를 함께 타고 학교로 출발했다. 파탄의 좁은 골목길을 지나기를 이십 여분, 아직 포장되지 않은 조용한 시골길을 40

여 분 달려서야 학교에 도착했다. 해당 학교는 나의 예상과는 달리, 이미 룸투리드의 도움으로 건물의 일부가 보수되어 있었고 도서관도 있었다. 게다가 나는 조용히 학교만 둘러볼 생각이었는데, 학교 측에서는 일을 크게 벌여 놓았다. 들어가는 교실마다 학생들이 꽃목걸이를 만들어 걸어 주었고, 단체로 인사말도 준비하였으며, 마지막엔 단체 사진까지 촬영하였다. 고사리손으로 직접 만든 꽃목걸이는 정말 감사했고, 목이 꺾어질 만큼 많은 꽃목걸이를 걸고 어린 학생들에게 환대를 받는 일이 처음이라 낯설기도 하고 감격스럽기도 했다.

하지만 나는 이내 화가 났다. 단지 학교의 사정을 알아보기 위해 방문한 학교에서 수업에 방해가 될 만큼 준비한 일들이 이해가 되지 않았고, 어떻게든 도움을 받기 위해 학생들까지 동원한 선생님들에게 왜 번거롭게 일을 벌였냐고 싫은 소리를 하기도 했다. 어느 순간 그 자리가 얼마나 부담스럽고 불편해졌는지 모른다. 하지만 돌이켜보면 환영식을 준비한 선생님의 마음도 꽃목걸이를 준비한 어린 학생들의 마음도 모두 순수한 정성이었을 텐데, 당시에는 내가 너무나도 부족해서 그 마음을 온전히 감사하게 받아들이지 못했던 것 같다.

3. 교육부와 교육청 추천

12월 30일 : 랄리트푸르 주(Lalitpur District) 내 날루(Nallu)와 렐레(Lele) 지역의 학교를 방문.

교육청 방문 시에 적극적으로 나를 응대해줬던 우답 네팔 팀장님이 카트만두 외곽지역인 랄리트푸르 주에 방문할 만한 학교를 찾았다며 연락을 주셨다. 날루와 렐레 지역은 벽돌공장이 많은 곳으로 천민 계층이나 낮은 카스트 계층의 사람들이 일용직으로 생계를 유지하며 사는 마을들이 밀집한 곳이기도 했다. 그래서 이 지역에서는 열악한 공립학교와 불우한 어린 학생들이 당연히 많은 곳이라 예상할 수 있었다. 학교로 가는 길목에서 돌을 캐는 공장들과 그 돌을 가공하여 벽돌로 만드는 공장들을 계속하여 스치면서 나의 예상이 맞았음을 실감할 수 있었다.

우리가 약속한 날, 우답 팀장님은 랄리트푸르 주 교육청 소속 공무원 한 명도 불러내었다. 우답 팀장님은 방문할 지역의 전문가이자 자신의 오래된 동료라고 소개해주었다. 그 공무원은 아주 열악한 학교를 보여주기 위해 차로는 접근하기 어려운 학교들을 소개해주었다. 덕분에 나는 우답 팀장님의 오토바이를 얻어 탄 채로 계속 장소 이동을 했고, 오토바이가 들어갈 길이 없는 곳에서는 삼십여 분을 걸어 들어가기도 했다. 내가 사전에 우답 팀장님께 차로 접근이 가능한 학교이면 좋겠다고 부탁을 했지만, 공무원 두 사람 사이의 의사소통이 잘되지 않았던 탓인지 그 공무원은 접근성이 어려운 학교와 이미 다른 단체로부터 여러 지원을 받았던 학교를 보여주었다. 정말 종일 흙먼지를 뒤집어쓰고 다녔지만, 보람이 없는 다소 실망스러운 지역조사가 되어버렸다. 하지만 이날 스스로 크게 얻은 것이 있었다. 무조건 열악한 학교를 찾아서 모든 건물을 부수고 신축을 하는 것만이 최선인가에 대하여 처음으로 의문을 가지게 되었던 날이기도 했다. 아무리 새 건물을 지어주고 최신 설비를 제공해준다고 하더라도 그것이 제대로 관리가 되지 않는다면 수년이 지나지 않아 결국엔 이전의 상황으로 돌아갈 수도 있다는 것을 이 지역 학교들을 통해 보았기 때문이다.

01월 08일 : 렐레 (Lele) 지역에 있는 '스리 사라소티 공립학교(Shree Saraswoti Higher Secondary School)'을 방문함.

12월 말에 우답 팀장님과 함께 한 학교 방문은 기대에 미치지 못하였고, 우답 팀장님이 미안해하시며 일주일 후에 새로운 학교를 소개해주셨다. 이곳은 지난 번에 방문을 했던 곳 중에서 렐레 지역이었고, 유아반부터 12학년까지 700명이 넘는 학생이 다니고 있는 공립학교였다. 룸투리드로부터 도서관과 컴퓨터 교실을 이미 지원받았으며, 교육청으로부터 지원을 받아 교실을 일부 신축한 상태였다. 하지만 시골에서 올라온 학생들이 지내는 기숙사까지 있는 규모가 아주 큰 학교라 더 많은 지원이 필요한 곳이었다. 공사를 하다가 중단된 교실과 화장실을 완공하는 것이 급선무였고, 교장 선생님께서는 나에게 그 작업에 대한 지원을 부탁했다. 학교의 입지나 여러 지역적인 여건과 학교 교직원의 성실함이 돋보였지만, 우리 단체가 지원하기에는 조건이 맞지 않음을 처음부터 나는 알고 있었다. 그래서 열심히 학교 조사를 하면서도 내심 교장 선생님께 미안한 마음이 들었다. 도움이 필요한

곳은 어디에도 있지만, 우리 단체가 지향하는 방향과 틀에 맞아야 하는데
이 학교는 이미 너무 많은 지원을 여러 단체로부터 받았던 것이다. 대부분
의 작은 단체들이 그러하듯 우리 단체도 우리만의 지원 사업이 확실하게 돋
보일 수 있는 학교여야만 했다.

01월 12일 : 카트만두 시내 네와 바네숄(Newa Baneshore) 지역의 초등학교 방문

중앙 교육청의 우답 팀장님이 소개해준 교육부 국장님이신 자나르단 네
팔 씨가 카트만두 내 공립학교를 보여주기로 했다. 처음에는 교육부 국장님
사무실에서 2시에 만나기로 약속했었다. 하지만 미팅이 늦어진다며 계속 미
루어져 결국 5시가 될 때까지 사무실 밖에서 기다려야 했다. 기다리는 일에
익숙해질 법도 하지만, 아무렇지 않게 약속을 어기는 국장님한테 정말 화가
났다. 하지만 그의 도움이 필요한 나는 그저 기다리는 것 외에는 달리 어떻

게 해볼 방법이 없었다. 5시가 넘어 해가 다 지고서야 방문하게 된 학교는 이미 문이 닫혀 있었다. 규모가 아주 작은 초등학교였는데, 더 이상 학교에 대해 알아볼 수가 없었다. 국장님은 미안한 기색도 없이 학교의 실태만 먼저 파악한 이후에 다시 방문하여 선생님들과도 이야기를 나누고 학교실태를 파악하는 것이 좋을 것이라며 조언을 해주었다. 전혀 도움이 되지 않았던 변명 같은 조언을 끝으로, 나는 그 국장님을 더 이상 찾지 않았다. 나의 절박함이나 간절함은 전혀 배려하지 않고, 아무런 생각 없이 보여준 학교에 실망했고 항상 약속을 어기는 그분에 대한 신뢰가 사라졌다.

그런데 정말 다시는 볼 일이 없을 것 같았던 이 국장님을 정확히 6개월 뒤에 다시 만나게 되었다. 아주 껄끄럽게도 다시 부탁하는 자리에서 말이다. 흥미진진한 이 만남 이야기는 2차 지역조사에서 전하려고 한다.

01월 13일 : 보우더나트 근처 '스리 나와 자그니티 공립학교(Shree Nawa Jagniti Lower Secondary School)'

우답 팀장님을 통해 알게 된 카트만두 교육청 소속 기리다 씨가 카트만두의 주요 관광지이자 유네스코 문화재인 보우더나트 근처에 지원이 시급한 공립학교가 있다고 연락을 하셨다. 기리다 씨와 우답 팀장님이 시간을 내서, 그 학교 교장 선생님과 직접 방문 약속을 잡아주셨다. 그리고 여느 때처럼 두 분은 나와 함께 학교를 방문해 주셨다. 우리가 방문한 학교는 정확히 카트만두 시내에서는 로컬버스로 1시간 가량이 걸리고, 보우더나트 사원에서는 걸어서 20분 정도가 걸리는 곳으로 홈리스들이 집단적으로 거주하는 지역에 있었다. 이 학교는 유치부에서부터 8학년으로 구성되어 중등 교육까지 하는 곳이었다. 학생 수도 700명 가까이 되는 작지 않은 학교였다. 하지만 교실은 달랑 네 개, 운동장은 아예 없었다. 상황이 이렇다 보니,

오전·오후반으로 나뉘어 수업을 하며 학생들과 선생님들 모두 불편을 겪고 있었다. 6학년~8학년은 이른 아침인 6시부터 11시까지 수업을 받고, 유치부부터 5학년까지는 그 이후인 오전 11시부터 오후 4시까지 수업을 했다. 현재 4개의 교실이 있는 학교 건물이 너무 낙후되어 기존 건물을 모두 부수고 신축해야 하는 상황이었다. 학교 측에서는 신축 시 한 층에 교실 5개씩 2층으로 건물을 짓고 싶다고 했다. 그리고 교장 선생님께서는 도서관, 컴퓨터실, 과학실처럼 학생들에게 다양한 수업을 할 수 있는 공간도 필요하다고 하셨다.

다딩의 날랑 마을에서 본 스리 시데숄 공립학교 이후로는 스리 나와 자그니티 공립학교가 처음으로 내 마음을 울렸다. 단순히 학교가 열악해서 측은지심이 일어난 것이 아니라, 교장 선생님들을 비롯한 학교 선생님들의 교육에 대한 열의와 학생들의 배움에 대한 열정이 나를 감동시켰다. 일례로 학교의 한쪽 벽면에 지난 1년간 지원받은 내역과 학교회계에 관련된 정보들이 다 적혀있었으며, 사소한 우편함조차도 기부한 사람이나 단체의 이름이 새겨져 있었다. 모든 면에서 부족한 학교였지만, 그 학교의 구성원들은 매사에 정성을 다하고 있었고 정직했다. 나는 도시의 어두운 곳에서 자라나는 아이들에게 희망을 줄 수 있는 곳을 찾은 것 같았고, 실제로 이 학교를 지원하게 된다면 지원 효과도 명확하게 나타날 뿐만 아니라 이를 토대로 학교가 계속해서 발전해 나갈 것이라는 희망을 보았다.

　더 많은 공립학교와 사립학교들을 방문했지만, 학교 방문보고서에 기록이 남겨진 학교들만을 나의 기록 속에도 남긴다. 보고서는 지극히 객관적일 것 같지만 작성하는 사람의 생각과 판단이 들어가야만 완성이 되는 것이었다. 나도 보고서를 작성하면서 그것을 알게 되었고, 보고서에 최대한 나의 의견이 객관적으로 읽힐 수 있도록 작성하는 데에 공을 들였다. 그 노력이 통해서였을까, 아니면 내가 느꼈던 감동이 보고서를 통해 전해져서였을까? 서울 본부에서 학교 방문보고서를 모두 검토하고, 세 달간의 회의를 거친 끝에 가장 마지막에 방문하여 내 마음을 움직인 그 학교 '스리 나와 자그니티 공립학교'을 지원하기로 결정이 내려졌다.

🐾 천상의 낙원 포카라에 가다

2008. 12. 03.~06. 포카라 첫 방문 및 룸투리드 현장 방문

　지난달에 고르카와 다딩을 다녀온 이후로, 또 한 번 카트만두를 탈출할 기회가 생겼다. 내가 굳이 탈출이라고 말하는 것은 카트만두는 심각한 매연과 먼지로 숨이 막히고, 수많은 차와 오토바이들로 붐비는 거리 속을 헤매게 해서 너무나도 사람을 지치게 만드는 곳이기 때문이다.

　포카라에 가게 된 것은 원불교 포카라 교당에서 열리는 의료봉사에도 참여하고, 룸투리드의 포카라 사무소와 사업현장들을 둘러보려는 것이 계기가 되었다. 당시 나는 손에 잡히는 어떠한 일도 벌이지 못한 상황이었지만, 장기적인 계획과 미래에 대한 나름의 기대감을 품고 있었다. 그 가운데 하나가 내가 진행하는 프로젝트 지역에서 대학생 단기 캠프를 진행하는 것이었고, 타 기관의 의료캠프를 도우면서 현장을 몸소 익히는 일이 언젠가는 큰 도움이 될 거라는 생각도 가지고 있었다.

　원불교 네팔지부의 의료캠프는 12월 5일부터 12월 8일까지 4일간 진행되었고, 진료과목은 안과, 이비인후과, 내과, 가정의학과, 치과였다. 의사는 안과의사 한 분, 치과의사 두 분과 간호사 한 분, 그리고 내과와 가정의학과에서 각각 한 분이 오셨다. 네팔어가 많이 부족한 나는 여러 일들을 보조하다가, 마지막 이틀간은 약국에서 약사 선생님을 보조했다. 의료캠프의 진행 방식은 우선 지역 주민들의 간단한 몸 상태를 체크하고, 그 필요에 따라 해당하는 의사 선생님에게 진료를 받고, 마지막엔 처방된 약을 받아가는 순이었다.

룸투리드 포카라 사무소 방문은 카트만두 본부의 도움으로 이루어졌다. 내가 포카라 일정이 생겼다고 하니, 현지 매니저에게 미리 연락도 해주고, 나에게 그의 연락처도 주어 미리 약속을 잡아주었다. 포카라 도착 후 다음 날, 함께 간 이들은 모두 의료봉사장으로 갔고 나는 아침부터 택시를 타고 룸투리드 포카라 사무소를 향했다. 길도 낯설고, 네팔어도 많이 서툴러서 거의 다 도착한 후에도 약간 헤매다 매니저가 결국엔 내가 있는 곳으로 데리러 왔다. 먼저 오피스로 가서, 찌아를 한잔 마시며, 각자 소개를 하고 난 후에, 언제나처럼 나의 사정을 설명했다. 역시나 그는 어린 여자애 혼자 큰 일을 하러 왔다며 놀랐지만 이내 기쁜 마음으로 도와주겠다고 했다.

오피스를 나와 나는 매니저의 오토바이 뒷자리에 올라탔다. 처음 보는 남자의 오토바이를 얻어 탄다는 게 익숙지도 않았고, 좀 부끄럽기도 했다. 손은 어디에 둬야 할지, 덜컹거릴 때마다 가까워지는 거리는 어떻게 다시 멀리할지, 온몸에 힘을 주고 운전석에 앉은 매니저의 허리가 아닌 내가 앉은 좌석을 꽉 잡느라 온몸은 경련이 일 지경이 되었다.

포카라 담당 매니저는 나에게 룸투리드가 사업을 진행했거나, 지원을 하고 있는 학교 두 곳을 안내해 주었다. 나는 룸투리드의 메인 사업이었던 도서관을 보면서 그 규모나 낙후된 시설에 사실 실망도 했지만, 어쩌면 그것이 현지에 맞는 수준의 도서관이라는 생각이 들면서 이것은 대단한 프로젝

트일 것이라고 여기게 되었다. 주는 이의 마음에 드는 화려한 도서관이 아니라 받는 이가 편하게 이용하고 잘 관리할 수 있는 도서관을 만들어주었다는 것이 어쩐지 '중도'에 가까운 실험 같았다. 첫 번째로 방문한 학교에서는 도서관뿐만 아니라, 룸투리드에서 컴퓨터 교실도 지원을 해주어 컴퓨터실을 둘러보고 수업까지 참관해볼 수 있었다. 컴퓨터 선생님은 룸투리드에서 컴퓨터 수업교육까지 받았다고 했다. 그런데 컴퓨터 선생님이 나더러 계속 "Sir."이라 부르며 너무 조심스레 챙기는 바람에 여간 부담스러운 게 아니었다. 지금껏 살면서 그런 대접을 받아본 적도 없고, 그런 대접을 받을 만한 입장이나 나이도 아닌데 말이다. 혹시라도 본인이 일하고 있는 학교에 도움이라도 줄까 싶어 나에게 그리 친절을 베푸는 것이 아닐까 하여 괜히 미안해졌었다.

두 번째로 방문한 학교는 룸투리드에서 도서관과 건물신축을 지원해준 곳이었다. 매니저에 따르면, 건물공사의 경우에는 룸투리드에서 35%를 지원하고 나머지 건설비는 커뮤니티에서 자체적으로 조달하도록 함으로써 자립성을 키울 수 있도록 했다고 한다. 도서관, 컴퓨터 교실, 그리고 학교 건물 건립에 대한 지원방식을 보고 들으면서 내가 배운 것은 현지인의 수준과 필요에 맞는 지원을 해야 한다는 것이었다. 그리고 무엇보다 중요한 것은 그

룸투리드 도서관

들의 자립성을 헤치지 않는 수준에서 해야 한다는 것이었다.

룸투리드 포카라의 사업지 시찰은 포카라의 유명한 '페와 호수'가 아닌 교외에 있는 '베그나스 호수'에서 끝이 났다. 하루 종일 수고했다며, 매니저가 조용한 교외의 도로를 달려서는 시원하게 펼쳐진 설산 아래의 호수로 데려다주었다. 가슴이 뻥 뚫리던 그 순간. 그 황홀감은 평생 생생하게 기억이 날 듯했다. 하루 종일 나를 오토바이 뒤에 태우고 여기저기를 다니느라 힘들었을 텐데, 처음 포카라를 방문한 나에게 여유로움과 호수의 아름다움까지 선물해준 매니저에게 정말 고마웠다.

🎿 나는 네팔에서 쓰리잡(Three Jobs)족이었다

네팔에 도착한 그날부터 나는 모든 것들을 밑바닥부터 만들어 가야 했기에 사람을 아는 일이 급선무였다. 그래서 나는 사람들을 만날 수 있는 자리라면 어디든 달려갔고, 정보를 얻을 수 있는 자리라면 언제든 나타났으며, 프로젝트를 시작하는 일에 도움이 될 만한 일이라면 무엇이든 따지지 않고 덤벼들었다. 그러다 보니 네팔에 간 지 3달도 되지 않아, 나는 직업이 무려 세 개나 되었다. 태생적으로 사교성이 없는 편은 아니었지만, 그때 나는 체면 따위는 생각할 겨를도 없는 '철판녀'가 되었다. 분명히 말하지만, 나의 본업은 Good Hands Nepal의 PM, 지구촌공생회의 네팔 프로젝트 매니저였다. 나는 본업의 임무를 제대로 그리고 충실히 지키기 위해서 다른 일들을 잠시 했을 뿐, 언제나 본업이 최우선이었다. 그러니 지구촌공생회 가족들과 후원자께서 염려할 그런 일들을 나는 결코 한 적이 없었다. 다만 1,350m의 고도와 심각한 공해에 적응하기도 전에 몸을 혹사시키느라 봄이 올 때까지 감기와 장염을 늘 달고 지냈으니, 나의 열정만큼 일을 다 해내는 것이 어려웠다는 것은 부인하지 못하겠다. 하지만 바쁘게 지내는 데다 아는 사람들의 수가 차츰 늘어가면서, 나는 오히려 심적으로는 안정감을 찾아가고 있었다.

'삼 개월의 법칙'이라는 것이 있다. 새로운 나라에서 적응을 하려면 어떤 수단과 방법을 쓰더라도 결국엔 최소 삼 개월은 걸린다는 것이다. 내가 지어낸 말처럼 억지스럽게 들리겠지만, 이는 외국생활 좀 해봤다는 사람들, 특히 네팔에서는 거의 모든 사람들이 한결같이 했던 말이다. 그러니 내가 육체적으로 아프고 힘들었던 것은 많은 업무량과 상관없이 어차피 거쳐야 할 과정이었다. 그때 나는 고단하고 아팠던 날들이 멀쩡했던 날들보다도 많았지만, 마치 사막처럼 느껴지던 네팔에서 프로젝트를 만들어 나갈 수 있었던 건 순전히 또 다른 나의 직업들 덕분이었다. 나를 홀로 설 수 있도록 도와준 그 직업은 카트만두 한글학교 교사와 주네팔 한국 대사관의 영사과 인턴직이었다.

1. 카트만두 한글학교 교사

네팔에서 처음 사귄 친구인 윤희는 코이카 봉사단원이었다. 윤희랑 미처 친해지기도 전인 첫 만남에서 윤희는 한글학교에 초등학교 3학년 선생님 자리가 다음 주부터 비는데 한번 해볼 생각이 없느냐고 물었다. 나는 네팔에 간 지 보름이 채 안 된 상황이라, '글쎄.'라는 대답밖에는 할 수가 없었다. 그런데 두 번째 만났을 때 나는 윤희네 집에서 잠을 자게 되었고, 다음 날 윤희와 함께 한글학교에 나가게 되었다. 윤희는 한글학교에 나가면, 네팔에서 오랜 기간 거주하고 계시는 분들과 또래 친구들을 자연스럽게 만날 수 있는 좋은 기회를 갖게 될 것이라고 했다. 그리고 나는 윤희의 추천으로 명한 상태 그대로 카트만두 한글학교의 3학년 선생님으로 바로 투입되었다. 솔직히 처음에는 당황스러웠는데, 그 일을 계기로 윤희와도 한결 편한 사이가 되었고, 네팔 한인사회에도 자연스럽게 연결될 수 있었다.

한글학교는 매주 토요일 오후 2시부터 5시까지 운영되었다. 내가 가르칠 당시에는 유치원부터 중등부까지 있었는데, 나는 국어와 수학, 그리고 사회를 가르쳤다. 내가 맡은 3학년에는 여학생 한 명과 남학생 한 명뿐이었다. 그나마도 학생 수가 둘 뿐이라 다급한 시작임에도 부담이 적었다. 수업은 한국에서 공수해온 국정교과서를 기본으로 진도를 맞추어 나갔다. 마지막 수업을 남겨두고는 30분간 간식 시간이 있는데, 학부모님들이 돌아가면서 다양한 간식을 준비해 오셨다. 직접 말아오시는 김밥, 카트만두 최고의 독일 빵집에서 사오신 롤 케이크, 전통 일본 빵집의 단팥빵 등등. 간식은 늘 다채로웠다. 간식 시간은 아이들뿐만 아니라 나처럼 홀로 네팔생활을 하는 솔로 선생님들도 무척 좋아했는데, 나 역시 간식 먹는 재미와 기쁨으로 매주 토요일을 기다렸던 것 같다. 한글학교 교사는 한국에서 과외를 하는 일과 비슷한 듯했지만, 네팔에서 한글을 가르치고, 또 한글로 된 교과서로 공부시킨다는 것은 때로는 가슴을 벅차게 하고, 상당한 부담감을 주는 일이기도 했다. 무엇보다도 아이들이 나를 통해 한국을 이해하고 기억하게 된다는 것은 가르치는 일에 상당한 보람을 주기도 했다.

카트만두 한글학교는 여느 학교들처럼 연중 공식행사를 열었다. 글짓기 대회, 체육대회, 말하기 대회, 소풍 등이 있었는데, 내가 근무하는 동안에는 말하기 대회와 한일 축구전이 열렸다. 말하기 대회는 '장래희망'을 주제로 글을 먼저 쓰고, 치열한 예선을 거쳐 결선을 치르는 방식으로 진행되었다. 내가 지도한 3학년 두 명의 학생이 모두 결선에 진출해서 나는 은근히 뿌듯했다. 말하기 연습은 특별히 시켜주지 못했고, 아이들이 써온 원고를 함께 생각하고 수정하는 정도의 도움만 주었다. 학기 말에 투입된 임시 선생님 반에서 학생 모두가 결선에 진출했다고, 학교 선생님들께서 칭찬해 주셨다. 솔직히 그때 나는 은근히 우쭐했다. 아버지를 따라 훌륭한 선교사가

되고 싶다던 우리 반 중현이가 어른스럽고 당당하게 발표를 잘하면서 장려
상까지 타는 쾌거를 이루었다.

카트만두에는 한글학교처럼 일본어 학교가 있다. 막상 해외에 나가보면
정서적으로나 지리적으로 가장 가까운 일본인들이랑 교류가 많은데, 한글
학교와 일본학교도 그랬다. 두 학교 모두 토요일에만 운영되기 때문에, 어
느 토요일 오전에 시간을 정해서 한일 축구전을 열었다. 한글학교의 젊은
선생님들은 스케치북에 응원가도 적고 멋지고 강렬한 응원을 준비했다. 선
수는 어린아이들부터 고학년들까지 다양한 연령대의 학생들이 참여해서 그
의미가 더 컸다. 한글학교도 일본학교도 모두 마치 한일 국가 대표전을 치
르듯 비장하게 경기에 임했다. 게다가 한글학교 선생님들이 준비한 완벽한
응원에 학생들 모두가 열정적으로 참여하면서, 우리의 응원은 이미 일본학
교를 압도해버렸다. 그 덕분이었는지 한글학교는 이겼다. 경기가 끝난 후에
야, 일본학교 측에서 우리의 응원을 보고 정말 깜짝 놀랐다고 전했다. 역시
우리 한국인들은 한일전이라면 목숨 걸고 덤벼든다는 걸 네팔에서도 확인
할 수 있었다.

두 번의 행사를 치르고, 겨울방학을 맞이하면서 2008년도 한글학교도
문을 내리고 새 학기를 기다렸다. 나는 겨울방학 교사연수까지만 참석하고,

한글학교에서 나왔다. 일주일에 한 번 나
가는 일이었지만, 나의 주 업무인 프로젝
트의 윤곽이 잡혀가면서 나는 심적으로
부담을 가질 수밖에 없었다. 교사부족으
로 어려움을 겪고 있는 상황에서 선생님
을 그만두는 일은 쉽지 않았다. 미안한
마음도 컸지만, 공과 사는 구별해야 하

는 법. 나는 주말에도 쉬지 않는 지구촌공생회 네팔 프로젝트 매니저로 돌아갔다.

2. 주네팔 한국 대사관 영사과 인턴

네팔에 간 지 한 달쯤 되었을 때, 주네팔 한국 대사관에서 영사과 인턴을 구한다는 소식을 들었다. 급하게 구하는 터라, 대사관에서는 당장 한국에서 데려올 수도 없고 네팔에서는 파트타임으로 일할 인턴을 구하는 것도 그리 쉬운 일이 아니라고 했다. 그 소식을 전해준 친구는 내가 적격이라며, 지원을 해보라고 했다. 처음에 나는 지구촌공생회의 일도 아직 제대로 시작하지 못했는데, 다른 일을 한다는 것에 고민을 했다. 그런데 주변에서는 매일 하는 일도 아니고, 오랫동안 계속할 일도 아니라며 한번 해보는 게 좋지 않겠냐고 권했다. 내가 생각해봐도, 당장은 프로젝트의 구체적인 그림도 그리지 못한 상황이라서 매일매일 짜인 스케줄이 있는 건 아니었다. 프로젝트를 시작하기 위해서는 아직 배울 것도, 그리고 알아야 할 사람도 많았다. 대사관에서 일을 한다면, 대사관에서 일하는 사람들도 자연스레 알게 될 것이고 다양한 정보들도 자연스레 얻을 수 있을 것 같았다. 솔직히 처음 나는 아무런 연고도, 소속도, 조직도 없는 네팔에서 많이 무섭기도 했고 하루하루가 불안했다. 나는 대사관에서 일하는 것이 프로젝트에 도움이 되겠다는 생각도 했지만, 무엇보다도 나를 보호해 줄 든든한 현지의 후견인이 생기겠다는 기대를 가지고 대사관에서 일을 해보기로 했다.

대사관 모 직원의 적극적인 추천이 있었고, 지원자도 나 혼자뿐이어서 나는 3개월 계약직인 주네팔 한국 대사관 인턴으로 뽑혔다. 2010년 11월 말에 시작한 일은 다음 해 1월까지 계속되었고, 나는 일주일에 월수금 삼 일만 오전에 세 시간씩 일을 했다. 나의 주 업무는 영사과 행정직원의 업무를 보조하는 것이었다. 그중에서도 주로 외국인고용허가제로 한국에 가는 네팔 노동자들의 비자발급을 위한 정보입력을 담당했다. 나는 네팔 이주노동자들의 이름과 생년월일을 입력하고, 프로그램에 저장된 정보들을 서류와 비교하는 확인 작업을 했다. 무한 반복되는 단순작업이 지루해질 만도 했지만, 나는 네팔사람들의 다양한 이름을 알아가는 것에 재미를 느꼈다. 게다가 네팔 사람들의 성에 여실히 드러나는 계급에 대해서도 잘 알게 되었다. (네팔에서는 인도처럼 카스트제도가 존재하며, 민족에 따라 각자의 계급도 존재한다. 또한, 이름의 성만 보아도 그 사람이 어느 계급이며, 어느 종족의 사람인지 대부분 알 수가 있다. 예를 들어 Shah는 왕가의 성이며, Mishra와 Nepal은 브라만의 성, Khadka와 Chhetri는 체트리의 성, Koirala와 Kamar는 수드라의 성이다. 그리고 히말라야의 셰르파로 유명해진 셰르파족의 성은 Sherpa, 따망족의 성은 Tamang이다.)

내가 일하던 짧은 3개월 동안 대사관에서는 한국영화제도 치렀다. 이미 사전 준비가 끝나서 내가 할 일은 거의 없었지만, 개막식 날 파티에도 함께 참석하며 간단한 행사안내를 도왔다. 각국의 외교관들이 파티에 초대되어 왔고, 파티에서 외교를 하는 모습도 살짝 엿보았다. 무엇보다도 파티에 준비된 음식들은 대사관 사저의 한국인 요리사가 직접 준비한 음식들이라, 한국 음식에 목말랐던 내게는 너무나도 큰 즐거움을 주었다. 파티가 끝난 이후에는 개막작으로 「왕의 남자」가 상영되었다. 엄청난 인기를 누렸던 영화였지만, 개봉 당시에 보지 못해서 늘 아쉬웠는데… 나는 잘 됐다며 영화감상까지도 즐겼다. (나는 집에서 비디오나 DVD로 영화를 보면 자주 졸려서, 영화관에서 개봉했을 때 영화를 보지 않으면 평생 다시 그 영화를 보지 못할 때가 많다.) 영화제처럼 큰 공식행사 외에도 대사관에서 일어나는 소소한 회식이나 행사에 참여하면서, 나는 카트만두의 유명한 '맛집'도 많이 알게 되었다. 이 맛집들 덕분에 나는 프로젝트 진행에 필요한 사람들을 만날 적절한 장소를 고민 없이 정할 수 있었고, 한국 사무국에서 출장을 나올 때도 어려움 없이 손님들을 다양한 맛집으로 안내할 수 있었다. (현지에서 일을 할 때 가장 힘든 순간 중 하나는 한국에서 프로젝트 진행 상황을 확인하러 나올 때이다. 심적으로 부담스러운 그때에 매 끼니마저 걱정해야 한다면, 정작 중요한 프로젝트를 제대로 점검할 수가 없다. 그리고 한국에서 오신 분들을 편안하게 모시는 것 또한 업무의 연장 선상이므로, 좋은 곳에서 따뜻한 식사를 대접하는 것 또한 중요하다. 결정권을 가지신 분들이 편안하게 현지를 돌아보면 나의 의중도 편안하게 잘 전달할 수 있기 때문이다.)

대사관 인턴직으로 일하는 것은 나에게 다양한 혜택을 누릴 수 있게 해주었다. 제일 처음 받은 혜택은 현지 은행에서 대사관 직원이라는 이유만으로 보증인 없이 달러 계좌를 동시에 두 개나 만들어 준 것이다. 당시 나는 관광비자를 소지하고 있었기 때문에 현지화 계좌조차 만들기 어려웠는데, 보증인 없이 단번에 달러화 계좌를 두 개나 만든다는 것은 거의 불가능한 일이었다. 그때부터 나는 주거래 은행에서 VIP 대접을 받으며 금융거래를 편안하게 할 수 있었다. 대사관에서 3개월 간의 인턴을 마친 뒤에도 나는 대사관 인턴직의 혜택을 누렸다. 6개월이 넘도록 내가 진행해온 지역조사가 만족스럽지 않던 사무국에서는 현지 교육부의 도움을 받기를 원했다. 한국 대사관을 통해 현지 정부기관에 공문도 보내고 도움을 요청했다. 하지만 고작 학교 하나 짓는 일에서 콩고물이 떨어질 것 같지 않은지, 네팔 공무원들은 제대로 움직여주지 않았다. 막막하던 그 상황에서 나는 대사관에 개인적으로 다시 찾아가 도움을 요청했다. 대사관에서 일하며 맺은 인연 덕분으로 영사님께서는 적극적으로 도와주셨다. 네팔 정부와 일을 함께 하려던 일이 결국은 무산되고 말았지만, 그나마 그 과정을 오래 끌지 않을 수 있었던 것은 주네팔 한국 대사관에서 도와준 덕분이었다.

　대사관에서 일하는 것을 결정할 때에도, 막상 일을 하게 된 이후에도 나는 혹시 지구촌공생회의 일을 소홀히 하게 될까 봐 늘 조심스러웠다. 그래서 나는 쉬어야 할 주말에도 사람을 만나고, 소외된 지역과 열악한 학교들을 방문하러 다녔다. 그때는 일상과 일을 분리하지 못했고, 그래야만 하는 줄 알았다. 출근할 사무실도, 함께 일할 동료도 없어 늘 막막하기만 했던 나에게 대사관은 정기적으로 출근하며 동료를 만날 수 있는 소통의 공간이기도 했다. 일은 더 많아졌지만, 대사관에서 말단 인턴으로 일하는 동안 나는 생활의 안정도 찾으며 프로젝트의 밑그림도 자신 있게 그려갔다.

🎈 2009년 2월, 시작하지도 않은 프로젝트를 중단해야 하나?

네팔에서 가장 힘들었던 순간을 꼽으라면, 서울 사무국으로부터 프로젝트를 중단해야 할지도 모른다는 소식을 들었을 때를 들 수 있다. 여러 번 이사를 하던 일도, 살던 집 주인이 살인사건에 연루되었던 일도, 번갈아 걸리던 감기와 장염 때문에 간신히 버텨나가던 날도 다 견딜 수 있었다. 그때는 프로젝트를 만들어야 한다는 목표와 더 나은 내일이 있을 것이라는 희망을 가지고 있었기 때문이다. 하지만 1차 지역조사를 어느 정도 마무리 짓고 사무국으로부터 결론적인 답변을 기다리던 중에 '일단 프로젝트 진행을 중단한다'는 연락을 받았다. 그때 나는 그간 품어왔던 희망이 산산조각이 나는 것 같았고, 내 마음도 갈가리 찢어지는 것 같은 아픔을 느꼈다. 그때의 절망감은 이루 말할 수 없었다. 네팔에서 적응하고 상황파악을 하려면 최소한 3개월은 필요하다는 나의 청에도 불구하고, 지역조사와 학교 방문을 재촉했던 사무국에서 막상 1차 지역조사를 마무리 짓고 나니까 이제는 프로젝트를 보류하겠다고 연락한 것이었다. 솔직히 가혹한 현실이었다.

이 어이없고 기가 막히는 일의 발단은 약속된 후원금이 확보되지 못한 데서 시작되었다. 내가 네팔로 파견되기 전에 이미 '네팔 학교 건립 프로젝트' 명목으로 후원금을 내기로 약속한 후원자가 있었다. 그런데 시간이 흐르면서 그 후원자는 개인적인 사정을 이유로 약정한 후원금의 십 분의 일만 내고 더 이상은 낼 수 없다고 했다는 것이다. 그래서 서울 본부에서는 추가적인 후원금을 확보될 때까지 기다렸다가 8~9월에 학교 공사를 시작하는 것이 대안으로 검토되고 있다고 했다. 그리고 후원금이 제대로 확보가 되지 않는다면 나는 그냥 한국으로 돌아가야 할지도 모른다고 했다.

내 청춘을 걸고 감행했던 네팔행이었건만, 정작 내가 처한 상황이나 사무국의 처사가 너무나도 안타깝고 야속하기만 했다. 그때 내가 담당 간사님에게 했던 말이 지금도 생생하다.

"어쩜 그렇게도 이기적이고, 네팔에서 홀로 있는 나에게 그렇게 가혹할 수가 있어요? 정말 이해하려고 해도 이해할 수가 없네요."

핸드폰을 붙들고 담당 간사님에게 이렇게 화를 내고 따지기를 수십 분 동안 반복했지만, 내가 결정할 수 있는 부분이 전혀 없다는 걸 너무나도 잘 알고 있었기에 결국 수긍을 할 수밖에 없었다. 다만 담당 간사님으로부터 어떻게든 최선을 다해 프로젝트를 포기하지 않고 시작할 수 있도록 하겠다는 구두 약속은 받아 두었다. 사실 통화를 하는 동안 나는 거의 이성을 잃고 울고 있었다. 그리고 그 울음은 사흘 동안 계속되었다. 자다가도 슬픔에 잠이 깨어 밤새도록 울었고, 해가 뜨면 희망이 보이지 않는 그 현실이 가혹해서 또 울었다. 아무런 일도 할 수 없었고, 그 누구도 만날 수가 없었다. 사흘을 꼬박 그렇게 울었더니, 어느 순간 눈물이 더 이상 흐르지 않았다. 정말 실컷 울었나 보다. 울음이 그쳤던 그 날, 이상하게도 개운한 느낌이 들면서 마음이 편안해졌다. 나 스스로 한고비를 넘어서던 순간이었다. 그제야 비로소 '내가 어찌할 수 없는 일이라면 받아들이고, 때를 기다리자.'라는 생각이 들었다.

🗿 한국 답사 방문단의 네팔 첫 방문기

　첫 번째 프로젝트를 위한 지역조사가 마무리되고 잠정적으로 지원할 학교까지 정해지자, 지구촌공생회 서울 본부에서는 현지시찰을 계획했다. 내가 네팔로 파견되기 전에도 지구촌공생회에서는 공식적으로 현지에 사전답사를 한 적이 없었고, 내가 파견될 때에도 나 혼자 나갔으니, 그야말로 지구촌공생회가 네팔에 처음으로 하는 공식방문이 될 것이었다. 이 첫 방문의 목적은 네팔의 현지 사정을 직접 둘러보고, 지원대상으로 잠정 결정한 학교를 방문하여 사업 타당성을 직접 따져보고, 타당성이 있다면 이후에 학교 측과 협약을 진행하기 위함이었다. 방문일정은 2009년 5월 14일부터 18일까지 4박 5일간으로 정해졌고, 답사 방문단은 지구촌공생회의 이사장님, 한 번도 만나본 적 없던 차장님, 국장님, 담당 간사님까지 네 사람으로 꾸려졌다.

　방문단을 맞이하기에 앞서 현지 담당 매니저로서 내가 준비해야 할 것들이 있었다. 담당 간사님은 우선 타 지부에서 작성했던 일정표와 지부 소개 파일을 보내주었고, 나는 그걸 참고해서 일정을 짜고 네팔지부를 소개할 파워포인트를 만들어야 했다. 혼자 여행 스케줄은 여러 번 짜보았지만, 이런 공식적인 방문을 위해 일정을 짜는 일은 처음이라 부담이 많이 되었다. 그나마 다행인 것은 네팔에 가기 전에 라오스 지부에서 현장교육을 할 때, 방문단의 일정을 계획하는 일을 가까이서 지켜보았고 모든 일정을 함께했던 덕분으로 일정을 짜는 것이 아주 막연하지는 않았다.

네팔에는 첫 방문이다 보니, 사전에 본부에서는 다른 기관을 통해 한국어를 잘하는 사업가이자 가이드인 히라(Hira) 씨를 소개받아 함께 준비를 하면서 도움을 받도록 했다. 아무래도 네팔에서는 모든 게 처음인 나를 배려함과 동시에 방문단이 무사히 일정을 잘 마치고 갈 수 있도록 하기 위함인 듯했다. 차량을 준비하고 숙소를 정하는 일은 히라 씨가 했고, 나는 구체적인 일정을 짜는 데에 더 집중했다. 그분이 한국어를 아주 잘하셔서, 현장에서 통역 역할까지 해주시기로 했고, 나의 부담감은 한결 가벼워졌다.

사무국에서 방문 전에 요청한 몇 가지 중요한 일들이 있었는데, 가장 우선적이지만 현지에서 해결이 쉽지 않았던 일은 방문단이 카트만두 공항에 도착할 때 VIP룸을 이용할 수 있도록 준비하라는 것이었다. 라오스에서는 사전에 공항에 예약을 하면 VIP룸을 사용료를 지불하고 이용할 수 있었고, 당연히 CIQ 패스 같은 것도 받을 수가 있었다. 그런데 내가 직접 알아보기도 하고, 히라 씨를 통해 알아보아도, 카트만두 공항에서 일반인이 VIP룸을 대여하는 것은 매우 어려웠다. 히라 씨도 짐 찾는 곳까지는 출입허가증을 미리 신청해서 받으면 들어갈 수 있다고, 거기까지는 준비를 하시겠다고 했다. 나는 다른 나라들처럼 해야 한다는 생각에, 나의 네팔어 선생님이자 친구였던 미누에게 어떻게 방법이 없겠냐 물었다. 미누는 네팔에서 나름 왕족계급의 좋은 집안 출신에다 트리부반 대학을 나온 엘리트여서 분명 아는 사람이 있을 것 같았다. 역시 며칠 걸리지 않아, 미누는 경찰인 친구를 거쳐 공항에서 보안부서 소속의 직원을 소개해주었다. 나는 그분과 직접 통화한 후에, 집 근처 카페에서 만나 우리 일행이 공항에서 잘 빠져나올 수 있도록 도와달라고 했다. 방문단이 입국하던 날 아침, 나는 공항에 일찍 도착해서 보안과 직원에게 전화를 했고 출국장 앞에서 그 직원을 만났다. 그분은 내가 공항 안으로 들어갈 수 있도록 출입허가증을 미리 받아 왔다. 그 출입증을 목에 걸고, 나는 그 직원과 함께 공항 안으로 들어갔다. 보통은 짐 찾는 곳에서 더 들어가지 못하는데, 나는 그분과 함께 입국 심사대 앞까지 갈 수 있었다. 비행기가 도착할 시간이 다가오자, 그분의 동료가 와서 일행의 이름을 적어갔다. 방문단이 비행기에서 내렸을 때 비록 편하게 대기할 VIP룸은 없었지만, 공항 보안과에서 나온 높으신 분들 덕분에 방문단은 비행기에서 내리자마자 기다림 없이 입국 심사대까지 신속하게 빠져나올 수 있었다. 공항 직원이 내 옆에 함께 서 있었는데도, 나는 너무나 긴장되고 초조했다. 무엇보다도 담당 간사님으로부터 엄하시다고 들었던 차장님을 그날 처음 뵙게 되었기에 더욱 긴장되었던 것 같다. 내가 긴장한 모습이 다 드러났던지, 나중에 차장님께서 "나를 만나는 게 그렇게 무섭더냐?"고 물으시기도 했다. 돌이켜보면 그건 나의 어리고 순수했던 시절의 모습이었지 싶다. 히라 씨도 출입허가증을 미리 받아 짐을 찾는 곳까지 들어오셔서, 이사장님과 차장님은 히라 씨와 함께 먼저 공항 밖으로 나가 차에서 기다리시도록 했다. 그사이 나는 담당 간사님과 국장님과 함께 짐 가방들을 찾아서 나왔다. 공항에서 빠져나오면서부터 시작된 4박 5일간의 공식일정은 아래의 일정표를 따라 하루하루 진행되었다.

5/14(목)	5/15(금)	5/16(토)	5/17(일)	5/18(월)
12:25 카트만두 도착	나와 자그니티 공립학교 방문	학교 지원 협약식	카트만두 시찰	휴식
점심 식사①	점심 식사③	점심 식사⑤	점심 식사⑦	점식 식사⑨
네팔 사업 브리핑	후보학교 방문	타 NGO 방문	파탄지역 학교 방문 및 파탄 시찰	12:00 공항 도착
	15:00 네팔 대사 만남	지부 숙소 방문		13:55 카트만두 출발
저녁식사②	저녁식사④	저녁식사⑥	저녁식사⑧	
15일 일정 공유	16일 일정 공유	17일 일정 공유	18일 일정 공유	

본부답사 방문단의 4박 5일 일정

방문단 일행이 탔던 비행기는 점심시간에 도착해서, 첫날의 일정은 점심 식사로 시작되었다. 한식 레스토랑에서 간단하게 식사를 하면서 인사를 나누고 호텔로 이동했다. 첫날은 별다른 스케줄이 없었으므로 호텔에서 짐을 풀고 쉬었다가 향후 일정을 공유하고 네팔 사업 브리핑까지만 하기로 했다. 나의 숙소에서 머물기로 한보미 간사님만 호텔에 짐을 풀지 못하고, 나와 함께 호텔 로비에 앉아서 그간 아껴둔 수다를 떨었다. 짐을 다 풀고 방에서 좀 쉬셨던 어른들께서는 첫날이라 여유가 많으니, 네팔지부 오피스이자 나의 숙소를 먼저 둘러보러 가자고 하셨다. 그리고 네팔지부 및 사업에 대한 브리핑도 그곳에서 하기로 했다. 숙소에 도착해서, 나는 보미 간사님의 도움을 받아 급하게 다과를 내고 브리핑을 시작했다. 테이블 위에 조그만 노트북을 올려놓고 파워포인트를 넘겨 가며 어설펐지만 진지하게 발표를 잘 끝냈다. 저녁 먹으러 나갈 때까지 일행은 모두 거실에 앉아 이런저런 이야기들을 나누었다. 이사장님께서는 내가 어떻게 네팔에 나갈 용기를 가질 수 있었는지도 궁금해하셨고, 여자 혼자 보내놓고서는 걱정을 많이 했는데 건강하게 잘 지내면서 일해줘서 안심이 된다고 하셨다. 그제서야 나는 그저 어렵게만 생각되었던 이사장님과 차장님이 훨씬 가깝고 편하게 느껴지기 시작했다.

둘째 날은 오전에 스리 나와 자그니티 공립학교(Shree Nawa Jagniti Lower Secondary School)를 방문하는 것으로 하루가 시작되었다. 지원하기로 결정한 학교를 둘러보는 것이 이번 방문의 가장 중요한 목적이었으므로, 전체 일정표에서 첫 자리를 차지했다. 일정을 짜던 과정 중에 이미 교육공무원 기리다 씨께도 함께 참석해달라고 요청을 했었고, 기리다 씨를 통해서 학교 측에도 방문 의사를 전달했다. 우리 일행이 탄 차량이 학교 근처에 도착하자, 학교 근처에서 기다리고 있던 기리다 씨와 먼저 만나 인사를 나누고 함께 학교로 들어갔다. 좁은 학교 입구에는 우리를 환영하는 학생들이 줄지어 서 있었고, 선생님들도 나와서 인사를 해주셨다. 우리는 교장 선생님과 함께 먼저 학교 안을 둘러보았다. 학교 마당 안쪽 그늘에 테이블과 의자가 준비되어 있었고, 우리 일행과 교육공무원은 학교 관계자분들과 함께 자리에 앉았다. 교장 선생님께서 학교의 현재 상황과 향후 필요한 부분들에 대해서 먼저 자세하게 설명해 주셨고, 이사장님께서는 학교를 지을 수 있는 부지의 확보 여부와 그 외 궁금하신 부분들에 대해서 물으셨다. 그런 대화가 오고 가던 순간, 나는 기류가 이상하게 흐르고 있음을 느꼈다. 학교 관계자와 우리 단체 어르신 사이에 생각의 간극이 점점 커지며, 나는 중간에서 많이 불편했고 불안해졌다.

둘째 날 오후에는 주네팔 한국 대사관에서 대사님과의 만남이 약속되어 있었다. 대사실에서 우리 일행 모두와 대사님과 영사님이 함께 자리했다. 네팔에 대한 이야기들을 나누던 중 대사님께서 네팔의 사정이 여타 동남아 국가들과는 많이 다르다는 것을 말해주셔서 얼마나 감사했는지 모른다. 사실 그동안 엔지오에 대해서 호의적인 라오스나 캄보디아 국가들에 비교당하면서 내가 학교 부지를 잘 찾지 못하는 것이 내 능력 부족으로 비친 측면이 많았기 때문이었다. 대화 도중 대사님께서 내가 대사관에서 인턴을 했었던 터라 잘 알고 있다고 말씀하셔서 얼마나 당황했는지 모른다. 다행히 담당 간사님만 눈치를 챘고 다른 분들은 깊게 들으시지 않아서 잘 넘어갈 수 있었다. 지구촌공생회의 매니저로 파견되어 간 사람이 다른 기관의 일을 한다는 것은 도리에 어긋난 일이니, 크게 혼이 날 수도 있는 일이었다. 스스로도 그 부분이 조심스러워 본부에는 말하지 않았었고 더 열심히 일을 하려고 했던 것이다. 그날 저녁 숙소로 돌아와 보미 간사님에게 차분하게 설명을 했다. 개인적인 욕심이 아니라 네팔에서 안정되게 정착하고 정보도 얻고 도움을 얻기 위해 선택한 일이었다고 했더니, 보미 간사님은 이해해 주었고 그래도 둘이서만 아는 비밀로 하자고 했다.

대사님과의 만남까지 모든 일정이 마무리되고, 돌아온 호텔 로비에서 다 함께 앉아 일정 정리 겸 회의를 했다. 그 자리에서 이사장님께서는 자그니티 학교의 사정은 안타까우나, 우리 단체가 지향하는 방향과는 맞지 않는다며 자그니티의 지원 대상 선정은 전면 취소하기로 결정하셨다. 이성적으로는 받아들일 수 있는 사안이었지만, 이미 지원하기로 약속하고 여러 번 학교를 방문하면서 학교 측과 신뢰를 쌓아오던 나로서는 마음으로는 납득하기가 어려웠다. 이제 와서 학교에는 뭐라고 말을 해야 하나? 어떻게 설명을 해야 하나? 중간에서 애써주신 기리다 씨에게는 뭐라고 해야 할까? 그 짧은 순간에 내 머릿속은 많은 생각들이 오고 가며 너무나도 복잡해졌다. 다음 날 아침에 협약식을 하기로 했던 터라, 우선은 기리디 씨에게 빨리 상황을 알려야 했다. 전화를 해서 먼저 사과를 하고 일을 취소시키자고 했다. 기리다 씨도 이미 현장에서 분위기를 감지하고 있었다면서, 오히려 나를 걱정하시며 학교 일은 알아서 처리하겠다고 하셨다. 이렇게 해서 셋째 날부터 일정을 바꿔야 했고, 취소된 일정 자리에는 가이드인 히라 씨가 급하게 알아본 학교를 방문하는 것으로 채워졌다.

남은 삼 일 중의 이틀은 경불련의 사업장을 방문하고, 카트만두 및 파탄의 관광지를 둘러보면서 보내었다. 장소를 이동하면서 차 안에서, 그리고 도중에 쉬기 위해 들렀던 식당과 카페에서 나는 방문단과 이야기를 많이 나누었다. 파견 이후 현지 사정을 서면으로만 보고하는 것이 많이 답답했는데, 현장을 보면서 직접 설명을 할 수 있어서 그 동안의 답답함을 많이 해소할 수 있었다. 집중적인 대화로 본부에서 사업을 진행하는 방향이나 가치관에 대해서는 좀 더 깊게 이해할 수 있는 계기도 되었다. 나는 일정 동안 식사시간마다 미리 식당을 예약해 두었다가, 스케줄 변동으로 예약을 취소하는 번거로움을 겪어야 했다. 방문 기간에 나는 어른들의 의중을 읽기 위해 허둥지둥했고, 일정 변경을 하면서 우왕좌왕했다. "그래도 처음이었으니깐, 이만하면 잘했다."고 칭찬 아닌 칭찬 같은 칭찬을 들을 때 방문일정은 이미 끝나가고 있었다.

방문단이 떠나던 날 아침에도 공항에 도착하자 보안과 직원분이 또 나와주셨다. 그분은 역시나 신속하게 우리 일행을 모시고 공항 안으로 들어가 출국 수속을 도와주었다. 공항에서 일행이 출국장으로 들어가 모습이 사라지고 나서도, 나는 비행기가 뜨는 걸 보고서야 공항을 나설 수 있었다. 결코 길지 않았던 5일간, 나는 온몸과 마음으로 긴장을 했었고 지난 6개월간 노력한 결과가 백지화되는 좌절도 겪었지만, 청년 정재연이 또 한 번 성장했음을 보았다.

🎣 희망심기 프로젝트 Ⅰ
- 학교 방문을 위한 2차 지역조사

　1차 지역조사 이후 발송한 보고서를 토대로 서울 사무국에서는 카트만두의 북동쪽 외곽의 보우더나트 근처에 있는 스리 나와 자그니티 공립학교(Shree Nawa Jagniti Lower Secondary School)를 프로젝트 대상자로 선정하였으나, 2009년 5월 네팔 첫 현지방문 때 해당 학교를 직접 보고 현장을 검토한 이사장님과 실무진은 대상지 선정을 취소하고 프로젝트를 원점으로 되돌렸다. 이미 지원을 약속했던 학교와는 구두로 한 약속이었지만 깊은 사죄와 함께 그 약속을 파기해야 했고, 나는 사무국에서 제시하는 조건에 맞는 지역과 학교를 찾기 위해 지역조사부터 다시 시작해야 했다. 이렇게 나의 2차 지역조사가 시작되었다.

　1차 지역조사 때는 그야말로 맨땅에 헤딩이었는데, 2차 지역조사는 그동안의 시행착오에 더하여 주네팔한국대사관이라는 공식채널의 도움까지 받아 진행되었다. 게다가 나는 1차 지역조사를 할 때보다 업그레이드된 네팔어 기능도 탑재하고, 손에 쥐기 쉽고 한 장 한 장 넘김도 훨씬 좋은 작은 종이 수첩도 장착하여 현장에 나가는, 세상에 두려울 게 없는 정 피엠이 되어 있었다.

미얀마, 라오스, 캄보디아 정부에서는 지구촌공생회에 새 학교를 지을 수 있는 땅을 무상으로 제공하거나 임대해주었다. 그 덕분에 서울 본부에서는 네팔 파견 초기부터 여타 동남아 국가처럼 네팔 정부에서도 학교를 짓는다고 하면 당연히 땅을 무상 임대해줄 것이라며, 그 방법을 찾도록 요청했다. 하지만 내가 현지 기관이나 활동가를 통해 알아본 결과 네팔에서는 거의 불가능한 일이었다. 그래서 나는 네팔 정부가 무상으로 제공하거나 임대해주는 땅 위에 학교를 짓는 일은 어려우니, 기존의 공립학교 중에서 지원대상을 찾아 학교를 지어주는 방향으로 프로젝트를 진행하자고 수개월에 걸쳐 본부를 설득했다. 하지만 1차 지역조사보고서를 토대로 지원대상으로 선정했던 학교가 여러 가지 면에서 부적합하다며 취소가 결정됐다. 본부에서는 내가 혼자 여기저기 기웃거리며 돌아본 지역들과 학교들이 미덥지 못했을 것이다.

여전히 현지 정부를 통해 하는 일에 대한 믿음과 기존의 프로젝트 진행방식을 고수하려던 본부의 실무진은 네팔 정부를 통한 학교추천 방식을 고수했다. 나 또한 지역조사 과정에서 한계를 느끼고 있었던 터라, 정부의 힘을 빌리고 싶었다. 한국 대사관을 통한 학교추천은 이사장님의 네팔 방문 때 가진 대사님과의 면담 중에 부탁하여 결정된 사안이었다. 나는 한국 대사관에서 3개월간 인턴으로 근무하면서 행정직원들과 영사님과도 친분 관계를 쌓은 덕택으로, 사무국에서 요청한 일을 원만하게 진행할 수 있었다. 사무국에서 협조요청 공문을 대사관으로 보냈고, 공문수신 확인차 대사관을 방문한 나는 영사님을 찾아가 뵙고 한 번 더 우리 단체의 상황과 필요한 부분을 자세히 설명했다. 영사님께서는 한국 대사관 영사확인으로 네팔 외무부에 협조공문을 띄우셨다. 그 공문은 다시 네팔 교육부로 전해질 것이었고, 추천학교 리스트가 작성될 공문은 다시 그 반대의 과정을 거쳐 나의 손으로 돌아올 예정이었다. 그리고 그 과정은 나와 네팔 정부 간의 지겨운 밀당의 이야기로 탄생하였다.

한 달 정도 기다렸을까? 나는 이 정도는 걸릴 거라는 생각을 하면서 여유롭게 기다렸다. 그렇다고 가만히 앉아 대사관의 연락만을 기다린 것은 아니었다. 네팔 정부를 불신하는 것은 아니지만, 애당초 네팔 정부에 큰 기대를 하지 않았던 나는 1차 지역조사에서 했던 것처럼 주변 지인들에게 한 번 더 공립학교를 추천해 달라고 도움을 청했다. 그런데 답변 서한이 올 때가 된 것 같은데도 소식이 없어 대사관으로 영사님을 찾아갔다. 혹시 대사관에는 연락이 왔나 하고 확인 차 말이다. 그제서야 영사님도 아직도 아무런 연락을 못 받았냐며, 그 자리에서 네팔 외무부에 문의를 했다. 그러자 현지 교육부에서 아직 외무부로 어떠한 답변도 주지 않아서 그들도 기다리고 있노라며 느긋한 대답만이 돌아왔다. 영사님이 외무부를 통해 교육청에 일을 재촉해주기를 요청했고, 그리고 일주일 뒤쯤에 교육부에서 우리의 일을 담당하고 있는 부서와 담당자의 직위와 이름을 받을 수 있었다.

그때 받은 메모지에는 교육부 국장 자나르단 네팔(Janardan Nepal)이라고 적혀있었다. 자나르단 네팔? 무척 익숙한 이름이었다. 그랬다. 그분은 1차 지역조사 때 나를 며칠씩 몇 시간을 기다리게 하고, 결국 학교소개를 해주기로 한 약속도 제대로 지키지 않으셨던 바로 그 국장이었다. 교육청 내에 국장은 4명인데, 설마 똑같은 이름과 성을 가진 분이 두 사람이 아니라면 분명 그분일 것이다. 그분을 다시 찾아갈 생각을 하니 참으로 난감했다. 네팔에서 늘 부탁하고 사과하면서, 일을 진행해왔지만 부끄러웠던 적은 없었다. 왜냐하면, 그 일들이 나 자신을 위한 일이거나 내가 만든 문제도 아니었으므로, 네팔의 아이들이 꿈을 꾸는 일을 돕는다는 생각에 단 한 번도 부끄러웠던 적은 없었다. 하지만 자나르단 네팔 국장님을 다시 찾아가 만나는 일만은 피하고 싶고 민망했다. 그렇다고 미루거나 피할 수 있는 일도 아니어서, 나는 꾸역꾸역 교육부 4층에 위치한 자나르단 국장님의 방을 찾았다. 국장님은 나를 보자마자 단번에 알아보셨다. 비웃듯 나를 쳐다보시더니 "한국 대사관에서 부탁한 일이 너희 단체 일이었냐? 아직도 프로젝트를 시작하지 못했냐?"며 나를 더 민망하게 만들고는, 우리 일을 담당하고 있는 사람은 따로 있으니 학교 부서(School Section)으로 가보라고 했다.

의미 없는 대화를 끝낸 뒤 나는 4층의 국장실에서 나와 다시 미로 같은 건물의 1층으로 내려와 한참을 헤매다 학교부서를 찾아냈다. 그리고 어눌한 네팔어와 영어를 섞어가며 우리 일을 맡은 담당자를 찾았다. 그분은 우리에게 추천해줄 학교가 이제 정해졌다며, 학교 이름이 적힌 서류를 보여주면서 곧 외무부로 공문을 보낼 테니 집에 가서 좀 기다려 달라고 했다. 공식적인 절차를 걸쳐 내게 돌아올 공문이었지만, 내가 직접 현지 교육청의 담당자까지 찾아내 독촉한 결과 얻어진 결과였다. 솔직히 말해 내가 마냥 기다리고 있었다면 몇 개월이 더 걸렸을지 아무도 모를 일이다. 중간에 우리의 공문이 사라졌을 수도 있다고 생각이 드는 것은 결코 내가 지어낸 과장이 아니다.

7월 5일 일요일(일요일은 네팔에서 한 주가 시작되는 요일)에 교육청에 찾아가 우리 단체에게 돌아올 공문의 행방을 찾아내고 나서, 7월 20일이 되어서야 대사관에서 학교 부지 추천에 관련된 공문이 도착했다고 연락이 왔다. 연락을 받은 다음 날, 나는 아침 일찍 대사관에 달려가 공문을 받았다. 그런데 공문을 받자마자 나는 감사함이나 감격을 하기는커녕 정말 어이가 없고 기운이 빠졌다. 공문에는 그냥 학교 이름과 지역 이름만 적혀있을 뿐, 상세한 연락처나 주소가 없었기 때문이다. 무더운 여름날, 그것도 비가 많이 내리던 우기에 두 달 가까이 쫓아다니며 받아낸 결실이라고 보기에는 공문이 너무 부실했던 것이다. 결국, 공문을 받은 바로 그 다음 날 다시 교육부에 찾아간 나는 담당자를 조르고 졸라 각 학교의 담당자 전화번호까지 포함된 보다 자세한 학교의 정보를 받아내는 데 성공했다. 이제부터는 지역조사를 나갈 계획을 세워야 했다. 우선 현장에 안전하게 오고 가며 지역민들과 자유롭게 의사소통할 수 있도록, 나는 한국어를 잘하시는 네팔의 지인인 다와 씨와 운전기사인 다와 씨의 친구 파상 씨를 섭외하고, 그분의 지프차까지 예약해 두었다. 네팔의 교육부와 밀당을 하던 사이 네팔은 어느덧 본격적인 우기로 접어들었다. 그래서 최대한 비가 안 내리고 나와 함께 나갈 정예의 용사 두 분의 일정이 없는 날들 중에서 학교와 약속이 가능한 날로 지역조사 일정을 잡았다.

학교 방문은 카트만두에서 가까운 곳부터 시작했고, 7월 24일 금요일에 발라보드 공립학교(Balabodh Secondary School)로 첫 조사를 나갔다. 이 학교는 빔둥가(Bhimdhunga)라는 지역에 있었는데, 카트만두 시내에서 로컬버스로 약 1시간 30분 걸리며 원숭이 사원으로 유명한 수웸부나트에서 차로 40분가량 걸리는 곳에 있었다. 나는 우선 다와 씨와 파상 씨와 함께 빔둥가 동네로 들어가 동네 사람들에게 학교 이름을 물어가며 찾아갔다. 유아반부터 10학년까지 260여 명의 학생이 재학 중인 중소규모의 학교였다. 방문 당시 발라보드 학교는 이미 공사 중이었다. 5개의 교실이 곧 완성될 예정이었고, 3층 건물로 올리는 게 목표이나 1층까지밖에 올릴 예산이 없어서 향후 두 층을 올리기 위한 지원이 필요한 곳이었다. 그때까지도 어떠한 NGO의 손길이 들어가지 않았던 곳이라, 만약에 우리 단체가 지원을 한다면 나름 지원 효과가 클 것으로 판단되기는 했다. 하지만 부지가 협소해 운동장을 만들 수가 없었고, 완전한 신축을 할 수 있는 학교가 아니라는 점에서 우리 단체가 정한 기준에 적합한 곳은 아니었다. 학교 위치가 카트만두에서 그리 멀지 않고 다소 빈곤한 지역이라 기대를 가지고 학교를 방문했지만, 바닥부터 하나씩 일구어 나가야 할 모습의 학교가 아니어서 실망이 되었다. 도움이 필요하지 않은 학교나 지역이 있을까마는 정해진 비용과 조건에서 최대의 효과를 낼 수 있는 대상을 찾아야 했으므로 지원조건에는 그다지 적합한 곳은 아니라는 결론이 났다.

7월 24일 금요일 같은 날. 나의 학교 방문팀은 랄리트푸르구의 다파켈(Dhapakhel, Lalitpur)이라는 지역에 있는 파드마 프라카쉬 공립학교(Padma Prakash Secondary School)에도 방문했다. 발라보드 학교가 카트만두의 서북쪽에 있었다면 파드마 학교는 카트만두 이남에 자리하고 있었다. 하루 만에 카트만두를 가로지르며 두 학교를 방문한 셈이었다. 유아반부터 10학년까지 운영을 하고 있던 파드마 학교에는 발라보드 학교보다 학생 수가 좀 더 많은 300여 명의 학생들이 다니고 있었다. 이 학교는 이미 3층까지 학교 건물이 올라가고 있었는데, 1층은 마을 운영회에서 자금을 충당하고, 2·3층은 PSD Nepal, Japan이라는 일본계 NGO에서 자금을 지원하였다고 했다. 컴퓨터실과 도서관 및 깨끗한 화장실에 대한 수요가 있었으나, 이 학교는 역시 이미 다양한 지원을 받고 있어 주변의 다른 학교들에 비해 그다지 도움이 절실한 곳은 아니었다. 또한, 해당 지역에 이미 네 군데의 사립학교와 세 군데의 공립학교가 있어, 파드마 공립학교를 지원한다고 하더라도 그 효과가 지역 아동들에게 충분히 전달되기 어려울 것으로 보였다. 카트만두 근교에서 방문한 두 학교가 모두 프로젝트의 기준에 미치지 못한 곳이라 무거운 마음으로 조사를 마치고 카트만두로 돌아올 수밖에 없었다. 하루 종일 나와 함께 다니며 통역까지 하느라 애쓰신 다와 씨에게 고마움도 전하고 팀의 사기를 높이기 위해 보우더나트 옆의 분위기 좋은 레스토랑에서 카레와 맥주 한 잔을 하며 그날의 피로까지 풀었다.

두 학교를 방문하고 일주일쯤 지나, 7월 30일 목요일에 다시 세 번째 학교 방문을 했다. 그 사이 비가 많이 내렸다. 리스트에서 남은 두 학교는 카트만두에서 차량으로 3~4시간을 가야 하는 곳이라, 비가 내리지 않는 맑은 날에 가려다 보니 며칠을 기다릴 수밖에 없었다.

세 번째 방문학교는 '자나 죠티 공립학교(Jana Jyoti Lower Secondary School)'로 신두팔촉 주에 있는 상가촉(Shangachowk, Sindhupalchowk) 지역에 있었다. 이 지역은 카트만두에서 70km 이상 떨어져 있어 지프차를 타고도 4시간이 넘게 걸리는 곳이며, 2015년 4월 네팔 대지진 때 가장 큰 피해를 본 지역이기도 했다. 자나 죠티 공립학교로 가는 길은 멀었지만, 그리 험난하지는 않았다. 카트만두 북동쪽에서부터 해당 지역 근처까지는 고속도로가 잘 나 있어, 이미 독일과 뉴질랜드 등의 외국계 엔지오들이 많이 진출해 있기도 했다. 자나 죠티 공립학교에는 유치원에서부터 8학년까지 400여 명의 학생들이 다니고 있었다. 이 학교는 학년의 수나 학생의 수에 비하여 교실이 부족한 곳이었지만, 마을 출신의 엔지오 대표가 뉴질랜드 엔지오로부터 지원을 받아 놀이 중심의 유아교육 프로젝트도 진행하는 등 자발적으로 학교발전을 꾀하고 있는 곳이기도 했다. 그러나 자나 죠티 학교에서 도보 30분 거리에 규모가 더 큰 공립학교도 있었고, 여러 엔지오들로부터 이미 다양한 방식으로 지원을 받고 있었던 터라 우리 단체에서 지원을 하기에 적합한 학교는 아니었다.

교육부 추천 공립학교 중 마지막 방문학교는 '시발라야 공립학교(Shivalaya Lower Secondary School)'로, 뉴와코트 주의 오칼포와(Okharpauwa, Nuwakot) 지역에 있었다. 해당 지역은 카트만두 서북쪽 발라 주라는 곳에서 지프차를 타고 2시간 30분 정도가 걸리는 곳이었다.

나는 자나 죠티 학교를 방문한 다음 날인 7월 31일 금요일에 바로 학교탐방을 나섰다. 전날에는 다행히 날씨가 좋아 자나 죠티 공립학교에 잘 다녀올 수 있었지만, 시발라야 공립학교를 방문하던 날 아침에는 분명히 날이 맑아서 출발을 했는데, 카트만두에서 멀어지자 어느 순간부터인가 비가 오기 시작했다. 길도 점점 험해지고 좁아졌다. 비가 점점 더 많이 내리자 우리가 가던 길바닥이 패이기 시작했다. 이렇게 계속 가다가 중도에서 더 이상 못 가게 되거나, 돌아오는 길에 도로가 엉망이 되어 차가 다니기 어려워질 수도 있었다. 우리의 정예 학교 방문팀은 고민 끝에 일단 내친김에 끝까지 학교를 찾아가기로 했다. 어차피 우기인 데다, 그해 여름에는 유독 비가 많이 내려 설령 그날을 피한다고 해도 언제 다시 화창한 날을 찾아 방문할 수 있을지 아무도 예상할 수가 없었기 때문이었다. 하지만 몇 년간 지프차를 운전해 본 경험이 있는 파상 기사님 덕분에 학교 초입까지 억지로 차를 밀고 들어갈 수 있었다.

하지만 학교가 있는 야산을 바로 앞에 두고, 차로서는 더 이상 갈 수가 없었다. 평소에는 차가 지나다닐 수 있는 개울이었지만, 잦은 비로 불어나 계곡이 되어 있었고 차량은 도저히 지나갈 수가 없는 상황이었다. 하지만 힘들게 들어간 곳이라, 계곡 앞에서 포기하고 돌아갈 수가 없었다. 파상 씨는 지프차와 함께 산 아래에서 기다리기로 하고, 나는 다와 씨와 함께 신발을 벗어들고 바지는 걷어 올려 차디찬 계곡 물을 건넜다. 계곡 물살도 세고, 바닥의 돌도 미끄러워 다와 씨가 손을 잡아주어 겨우 계곡을 건널

수 있었다. 그냥 보이는 그림으로 나는 마치 드라마 「여름향기」의 주인공인 손예진이 된 것 같았지만, 진흙에 빠져 더러워진 내 발이나 비 맞아 산발이 된 내 머리는 그저 지저분할 뿐이었다.

그래도 계곡 물을 건너 학교로 올라가는 길에 본 마을은 참 여유롭고 아름다웠다. 마을 사람들은 재래식 도구로 농사를 짓고 있었고, 비가 잠시 그치자 안개가 산 위로 올라가는 그 광경은 참으로 낭만적이기도 했다. 20여 분을 오르막을 올라 학교에 도착하자, 사전에 전화통화가 되었던 학교 선생님께서 우리를 기다리고 계셨다.

시발라야 공립학교는 유치부부터 10학년까지 400여 명의 학생이 재학 중이라고 학교 선생님은 말씀하셨는데, 방문 당시에는 방학 중이라 정확하게 학생 수 파악은 어렵다고 하셨다. '그렇구나.' 하고 수긍할 수도 있는 말이지만, 방학이든 학기 중이든 등록된 학생 수가 변하지 않는 우리나라와 비교한다면 방학 중에는 정확하게 학생 숫자를 파악할 수 없는 곳이 네팔의 여느 시골 공립학교의 현실이라는 것이 안타까웠다. 이 학교가 있는 마을 아래 계곡에는 카트만두의 쓰레기를 버리는 장소가 있다고 했다. 네팔 정부와 5년간 쓰레기 매립장 계약을 하고 정부로부터 지원을 받아 도로공사도 하고 학교 건물도 새로 지었다고 했다. 그래서였을까? 학교를 가는 길에 쓰레기를 옮기는 덤프트럭도 많이 보이고 마을 주변에서 고약한 냄새도 많이 났었다. 그 지역에는 공립학교만 두 곳이 있다고 했지만, 학교들이 건너편 산에 있는 데다 걸어서 1시간 이상이 걸리는 거리에 있어 시발라야 공립학교는 그 마을에서 유일한 학교였다. 이 학교는 정부 지원으로 한 층에 교실 3개가 들어가는 건물이 공사 중이었다. 하지만 기존의 건물이 아주 낙후되어 있었고, 새 건물의 증축에 들어갈 지원금도 부족한 현실이어서 외부의 지원이 절실한 상황이었다. 위의 세 학교와 비교한다면 네팔 정부를 제외하고는 외부의 손길이 전혀 닿지 않은 곳이었고, 마을 주민과 학교 선생님들의 교육에 대한 열정도 높은 곳이었다.

네팔 교육부 추천으로 방문한 이들 네 학교는 7월 말과 8월 초에 방문보고서로 정리되어 서울 사무국으로 전송되었다. 사무국의 결정을 기다리는 동안, 다딩의 날랑 마을에 있는 스리 시데숄 공립학교를 다시 방문할 기회가 생겼다. 그리고 1차 지역조사에서도 도움을 주었던 카트만두교육청 공무원 기리다(Giridhar) 씨에게 여러 번 학교를 추천해주기를 부탁하여, 카트만두 인근의 공립학교 서너 군데를 함께 둘러보았다. 기리다 씨와 함께 방문했던 학교들은 우리 단체에서 고려하는 기준에 미치지 못하여, 나는 서울 사무국에 보고하지 않고 내 선에서 학교 조사를 정리하고 마무리 지었다.

8월 26일부터 27일까지 아가타 수녀님과 라파엘라 수녀님께서 날랑 마을에 의료캠프를 가게 되었다고 하면서 나에게 함께 가자고 하셨다. 학교를 선정하는 일로 마음 고생하는 나를 보시면서, 이번 의료캠프 차 가는 길에 스리 시데숄 공립학교를 다시 방문해보고 제대로 조사해보길 권하셨다. 스리 시데숄 공립학교는 내가 처음으로 카트만두를 벗어난 지역조사에서 만난 학교였고, 그래서인지는 몰라도 그 학교의 열악함과 유난히도 맑게 빛나던 그곳 아이들의 눈빛이 내내 잊히지 않았다. 이후 1, 2차 지역조사를 다니면서 수십 군데의 학교를 다녀보았지만 내겐 스리 세데숄 공립학교가 기준이 되어 항상 그곳과 비교를 하게 되었다. 어떤 학교든 직접 가서 둘러보다 보면, 언제나 들었던 생각이 "날랑 마을에 있는 학교보다는 괜찮네."였다.

　스리 시데숄 공립학교는 카트만두에서 포카라행 고속도로를 3시간가량 차로 달린 후, 비포장 산길로 들어서 다시 1시간 정도를 가면 나오는 곳에 있다. 1차 지역조사에서 개괄적인 부분은 조사를 마쳤었지만, 이번 방문을 통해서 칼리지(College) 과정에 속하는 11학년과 12학년 학생들의 대부분이 가난으로 카트만두나 인근의 큰 학교로 가지 못하고 해당 학교에서 칼리지 과정을 공부하고 있다는 것을 알게 되었다. 네팔의 교육제도에서 자세하게 다루었지만, 네팔에서는 11~12학년은 고등학교와 대학교 사이에 있는 전문지식 심화 과정으로 우리나라에는 없는 특수한 학위수여 과정이다. 농사를 짓는 것 말고 다른 일들을 하기 위해서는 이 칼리지 과정을 마치는 게 유리한데, 날랑 지역에서는 스리 시데숄이 유일하게 칼리지 과정을 운영하고 있었다. 그 덕분에 8학년부터는 오히려 학생 수가 늘어나는 기이한 현상을 보인다고 했다. 고학년의 학생 수가 증가하다 보니 큰 사이즈의 교실이 필요했고, 도서관과 컴퓨터실 같은 특별활동 공간도 필요했다. 가장 큰 문제로 보였던 계단식 운동장의 평탄화도 시급해 보였다. 카트만두에서 오고 가기에 가까운 거리는 아니었지만, 네팔의 특수한 산악지형의 전형적인 마을에 있는 학교를 지원할 수 있다는 부분과 산골 마을을 도움으로써 지역의 변화를 일으킬 가능성도 있다는 점을 부각하여 나는 9개월 전 작성한 학교 방문보고서를 보강하여 다시 본부에 보냈다. 네팔에 들어간 지 1년이 다 되어가던 9월의 어느 날, 서울에서 반가운 소식이 들려왔다. 1차 프로젝트 대상지로 '스리 시데숄 공립학교'을 선정하였고, 다시 변경될 가능성은 전혀 없으니 프로젝트를 시작하라는 지시가 내려졌다.

오랜만에 가슴이 콩닥콩닥 뛰기 시작했다. 황당함이나 두려움 때문이 아니라, 나의 첫 프로젝트를 드디어 시작한다는 설렘과 기대감으로 부푼 기분 좋은 두근거림이었다.

프로젝트 I

- 스리 시데솔 공립학교 건립

프로젝트 시작

2009년 8월 말경에 다딩의 날랑 마을로 스리 시데솔 공립학교를 재방문하러 다녀온 이후에 작성했던 학교 방문보고서를 검토한 본부에서는 현지 교육청에서 추천해 준 학교와 비교검토를 하고 나서 9월 중순 무렵에 스리 시데솔 공립학교를 지원하기로 결정했다. 스리 시데솔 공립학교는 다딩 주의 날랑 마을에 있는데, 카트만두에서 차를 타고 포카라행 고속도로를 따라가다가 다딩으로 빠지는 도로 중간에 다시 비포장 산길로 올라가면 나오는 산골 마을이다. 카트만두에서부터 차를 타고 가면 4시간 정도 걸리는 거리였다.

첫 번째 프로젝트 대상이 결정이 되고 며칠 지나지 않아, 네팔에서는 1년 중 가장 큰 명절인 더사인(Dashain, 2009년 9월 25일~10월 4일)이 다가왔다. 그로부터 며칠 지나지 않아 10월 17일~10월 19일까지는 띠하르

(Thihar)라는 연휴 기간까지 겹쳤다. 몇 년 전만 해도 더사인부터 띠하르까지 거의 한 달을 쉬었다고 했는데, 내가 네팔에서 지내는 동안에도 그 전통이 이어져 오고 있어서 공공기관이나 은행을 제외하고는 많은 회사나 가게들이 여전히 오랜 기간을 쉬었다. 덕분에 그토록 기다리던 지원대상 학교가 결정 났음에도, 프로젝트를 본격적으로 시작할 수가 없었다. 설레고 마음은 급해졌지만, 큰일을 앞두고 숨 고르기를 하라는 뜻으로 받아들이고 나는 연휴 기간에 위빠사나 명상센터에 다녀왔다.

학교 측에는 연휴가 시작되기 전에 우선 전화로 우리 단체에서 지원하기로 결정했다고 알리면서, 명절이 끝난 이후에 세부사항을 논의하기 위해 찾아뵙겠다고 전했다. 스리 시데숄 공립학교는 혼자 가기에는 멀고 교통이 많이 불편한 곳이라, 나는 통역을 해주실 지인과 두 곳의 건설업체 관계자분들과 함께 학교를 방문했다. 본부에서는 네팔 현지업체보다는 한국 기업체가 학교 건물을 짓기를 원했고, 나는 한국인이 운영하는 세 곳의 네팔주재 건설업체와 접촉을 했었다. 그중의 한 업체는 사업이 소규모인 데다 지역도 외진 곳이라 직접 시공은 어렵다고 거절을 해왔다. 나머지 두 업체 중 네팔에서 20년 넘게 사업을 해왔으며 규모도 큰 삼부토건과 함께 먼저 학교를 방문했다. 업체의 일정에 맞추느라 10월 14일에 학교에 갔는데, 더사인과 띠하르까지 이어진 방학이 끝나지 않아 학교에는 학생도 선생님도 아무도 없었다. 학교 관계자와는 만나 따로 이야기를 나누지는 못했지만, 업체 측에서 학교 시공 계획을 잡고 견적을 내기 위해서 둘러보기에는 오히려 편했던 것 같다. 일주일 뒤인 10월 22일에는 다른 업체인 정상건설 사장님과 함께 학교를 방문했다. 그때는 학교의 방학도 끝이 났고, 정상건설 사장님께서 해당 지역구의 네팔 의회당 국회의원 비서관까지 부르셔서 교장 선생님과 마을의 운영위원 회장님까지 다 함께 만날 수 있었다. 국회 비서관까지 그 자리에 왔던 건 혹시라도 어린 여자인 나 혼자 지원 사업을 하겠다고 하면 현지 사람들이 협조도 잘하지 않고 무시할까 봐 정상건설 사장님께서 미리 장막을 쳐주신 거였다. 그날은 정상건설의 현장방문에 동행한 것이기도 했지만, 지원대상 선정 이후 처음으로 내가 학교와 공식적인 의견을 나누는 자리이기도 했다. 그 자리에서 나는 학교 관계자를 통해 현재 학교에서 가장 시급한 문제와 향후 필요한 지원에 대해서 들었고, 학교 관계자와 마을 운영위로부터는 앞으로 학교지원사업 중에 가능한 한 모든 지원과 협조도 받기로 약속을 받았다.

두 업체가 학교를 다녀간 이후, 나는 두 업체로부터 견적서와 설계도를 받아 본부에 전달했다. 당시 우리 기관의 예산과 사업방향에 맞는 조건을 제시해 준 곳이 정상건설이었으므로, 시공사로 정상건설이 결정되었다. 시공 업체의 선정과 동시에 본부에서는 스리 시데솔 공립학교의 기공식을 하기로 결정하고 11월 24일로 기공식 일정까지 잡았다. 지지부진하게 진행되던 프로젝트는 그때부터 급물살을 타게 되었다.

11월 21일에 나는 기공식 준비와 향후 프로젝트 진행방향에 대해 논의하기 위해 아시아인권문화개발포럼(AHRCDF)의 대표 씨디 버랄(Shiddi Baral) 씨와 함께 학교를 방문했다. 씨디 다이(다이는 네팔에서 나이 많은 남자를 부르는 명칭, 오빠나 삼촌을 다 아우르는 말)는 한국에서 이주노동자로 10여 년 일하면서 사회활동도 함께하셨던 분이라 한국어도 잘하고, 학교 건립과 같은 국제개발 분야의 일에서 경험도 많아서 나에게는 구세주 같았다. 그래서 그분에게 현장에 함께 가 주시길 부탁했다. 학교 방문에 앞서, 내가 준비했던 기공식 식순을 토대로 씨디 다이는 학교 선생님들과 함께 기공식을 어떻게 진행할지를 정했다.

기공식 준비로 만난 사람들,
모두가 어색한 첫 만남에 두 손을 공손히 모았다

일이 급하게 진행이 돼서 학교 측에서도 당황한 듯 보였지만, 좋은 일이니만큼 기쁜 마음으로 협조해주셨다. 나는 씨디 다이를 통해서 "기공식을 시작으로 프로젝트를 진행할 것이니, 번거롭더라도 기공식을 같이 잘 치르고, 이후 MOU 체결과 학교 공사에 잘 협조해 달라."라고 부탁했다.

기공식

2009년 11월 29일, 그 날이 왔다. 꼬박 1년을 기다렸던 그날이었다. 마침내 희망심기 프로젝트의 시작을 알리는 날이 온 것이다. 기부자가 기부를 취소하고, 처음 지정했던 지원대상을 취소하고, 개인적으로 험난한 일들을 겪으며 설마 이런 날이 올까 싶었는데, 정말 그 날이 왔다.

지난번 네팔시찰 방문단을 맞이한 경험으로 이번 기공식 준비는 내가 주도할 수 있었다. 기공식을 포함한 방문단의 스케줄을 짜고, 직접 여행사에 찾아가서 방문단이 묵을 숙소와 날랑 마을에 갈 때 타고 갈 지프차와 시내에서 타고 다닐 밴까지 예약을 마쳐 두었다. 기공식 행사 준비와 관련해서는 내가 기공식 식순의 큰 틀을 잡았고, 씨디 다이와 함께 학교에 방문해서 학교 관계자분들과 함께 세부사항을 논의했다. 학교 측과 사전에 충분한 논의를 한다고 했지만, 거리와 시간상의 문제로 기공식 전에 한 번 더 현장을 찾지 못한 부분이 마음에 걸렸다. 기공식 전날에서야 정상건설 사장님과 본부의 실무진이 만나 공사와 관련한 진지한 대화를 했고, 계약서 체결도 하지도 못한 상황에서 기공식을 먼저 진행해야 했다. 정상건설 사장님께서도 이 상황을 충분히 이해해 주셨기에 기공식을 잘 준비할 수 있었지만, 모든 면에서 준비가 부족하다 보니 걱정을 안 할 수가 없었다. 오죽했으면 기공식이 있던 날 새벽에 기공식이 전면 취소되는 꿈을 꾸었겠는가?

기공식 날 아침 학교전경 뒤로 히말라야가 보인다

꿈속에서 나는 너무나 기가 막히고 억장이 무너져 어찌할 바를 몰랐지만, 꿈에서 깨어나 이것이 현실이 아니었음을 알고 안도의 한숨을 내쉬었다. 그렇게 해서 제대로 잠을 자지 못한 채 나는 새벽 5시에 일어나 기공식에 나설 채비를 했다. 기공식에 필요한 물품들과 여행 중에 마실 음료와 간식도 함께 챙겨 나가야 해서, 아침부터 진땀을 흘렸다. 기공식이 오후 1시 30분에 하기로 되어 있었기 때문에, 우리는 기공식이 시작되기 전에 학교에 먼저 도착해서 점심을 먹기로 했다. 본부에서는 어르신들께서 현장에서 현지 음식을 먹고 탈이 날 것을 걱정하기에 카트만두의 한식당에 김밥을 미리 주문해서 기공식 날 아침에 호텔에서 배달을 받기로 했다. 아침 7시 30분에 호텔 로비에서 모두가 만나기로 했지만, 나는 7시에 김밥 배달을 받기로 약속하고 호텔로 갔다. 준비할 것이 많았던 때문이다.

기공식 날 초대 손님으로는 학교 측에서 초청한 다딩 주 교육청 고위인사와 해당 지역구 국회의원 등이 있었고, 우리 측에서는 김동완 영사님과 도영아 코이카 소장님께서 참석해 주셨다. 영사님과 소장님은 날랑 마을로 올라가는 초입까지는 각자 공무차량으로 오셔서 학교까지 가는 비포장도로부터 우리 쪽 차량으로 옮겨 타서서 함께 이동했다.

구불구불한 비포장도로를 1시간 남짓 오르면 스리 시데솔 공립학교에 다다른다. 나는 청명한 하늘을 보면서, '학교에 도착하면 히말라야를 볼 수 있겠다.'라는 생각에 기대감이 점점 커졌다. 하지만 울퉁불퉁한 산길이 초행인 방문단과 영사님은 학교까지 올라가는 그 길이 안전한가를 되물으시며, 도리어 긴장감이 고조되는 듯했다. 부푼 기대감과 팽팽한 긴장감 사이로 3대의 지프차는 학교 초입까지 안전하게 도착했다. 보통은 학교 안까지 차를 타고 들어갔지만, 그 날은 특별한 날이다 보니 학교로 들어가는 길이 막혀있었다.

학교로 들어가는 골목 입구에서부터 학생들이 양쪽으로 빈틈없이 줄지어서서 우리 일행을 환영했다. 학생들 손에는 꽃목걸이와 자그마한 들꽃 부케가 들려있었고, 우리가 그들 곁을 지날 때마다 박수를 치며 모든 일행들에게 꽃목걸이를 걸어주고 부케도 주었다. 문이 없는 교문에 다다르자, 교장 선생님과 운영위원분들은 남자들에게는 네팔전통 모자를 씌워주고, 여자들에게는 짙은 자주색 스카프를 선물로 걸어주었다. 이사장님을 포함하여 한국에서 오신 어른들께 모자를 씌워주던 순간, 그 뒤를 따르던 나와 씨디 다이는 서로 눈이 마주쳤고, '완전히 빵 터졌다.' 네팔 모자는 두상이 작은 네팔 사람에게 최적화된 것이라, 전반적으로 두상이 큰 한국인 남성에게는 턱없이 작았던 것이다. 모자가 정수리 부분에만 살짝 얹혀질 뿐, 도저히 씌워지지 않았다. 예상치 못한 상황에 모자를 씌워주던 네팔 분들은 무척이나 당황해했고, 우리 쪽 어른분들도 당황하긴 마찬가지여서 당장 모자를 벗어 옆에 있던 활동가에게 건네셨다. 카메라를 들고 사진도 찍으랴, 뒤에서 상황도 살피랴 정신이 없던 내게도 학생들은 익숙한 얼굴이라 그런지 더 기쁜 얼굴로 꽃목걸이와 꽃 부케 세례를 퍼부었다. 그 순간 나는 부끄럽기도 했지만, 황홀하기 그지없었다. 지금껏 사는 동안 그 어디에서도, 그 누구에게서도 이렇게 격한 환영은 받아 본 적이 없었던 내게는 엄청난 경험이었다.

격한 환영을 받으면서 우리 일행은 학교에 무사히 들어갔다. 학교 운동장에 들어서자, 저 멀리 하늘에는 히말라야가 떠 있었다. 그 모습을 처음 본 한국 손님들은 구름이냐고 물었지만, 나는 자신 있게 그건 히말라야라고 말할 수 있었다. 히말라야가 마치 우리를 반겨주는 것 같아서 나는 더 감격스러웠고 기뻤다. 기공식까지는 1시간가량이 남아서, 무대 뒤쪽에 마련된 교실에서 여유롭게 김밥으로 점심을 해결했다. 다행히 김밥이 상하지는 않았지만, 별다른 국물이나 단무지도 없이 먹는 김밥은 모두를 목메게 만들었다. 운동장에서 기다리고 있는 학교 선생님이나 학생들을 뒤로하고 먹는 점심이라 마음이 더 불편했던 것 같다.

나와 씨디 다이가 기공식의 사회를 맡았는데, 나는 한국어로 말했고 씨디 다이가 네팔어로 통역을 하면서 행사진행을 주도했다. 학교 측에서는 지역사회의 주요 인사들도 많이 초청하고 학생들은 다양한 공연도 많이 준비했다. 오후 1시부터 시작된 기공식은 분위기가 무르익을수록, 실제 그곳의 열기도 상승하는 효과를 낳아 무대에 앉아있던 모든 초청인사들을 지치게 만들었다. 그날의 식순은 다음과 같이 계획되었는데, "1. 개회, 2. 학교운영회 회장님 개회사, 3. 참석자 소개, 4.지구촌공생회 소개, 5. 스리시데솔 학교소개, 6. 지구촌공생회 이사장님 축사, 7. 내빈 축사, 8. 시삽 행사 및 사진촬영, 9. 학교운영회 회장님의 폐회사, 10. 폐회"였다. 지역 국회의원의 축사가 연설로 변질되면서 분위기는 싸해졌고, 연이은 축사들이 끊이지 않으면서 더운 날씨에 기공식은 끝이 날 줄을 몰랐다.

현지인까지 지치게 만들던 축사가 끝나자, 바로 시삽 행사로 이어졌다. 시삽장에서 플래카드를 앞세우고 단체 사진 촬영까지 잘 마쳤다. 학교 운영회장님의 폐회사를 마지막으로 길었던 기공식이 끝이 나고, 우리 일행은 다 같이 날랑 마을의 다른 학교들도 둘러보았다. 그리고 날랑 마을의 유일한 리조트에서 간단하

게 차 한잔 마시며, 축사가 너무 길어서 힘들었다는 불만과 아쉬움을 토로했다. 우리는 리조트에서의 티 타임을 끝낸 후 지프차를 타고 날랑 마을의 초입까지 내려갔다. 영사님과 코이카 소장님께서는 아침에 타고 오셨던 업무차량으로 갈아타시고 카트만두로 먼저 돌아가시고, 나머지 일행은 다시 세대의 지프차로 나눠 타고 석양을 바라보면서 카트만두로 돌아왔다.

프로젝트 진행과정

희망심기 프로젝트는 우선 학교 건물과 화장실과 운동장을 만들어 주는 것으로, 이제부터는 내가 직접적으로 할 일은 많지 않았다. 나는 그저 주기적으로 학교를 방문하여 공사가 잘 진행되고 있는지, 학교에서 더 필요한 부분은 없는지, 내가 업체에 도와줄 일은 없는지를 체크하였다. 기공식을 올린 뒤 12월 중순에 정상건설과 정식으로 계약서에 서명을 했고, 학교 공사가 한창 진행 중인 상태에서 학교와 MOU도 체결했다. 이처럼 첫 희망심기 프로젝트의 일이 순서가 뒤바뀐 건 나의 경험부족이 가장 큰 원인으로 작용했겠지만, 한국과 현지의 일정상에 시차가 발생했던 것도 크게 영향을 미쳤다고 변명하고 싶다. 그럼에도 주변의 많은 도움으로 프로젝트는 차곡차곡 희망을 심으며 진행되어갔다. 이 모든 진행과정은 학교의 변화된 모습을 담은 사진만으로도 쉽게 이해되겠지만, 당시 사무국에 제출했던 보고서의 내용과 함께 담아본다.

1차 방문: 2009.12.29. 화요일

포크레인이 첫 삽을 뜬 날이다. 이미 며칠 전부터 기존 학교 건물을 허물기 시작했지만, 포크레인이 현장에 도착하면서 공사가 본격적으로 시작되었다. 한국에서는 포크레인이 현장에 도착하는 것이 그다지 특별한 일이 아니지만 여건이 열악한 네팔에서, 더군다나 산 중턱에 있는 날랑 마을에서는 포크레인이 도착했다는 것 그 자체만으로도 대단한 이벤트였다. 네팔에서는 포크레인을 대형트럭으로 옮기는 일은 거의 없고, 포크레인 스스로 공사현장으로 이동했다. 다딩 주 시내에서 아침 일찍 출발한 포크레인은 '세월아, 네월아' 하면서 시내 도로를 달리고 비포장 산길을 올라 오후 3시가 넘어서야 학교 앞까지 도착할 수 있었다. 포크레인이 도착할 시간에 맞추느라 정상건설 사장님과 나는 평소보다 늦은 9시 반에 카트만두를 출발해서 오후 2시 반쯤에 학교에 도착했다. 보통은 이른 아침에 출발해서 학교를 둘러보고 와야 고속도로에서 차 막히는 시간을 피할 수가 있었지만, 이날만은 포크레인의 스케줄에 맞추느라 출발이 많이 늦어졌다.

평소보다 늦게 출발하긴 했지만, 생각보다 고속도로의 정체가 심하지 않

았다. 우리가 학교에 도착하고서도 한 삼십 분이 더 지나서야 포크레인이 도착한다는 연락이 왔다. 참 별일도 아닌 '포크레인의 등장'은 나를 포함한 날랑 마을 사람들에게도 몹시 기다려지는 일이라, 모두가 초조한 마음으로 포크레인의 등장을 눈이 빠지도록 기다리고 있었다. 어린 시절 포크레인을 처음 보고 놀랐을 때처럼 날랑 마을에서 만난 포크레인의 위용은 대단했다. 학교로 들어가는 골목과 입구가 좁아 진입이 쉽지 않았지만, 운전기사의 조심스럽고 노련한 조작 끝에 마침내 포크레인은 학교 운동장까지 진입할 수 있었다. 포크레인은 사람이 한참 동안 손으로 쌓아놓은 흙더미를 한방에 공터로 밀어 넣었다. 나는 그 장면을 사진만으로는 부족해 동영상으로까지 촬영했고, 흙더미가 넘어가던 순간 그 자리에 있던 모든 사람은 박수를 치며 환호성을 질렀다. 흙을 파고 옮기는 일이 어느 정도 마무리되고, 포크레인은 구건물의 교실로 향했다. 크고 단단하며 크기도 제각각인 돌과 흙을 반죽해서 쌓아 올린 교실 벽은 공사인부들의 손으로 한 장 한 장 뜯어내듯 해체 중이었는데, 포크레인이 손을 뻗자 그 단단해 보이던 교실 벽이 한번에 와르르 무너져 내렸다. 돌덩이들이 떨어지는 걸 보면서 나는 순간 울컥했다. 모든 것이 부족한 그 산골 마을에서 사람들이 돌을 하나씩 캐어 옮기고 그걸 다시 반죽한 흙을 발라가며 쌓았을 생각을 하니, 그들의 노고가 쉽게 허물어져 내린 것 같아서 서글퍼졌다.

그날, 포크레인의 주요임무는 구건물 해체와 운동장 평탄화 작업이었다. 포크레인 작업은 최소 3일 정도가 걸릴 것으로 예상된다고 했다. 그리고 포크레인으로 흙과 돌을 옮기는 작업이 끝나면, 운동장 평탄화 작업과 축대 쌓기가 시작될 것이었다. 공사계약이 늦어지면서 공사가 한달 넘게 지연되었고, 내 마음이 많이 조급해지기도 했었는데, 힘차게 학교까지 올라온 포크레인을 보니 안도감이 들었다.

포크레인 작업이 3, 4일간은 지속될 거라, 정상건설 사장님과 나는 해가 지기 전에 학교에서 출발했다. 카트만두로 돌아오는 고속도로에서 일몰을 보았다. 가을이라 맑디맑은 서편 하늘 아래, 붉게 물들어가던 히말라야는 황홀하기 그지없었다.

2차 방문: 2010. 01. 11. 월요일.

학교 공사를 시작하고 거의 2주 만에 학교를 다시 방문했다. 학교 운동장의 평탄화 작업이 마무리되었다기에 이를 확인하고, 운동장 제일 위층의 교실이 들어설 공간에 건물의 실측 사이즈에 맞는 위치 선정이 끝난다기에 설계도에 맞게 잘 되었는지 점검하기 위한 두 번째 방문이었다.

처음 설계단계에서는 여섯 층계로 된 운동장을 세 층계로 만들고 제일 위쪽에 교실을 지을 계획이었다. 그런데 포크레인으로 땅을 고르고 뒷산을 파기 시작하니, 돌이 거의 없고 토질이 고운 흙으로 되어 있는 것이 발견되었다. 학교 측에서도 지속적으로 운동장을 2단계로 만들어 달라고 요청했었는데, 토질이 예상보다 딱딱하지 않아서 산과 운동장 층계에서 파낸 흙으로 땅을 다지면서 운동장을 두 층으로 만들 수 있을 것 같았다. 현장에서 학교장 선생님 및 정상건설 대표님과 함께 논의한 끝에 운동장의 설계 변경을 긍정적으로 검토하기로 하고, 나는 이를 본부에 건의했다. 본부에서도 학교에서 필요로 하고 안전한 방향이라면 괜찮다고 하여 설계변경에 동의했다.

1차 방문 때, 급하게 변경되었던 운동장 평탄화 작업이 이야기했던 데로 제대로 진행이 되고 있는지 확인했다. 운동장을 두 층으로 줄이고 평탄화하는 작업이 마무리되면서 공정률 10% 정도를 달성했다. 축대작업까지 마쳐야 완전한 운동장이 만들어질 것이었지만, 제일 위쪽 운동장 한편에 교실이 들어설 건물의 위치 선정이 되어 있었다. 평평한 흙 위에 교실 사이즈에 맞춰 나무 막대기가 박혀 있었고, 그 사이에는 실이 길게 묶여 있었다. 공터 상태에서 볼 때는 마냥 넓어 보였는데 실측된 교실 자리는 오히려 작아 보였다. 정상건설 사장님께서는 그렇게 보이는 게 당연한 거라면서, 나중에 교실이 지어진 걸 보면 되레 너무 커서 놀랄지도 모른다고 하셨다.

나는 두 층으로 만들면서 커져 버린 운동장 간의 높이 차이 때문에 학생들이 놀다가 다칠까 염려가 되어서 학교 선생님들에게 특별히 안전관리를 부탁했다. 그날도 많은 학생들이 운동장 한쪽 끝에 쌓인 흙더미 위를 오르락내리락 하면서 놀고 있었다. 나는 즐거워하는 아이들이 모습을 보며 흐뭇하기도 했지만, 혹시 사고가 날까 걱정도 되었다.

이날은 오전 7시 30분에 카트만두를 출발해서 고속도로 중간에서 아침 겸 점심으로 '햄릿 레스토랑(Hamlet Restaurant, 이 레스토랑은 카트만

두~포카라간 고속도로에서 한국 사람들이 가장 많이 애용하는 곳)'에서 볶음밥을 먹고 학교로 들어갔다. 공사현장을 지켜보고 운동장에 실측 작업하는 것이 마무리되는 것까지 확인하다 보니 오후 늦게서야 학교를 나설 수 있었다. 그날 고속도로에는 교통사고까지 나서, 카트만두로 돌아오는 길은 유난히도 많이 막혔다. 아침에 학교 가는 길에 먹었던 아침 식사가 그날 하루 종일 먹은 음식의 전부여서, 해가 다 진 한밤중에 집에 도착했을 때 얼마나 지치고 배가 고팠는지 모른다. 배가 너무 고파서 손발이 떨리는 그 경험 말이다. 떨리는 손을 겨우 부여잡고 얼큰한 너구리 하나 끓여 먹고, 나는 소화도 안 된 상태로 이내 곯아떨어졌다.

3차 방문: 2010. 02. 24. 수요일.

40일 만의 방문. 공정률은 여전히 10%였다. 평탄화된 운동장을 다지고, 축대를 쌓는 일은 사람의 손길을 많이 필요로 하고 시간도 많이 걸리는 일이다 보니 공정률에 큰 변화가 없었다. 그래도 공사 현장에는 눈에 띄는 변화가 있었다. 운동장 사이에는 축대가 쌓이고 있었고, 지난번 방문 때 나무 작대기로 실측 작업을 하던 곳에는 쇠파이프가 자리를 대신하고 있었다. 그리고 실측된 공간에는 이제 시멘트가 발라진 교실 바닥이 완성되어 있었다. 평평한 회색 교실 바닥을 보면서 나는 이미 교실이 생긴 양 신이 났고, 앞으로 교실 바닥 위로 벽돌이 쌓이고 쇠파이프가 박힌 곳에 자갈과 시멘트를 섞은 기둥이 만들어질 것으로 생각하니, 그 모습을 상상하는 것만으로 가슴 벅차는 행복감을 느꼈다. 내가 살 집도 아니고, 내가 공부할 공간도 아닌 곳에서 나의 마음은 또 한 자락 넓어졌다.

운동장 사이에 축대를 쌓고 있는 모습

4차 방문: 2010. 03. 05. 금요일.

4차 방문은 스리 시데솔 공립학교와 MOU을 체결한 날에 이루어졌다. 그렇다. 지원대상인 학교와 양해각서(MOU)를 체결하는 것은 기공식 전에, 아니 늦어도 공사 시작 전에 마쳤어야 할 일이었다. 그럼에도 그 중요한 과정을 뒤로 미루어 둔 채 공사부터 시작할 수밖에 없었다. 나는 처음부터 MOU을 우선 체결하고 공사를 진행해야 한다고 주장했지만, 현실에서는 당장 계획된 기공식이 우선이었고, 미루어진 공사를 시작하는 것이 더 중요했다. 나는 3개월 넘게 계속 학교와 지원협정을 체결해야 한다고 강력히 주장한 끝에, 타 지부의 MOU을 예시 본으로 받았다. 그리고 그 MOU을 참고하여 네팔 상황에 맞는 협정서로 재탄생시켰다.

협정서는 한국어, 영어, 네팔어 버전으로 작성하여 한 권으로 만들었고, 모든 언어 버전의 마지막 장에 나와 학교장의 서명을 넣었다. 한국어와 영어 버전은 내가 작성하는 데 무리가 없었으나, 생활 수준에 머물러 있는 내 네팔어 실력으로 네팔어 번역은 불가능했다. 당시 가깝게 지내던 네팔의 지식인들이 여럿 있었지만, 당시 코이카에서 코디네이터로 일하고 있던 쁘러빈(Prabin Maharjan, 2014년도부터 한국에서 공부 중임)에게 부탁했고, 짧은 시간 내에 제대로 된 번역본을 작성해 주었다.

'MOU 체결식'에는 학교 교장 선생님 2분, 학교 운영진, 선생님들 다수가 모두 한자리에 모였다. 나는 통역을 위해 다와 다이를 대동하고 갔다. 학교 관계자 모두가 모인 자리에서 MOU 내용에 대한 충분한 논의가 이루어졌으며, 모두의 동의를 받아낸 이후에 학교장 선생님과 정재연 프로젝트 매니저가 동시에 협약서에 사인한 후에 이를 교환하면서 악수까지 나누었다.

협약식이 끝난 후에는 공사 현장을 둘러봤다. 지난번 방문에서 건물의 바닥이 만들어져 있었는데, 이제는 건물의 기초작업까지 완성되어 있었다. 그리고 두 층으로 나뉜 운동장 사이의 축대 작업도 상당히 진척이 되어있었다. 이전에 두 운동장 사이의 깊은 골에 벽돌을 넣고 시멘트를 바르고 있었는데, 이번에는 그 골이 다 메워져 있었다. 그러나 당시 현장에서는 여러 요인으로 공사진행에 차질이 빚어지고 있었다. 건기 막바지에 다다랐던 그때, 학교에서는 공사현장에 물을 원활하게 공급하지 못하고 있었다. 학교 측에서 사전에 건기에는 물이 부족할 수도 있다는 정보를 주지 않아서, 공사업체에서 물에 대한 사전대비를 제대로 하지 못했던 것이다. 3차 방문 시에는 물 부족 문제가 심해졌기 때문에 학교 측에 물을 끌어올 방안을 문의했고, 학교에서는 윗마을의 물탱크에서 물을 끌어와 공사에 차질이 없도록 하겠다고 약속을 했었다. 하지만 윗마을 사람들과 이해관계가 맞물리면서, 업체

에서 파이프를 지원해줬음에도 물이 그때까지 제대로 공급되지 못하고 있었다. 학교에서는 반드시 물 문제를 해결하겠다고는 했으나, 시간이 지나도 별다른 차도가 보이지 않았다. 이에 나는 MOU에 물 공급과 관련된 항목도 첨부했다. 이는 학교 측에 책임 소재를 분명히 해두고자 했던 내 나름의 장치였다.

앞으로는 벽돌을 올리고 그 위에 미장을 하는 작업도 남아있는데, 물이 제대로 공급이 될 수 있을지도 걱정이 되었다. 물이 부족해서 준공 시기가 늦어지면, 몇 달 뒤에는 우기가 닥쳐와 공사가 또 다시 지연될 것이 불 보듯 뻔했기 때문이었다. 이래서 '첫 단추 끼우는 게 제일 중요하다'는 걸 새삼 깨달았다. 시작이 늦어지니 뒤따르는 모든 과정도 밀리는 데다 미처 예상치 못한 문제들까지 겹치면서 공사지연은 반복되었다. 나 혼자서 현장과 카트만두를 오고 가며 한국과 네팔의 여러 사람들에게 설명하고 이해시키고 설득하는 과정에서 나는 정말 피 말리는 시간을 보냈다.

5차 방문: 2010. 04. 04. 일요일.

4월 5일부터 6일까지 수녀님들께서는 날랑 마을에서 클리닉 오픈식과 의료캠프를 하실 계획이었고, 나는 수녀님들의 일행을 따라 행사 전날인 4월 4일에 마을로 들어갔다. 나는 오픈식의 행사진행도 돕고, 의료캠프에서 봉사하며 틈틈이 스리 시데솔 공립학교를 찾아 공사 진행 상황을 점검할 생각이었다. 이렇게 수녀님을 따라가게 되면 출장비가 들지 않으므로, 나는 10만 원에 상당하는 차량 대여비용을 아낄 수 있었고 3일 동안 학교의 공사 진행 상황을 좀 더 세밀하게 살필 수도 있었다. 당시 학교는 방학 중이었으므로, 학교 선생님이나 여타 관계자분들은 만나보지 못하고 공사를 담당하고 있는 현장 감독관만 만나서 이야기를 나누었다. 그간 물이 원활하게 공급이 되지 못하여 공사가 보름 가량 지체되었다고 했다. 학교 측에서 윗마을 사람들에게 부탁하여, 1.5Km 정도 떨어진 윗마을의 물탱크에서 파이프 1,500m을 연결하여 학교 물탱크로 물을 끌어왔고 그 물을 공사에 쓸 수 있게 되었다.

그런데 곧 우기가 시작될 것이었고, 갑자기 비가 많이 내리게 되면 쌓고 있던 축대가 무너질 위험이 있었다. 그래서 건물을 올리는 것을 미루고 축대작업부터 서둘러 마무리 짓고 있었다. 덕분에 운동장 아래쪽에 축조 중이던 축대는 1m가량 더 올라가 있었지만, 교실을 짓는 일은 지체되면서 건물공사는 추가적으로 진행된 부분이 없었다. 그래도 내가 방문한 이튿날인 4월 6일에는 교실 바닥에 벽돌이 도착해 있었다. 곧 벽돌이 차곡차곡 쌓이며 완성될 교실 모습이 떠올라 한결 마음이 놓였다.

4월 5일, 날랑 마을에 들어간 이튿날 아가타 수녀님과 라파엘라 수녀님께서 건

립하신 날랑 마을 클리닉과 어린이집 오픈식이 있었다. 센터 건립비용의 일부를 지원했던 한국에서 날아온 지인들과 네팔에서 의료봉사 중이신 박철성 의사 선생님, 날랑 마을의 엔지오 멤버들, 헬스 포스트 사업을 진행 중인 네덜란드 엔지오 멤버들, 그리고 인근 마을 주민들까지 오픈식에 참석했다. 오픈식이 끝나고, 이틀 동안 박철성 원장님이 진료를 하시는 의료캠프도 진행되었다. 나는 약국에서 약을 조제하고 포장하는 일을 도왔다. 인근 마을에서 많은 환자들이 다녀가면서, 나도 정신없이 약을 담고 포장하여, 주민들에게 전달했다.

진료 도중에 20대 여자가 진료실 바닥에 갑자기 쓰러지면서 사지를 떨고 입에 거품을 무는 일도 있었다. 아마도 간질환자였던 것 같았는데, 땡볕 아래서 진료를 기다리다가 쇼크가 왔던 것 같았다. 닫힌 진료실 문틈 사이로 라파엘라 수녀님이 걱정스러운 얼굴로 환자에게 성수를 뿌리는 것이 보였다. 나는 환자의 모습을 보고 놀라기도 했지만, 차분하게 환자를 위해 기도하시는 수녀님의 모습에서 정말 말로 표현할 수 없는 거룩함을 보았다. 나는 지난 1년 동안 네팔에 머무르는 동안 길바닥에서 사람이 온몸을 웅크린 채로 죽은 것도 보고, 큰 개가 사지를 벌린 채 죽은 것도 보았다. 하지만 그렇게 젊은 여자가 쓰러져 발작을 하는 모습은 충격적이기도 했고 내 마음을 아프게도 했다.

의료캠프의 마지막 날은 오전에만 진료를 보았다. 대부분의 환자들은 전날 받은 치료의 연장선에서 후속 치료를 받기 위해 온 경우였고, 가끔 아주 먼 마을에서 의료캠프 소식을 듣고 마지막 날에서야 겨우 달려온 사람들도 있었다. 지금도 잊히지 않는 환자가 있었다. 의료캠프가 끝날 무렵, 한 청년이 어머니를 머리에 이고 4시간 넘게 걸어서 캠프를 찾아왔었다. 너무나도 쇠약해진 어머니를 제발 낫게 해달라며 간곡하게 부탁하던 그 청년의 눈빛과 지칠 대로 지친 어머니의 흐릿했던 눈빛을 지금도 잊지 못한다. 박 원장님이 그 어머니를 진료했지만, 그 어머니는 이미 병세가 심각한 상태라서 더 이상 치료해줄 방법이 없으시다며 약만 챙겨서 돌려보냈다. 그들에게 도움을 주기 위해 갔지만 그들을 위해 아무것도 해줄 것이 없을 때의 상실감은 정말 가슴을 후벼 파는 아픔이다. 전쟁 같았던 의료캠프를 마무리하고, 우리 일행은 마을의 리조트에서 점심을 먹고 난 후 오후 2시 즈음에 마을을 빠져나왔다. 그런데 하필 그날, 카트만두에서 마오이스트들의 시위가 있었고 카트만두로의 진입로가 꽉 막혀있었다. 게다가 고속도로 중간에서 사고까지 발생하여 길이 엄청나게 막혀버렸다. 평소 4시간 정도면 도착할 거리인데, 그날은 장장 7시간이 넘게 걸렸고 9시가 넘어서야 겨우 카트만두에 입성할 수 있었다. 고속도로에 갇히는 일은 아무리 겪어도 익숙해지기는커녕 오히려 더 견디기 힘들어졌다.

6차 방문: 2010. 04. 28. 수요일.

　공사가 시작된 지 약 4개월이 됐을 무렵, 학교는 40% 정도 완성되어가고 있었다. 드디어 운동장에 축대를 쌓는 작업이 마무리되었다. 바닥 쪽은 폭이 2m가량이며, 위로 올라갈수록 폭이 좁아지는 형태의 축대가 세워졌다.

축대의 높이는 최종적으로 약 5m 정도가 되었다. 내 키만 한 사람 세 명이 어깨에 발을 딛고 서도 넘는 높이로 완성된 축대가 내 눈에는 정말 웅장해 보였다. 운동장 한쪽에 자리 잡고 바닥공사까지 마쳤던 교실 건물은 드디어 벽체 공사가 시작되고 있었다. 벽돌이 이미 건물의 일부 면을 두르면서 약 1m가량 쌓여있었다. 교실 문과 건물 정면에 들어갈 나무틀이 현장에 도착해 있었으며, 비전문가인 내가 봐도 나무의 품질이 상당히 좋아 보였고 튼튼해 보였다.

7차 방문: 2010. 05. 09. 일요일.

공정률 60% 돌파. 축대완성에 이어, 건물의 외벽 공사도 마무리되었다. 이제는 교실의 내벽을 만드는 벽돌이 차곡차곡 쌓여가고 있었다. 그리고 일부 창문과 문이 들어갈 공간에 나무틀이 설치되어 있었다. 건물 후면부에는 알루미늄 창문이 들어갈 계획이었으므로 공간을 비워둔 채 통나무로 지지대를 설치해 두었다. 붉은 벽돌로 쌓인 벽 사이에 창틀과 문틀이 들어가 있고 휑한 건물 안에 교실을 구분 짓는 내벽이 조금씩 쌓이고 있는 걸 보니, 이 산골 마을에 내가 꿈꾸고 마음속으로만 그리던 학교가 실제화되고 있다는 게 실감 났다. 축대가 완공되었지만, 그 주변에 흙더미도 많고 축대 위아래 운동장의 높이 차이가 커서 아이들의 안전사고가 걱정이 되기도 했다. 이곳에서 하루빨리 아이들이 안전하게 뛰어놀고, 공부할 수 있는 환경이 만들어지기를 바라며, 나는 히말라야에게 살며시 부탁하고 왔다.

8차 방문: 2010. 06. 19. 토요일.

두둥! 공사 기간 6개월 차에 접어들면서, 드디어 공정률도 90%대에 돌입했다. 어느새 학교 건물의 외벽과 내벽이 모두 완성되었고, 벽돌 위의 미장

작업까지 마무리되었다. 이제는 지붕을 올리기 위한 뼈대인 쇠파이프를 천장에 연결하고 있었다. 그런데 내가 방문하기 이틀 전 오후, 마을로 올라가던 버스가 학교로 이어진 전기선을 끊어버렸다. 쇠파이프를 연결하기 위해서는 용접작업을 해야 하는데, 전기공급이 중단되면서 지붕 공사가 중단되었다. 다행히 내가 방문하던 날 전선이 일부 교체되고 다시 연결이 되었지만, 전기의 전력이 이전보다 약해져서 공사를 바로 재개하지는 못하고 있었다. 그 때문에 지붕이 얹혀 있어야 할 천장은 여전히 구멍이 뻥 뚫린 채로 열려 있었다. 그래도 열린 천장 아래, 매끈하게 완성된 교실 바닥과 처마 밑 복도의 바닥을 보니 걱정하던 마음이 조금은 사그라졌다.

9차 방문: 2010. 07. 03. 토요일.

앞선 방문에서 지붕설치가 중단되어 있었는데, 3주 만에 지붕이 올라갈 쇠파이프도 다 설치가 되었고 그 위에 지붕까지 얹혀져 있었다. 공정률은 98% 정도가 되었다. 이제는 공사가 진행된 부분보다는, 세부적으로 마무리해야 할 부분을 말하는 게 빠를 것 같다. 무엇보다 건물의 내, 외벽에 페인트칠을 해야 한다. 그리고 높은 지붕 아래로 교실 천장에 합판과 전등을 설치해야 한다. 전등과 콘센트에 연결할 전기선 설치는 다 되었지만 아직 전기가 들어오지 않았다. 그래서 마을 중심가에 있는 전봇대에서부터 전기를 연결해 와야 했다. 교실마다 화이트보드가 설치되었지만, 펜으로 글을 쓰니 잘 지워지지 않았다. 화이트보드 역시 새로운 화이트보드나 칠판으로 교체해야 했다. 운동장 위와 아래에 각각 하나씩 수도시설이 설치되었지만 아직 물은 나오지 않으니 마을 사람들과 의논해서 안정적인 물의 공급원을 찾아야 했다.

　이날 방문에서 정상건설 사장님께서는 학교 외벽과 내벽에 바를 페인트 색상을 골라달라고 하셨다. 나는 학교를 구석구석 둘러본 후, 보기만 해도 희망이 샘솟고 히말라야를 품는 듯한 하늘색으로 학교를 칠해달라고 부탁했다. 그리고 교실 내부는 평범하면서도 안정감 있는 연노랑으로 결정되었다. 다음 방문에는 회색의 칙칙한 학교가 밝은 모습으로 변해있는 것을 볼 수 있으리라. 이상 9차 공사 진행 상황 점검 끝.

준공식: 2010년 8월 3일

　준공식은 학교완공을 축하하는 자리이기도 했지만, 나의 첫 번째 희망심기 프로젝트이자 지구촌공생회 네팔지부의 첫 사업이 완성되어 세상에 알려지는 날이었다. 나에게는 오랫동안 기다려온, 떨리고 설레는 날이기도 했다. 하지만 준공식이 코앞인데도 학교는 100% 완공된 상태가 아니었다. 준공식이 있던 날 아침까지 공사는 현재 진행형이었다. 공사 기간 중에 가뭄이 심해 시멘트를 반죽할 물이 부족해서 공사가 중단이 되기도 했고, 공사 막바지에는 호우 때문에 건축자재와 건설장비를 산 위로 올리지 못해 공사를 진행할 수 없기도 했다. 사람의 힘으로 어쩔 수 없는 이런저런 일들이 겹치면서 7월 말로 예정되었던 완공은 약속했던 날보다도 늦어졌다. 그래서 내가 준공식을 9월 이후로 미루자고 건의했지만, 한국 본부에서는 이미 계획한 타 지부 방문 일정을 변경하기 어렵다며 8월 3일로 잡은 준공식을 강행할 수밖에 없다고 통보했다. 결국, 완전하게 마무리되지 못한 학교에서 준공식을 치러야 했다. 나는 정말 속이 많이 상했다. 어느 한순간도 중요하지 않은 적은 없었지만, 그 모든 순간이 모여 마무리가 되는 시점이 준공식인데, 완벽하지 않은 상태에서 사람들에게 보인다는 것이 못내 아쉬웠던 것이다.

준공식 준비와 학교 공사 점검을 위해 나는 준공식 3일 전인 7월 31일에 행사진행을 도와줄 씨디 다이와 함께 스리 시데솔 공립학교를 찾았다. 고속도로를 달리는 동안에도 비가 엄청나게 내렸다. 날랑 마을로 올라가는 산길 초입에 도착했을 때, 산길 입구의 작은 가게에서 "오늘은 차가 못 올라간다."고 알려주었다. 그래도 다시 방문할 시간이 없었던 우리는 일단 올라가 보기로 했다. 하지만 10분도 채 올라가지 못하고, 결국엔 내가 타고 있던 지프차 바퀴가 진흙에 빠져 헛바퀴를 돌기 시작했다. 나는 여자라고 차 안에 가만히 앉아있었지만, 기사분과 씨디 다이는 차에서 내려 비를 맞으면서 진흙밭에서 열심히 차를 밀었다. 그렇게 하기를 30여 분. 마침내 차의 바퀴가 진흙 속을 빠져나왔고, 우리는 결국 학교로 올라가지 못하고 고속도로가 있는 마을 입구로 내려왔다.

학교로 올라가는 건 더 이상 시도해볼 수도 없는 상황이라, 마을 아래 작은 식당에서 학교장 선생님께 전화를 드렸다. 교장 선생님과 운영위원장님께서 오토바이를 타고 식당으로 오셨다. 식당에서 가볍게 현지식으로 점심을 먹으며, 준공식을 어떻게 치를지 의논했다. 내가 이미 기공식을 치러본 경험이 있었기에 이야기는 어렵지 않게 풀려갔다. 이번 준공식은 스리 시데솔 공립학교 측에서 전적으로 도맡아 준비하고, 준공식에 필요한 물품과 특별한 의미가 있는 현판식과 관련된 것은 내가 준비해 가기로 했다. 학교를 둘러보지 못하고, 마을 아래에서 학교 대표 두 분하고만 이야기를 나누고 카트만두로 돌아가자니 불안한 마음이 드는 건 어쩔 수 없었다.

카트만두와 날랑 마을이 있는 다딩에는 준공식 전날까지 비가 억수같이 쏟아졌다고 했다. 그리고 내가 다녀간 뒤로도 계속 비가 내렸고, 학교로 올라가는 길은 더 망가졌다고 했다. 학교장 선생님께서는 많이 걱정이 되셨는지, 준공식 전날에도 씨디 다이를 통해 "준공식 하러 올라오기 힘들 것 같다. 연기할 수는 없나?"라고 연락을 하셨다. 나는 정말 걱정이 되는 마음에, 이사장님 이하 모든 분들께 날랑 마을의 당시 상황을 브리핑했다. 그때 이사장님께서는 네팔까지 왔는데, 학교를 가보지도 않고 준공식을 취소할 수는 없다며 가는 길은 하늘에 맡기고 무조건 준공식을 하자고 하셨다. 나 역시 걱정한다고 안 올 비가 올 것도 아니고, 이미 네팔까지 온 일행이 학교도 못 보고 돌아갈 수도 없다는 생각이 들었다. "그래! 그냥 모든 건 하늘에 맡기고 나는 준공식 준비나 잘하자."라며 스스로를 다독이며 용기를 냈다.

준공식 준비는 기공식에서 발생했던 여러 문제점들을 개선하는 것에서부터 시작했다. 우선 기공식 때 초대 손님이 너무 많이 와서 어수선했고, VIP

들이 인사말을 길게 하면서 분위기도 흐트러지고 여러 사람을 지치게 만들었던 관계로 준공식 때는 꼭 필요한 인사만 부르기로 했다. 기공식 때는 사무국의 요청으로 내가 직접 사회를 보고 현지인인 씨디 다이가 통역 겸 사회를 같이 보셨지만, 현지 분위기에 맞지 않았던 관계로 이 부분도 대폭 개선했다. 준공식의 모든 부분은 학교에서 책임지고 진행하되, 우리 쪽에서는 필요한 부분들만 지원하기로 한 것이다. 준공식 전체는 네팔어로만 진행할 것이었고, 씨디 다이가 우리 측 손님들 뒷자리에 앉아 동시통역을 하기로 했다. 준공식 프로그램도 학교 측에서 주도적으로 결정하고, 한국에서 중요하게 생각하는 현판식과 기념촬영만 마지막에 더하기로 했다. 식순을 적은 안내장만 내가 직접 만들었는데, 한국어, 영어, 네팔어 버전으로 만들어 A4 용지 한 장에 담아 준비했다. 이번 초대장의 네팔어 버전은 내용이 많지 않았으므로 씨디 다이가 바로 번역을 해 주셨다. 준공식의 마지막을 장식할 현판식을 위해서 국기 게양대에 부착할 명판을 만들어두어야 했다. 사무국에서 보내준 시안을 가지고 아시아 인권문화포럼의 직원분과 함께 디자인 회사에 찾아갔다. 그곳에서 지구촌공생회의 시안으로 편집작업을 했고, 그 파일을 바로 명판제작소에 넘겼다. 이틀 뒤, 빤짝거리는 황색의 금속판 위에 네 가지 색의 지구촌공생회 로고가 새겨진 명판을 손에 쥘 수 있었다. 나는 명판을 정상건설 사장님께 건네었고 사장님이 국기 게양대 마감작업을 하면서 붙이기로 했다. 행사장에 부착하고 마지막 사진 촬영에 사용할 배너도 이번에는 네팔에서 직접 제작했다. 리본 커팅식에 필요한 리본과 장갑은 한국 본부에 요청해서 가져오도록 했다. 이전의 시찰 방문이나 기공식 때처럼 일정을 짜고 거기에 맞춰 여행사에 가서 차량과 숙소를 예약해 두었다. 그간의 행사진행 경험으로 나름의 노하우가 생겨서 이전보다 더 많은 준비를 해야 했음에도 나는 여행사 직원처럼, 때론 가이드처럼 헤매지 않고 준공식 준비를 착착 해냈다.

준공식 날 아침이 되었다. 카트만두에는 비가 그치고 해가 떴다. 날랑 마을에도 비가 그쳤다는 연락이 왔다. 학교로 가는 길에 이른 아침부터 해가 쨍쨍하게 올라왔다. 왠지 준공식이 성공적일 것 같은 긍정적인 에너지가 느껴지던 순간이었다. 며칠 동안 지속된 비로 움푹 팬 길들이 얼마나 말라 있을지 걱정되긴 했지만, 일단 비가 그친 것만으로도 안심이 되었다. 고속도로를 달려서, 마을 입구에 도착했다. 운전기사님께 천천히 올라가자고 안전운전을 당부드렸다. 길은 비가 오기 전보다 많이 패어서 여기저기 울퉁불퉁한 곳이 많아 차는 올라가는 내내 덜컹거렸지만, 다행히도 차 바퀴가 빠질 만큼 질퍽한 곳은 없었다. 일행 모두가 멀미를 느낄 정도로 길은 험했지만, 다행히 행사 차량 전부가 학교 앞까지 무사히 올라갔다. 준공식 내내 날씨가 화창해서 젖어있었던 운동장이 어느새 말라 행사진행에도 불편함이 없게 되었다.

준공식은 '1. 개회, 2. 학교 운영회 회장님 개회사, 3. 참석자 소개, 4. 교육청 관계자 인사 말씀, 5. 기념행사: 리본 컷팅&기념 현판 열기, 6. 송월주 이사장 스님 인사 말씀, 7. 초대 내빈 축사, 8. 사진 촬영, 9. 학교 운영회 회장님 폐회사, 10. 폐회사'의 순으로 진행되었다. 학교장 선생님께서 매끄럽게 사회도 잘 보셨고, 축사나 인사말도 길지 않아 기공식 때처럼 지루하지 않았다. 새 건물 앞에서 리본 커팅식을 하고, 명판을 덮어놓은 빨간 천을 벗기면서 현판식도 막을 내렸다. 준공식을 다 마치고, 날랑의 유일하면서도 최고로 좋은 리조트에서 점심을 먹었다. 준공식을 오전 일찍 치르고, 쉬면서 점심을 먹고 차를 마시며 준공식의 여운을 달래니 모두가 만족스러워했던 것 같다.

이번 준공식에는 대사관에 새로 부임하신 영사님과 코이카 부소장님께서

함께해주셨다. 이 두 분께서도 이른 아침부터 힘든 길을 오셨지만, 준공식
도 재미가 있었고 리조트에서 먹는 점심과 풍경이 정말 감동이라고 하셨다.
나는 모든 행사를 미리 준비하고 뒤에 숨어서 진행을 도왔지만, 준공식은
나의 행사였고 나의 보람이었다. 행사에 참석한 모든 현지인들, 학생들, 한
국에서 오신 본부 분들과 초대에 응해주신 손님들이 모두 즐거워하는 모습
을 보면서 만족할 수 있었다. 행사장 그 어느 자리에서도 나는 빛나지 않았
지만, 내 안에서 나를 비추던 희망은 더욱 빛났다. 준공식에서 행복해하던
학생들의 얼굴과 눈빛 하나하나를 마음에 담으면서 정말 가슴 벅차게 행복
했다. 이제 끝나지 않은 공사만 잘 마무리되면 나의 큰 숙제는 여기서 잘 끝
날 것이었다.

10차 방문: 2010. 08. 23. 월요일.

시공사와 계약을 할 당시, 학교의 준공 예상 시기는 7월 말경이었다. 하지만 가뭄과 일찍 시작된 우기, 정전과 같은 예상치 못한 문제들이 생기면서 준공이 한두 달 정도 미뤄질 수밖에 없는 상황이었다. 8월 초의 준공식에도 외형적으로는 공사가 거의 마무리되어 보였지만, 소소하게는 채워져야 할 부분들이 많았다. 축대가 높게 쌓아진 위쪽 운동장 가장자리에 펜스를 설치해야 했는데, 이 부분은 공사 계약서에 포함되어 있던 사항이 아니기 때문에 별도로 사무국의 결재를 받아야 했다. 준공식 때 이사장님과 차장님께서 학교를 직접 둘러보시고 펜스의 필요성을 인지하셨고, 펜스 설치를 승인해주셨다. 정상건설로부터 펜스 설치 견적서를 받아 사무국으로부터 승인을 받고 시공비를 지불하기까지 적지 않은 시간이 소요되어, 이날까지도 펜스는 설치하지 못했다. 그래도 학생들의 안전이 염려되어 학교와 정상건설이 합심하여 대나무와 끈을 이용해 임시 안전대를 설치해 두기는 했었다.

여전히 미완성된 중요한 부분이 또 하나 있었다. 바로 책걸상이었다. 원래는 공사 시작 전에 학교 측에서 나무를 대주기로 했었다. 정상건설에서는

책걸상에 들어갈 철제 프레임을 만들어두었으나, 마을에서 프레임 안에 들어갈 나무를 다 구해주지 못해서 책걸상의 극히 일부밖에 만들지 못했다. 이에 어린 학생들은 바닥에 지대를 깔고 수업을 받고 있었다. 그 모습을 보니 제대로 수업 환경을 만들어 주지 못한 것 같아 너무

미안했다.

학교장 선생님과 운영위원장님께 다시 한 번 책걸상에 필요한 나무를 구해달라고 간곡히 부탁을 드렸다. 두 분은 언제나처럼 웃으며 당연히 해야할 일이니 걱정하지 말라고 하시는데도, 나는 내심 불안한 마음을 떨칠 수가 없었다. 우기가 아직 끝나지 않은 데다, 보통 10월 초까지도 비가 오는 네팔에서 교실이 언제 완벽하게 완성이 될지 그 누구도 장담할 수 없었다. 그럼에도 정상건설 사장님께서는 나의 계약이 만료되는 10월 이전에는 꼭 부족한 부분들을 채워 넣고 공사를 깔끔하게 마무리해 주시기로 했다. 교실을 돌면서 나는 학생들과 선생님들에게 빠른 시일 안에 안전하고 깨끗한 교실에서 편안하고 즐겁게 공부할 수 있도록 최선을 다하겠다고 약속했다.

이 약속은 내가 주도해서 정상건설 사장님과 공사를 도와주시던 모든 학교 임원진과 마을 운영위원들이 힘을 모아 꼭 지키자고 약속했다. 하지만 9월 말이나 10월 초에 최종점검을 하러 한 번 더 가겠다고 했었는데, 결국은 이날이 마지막 방문이 되고 말았다. 네팔을 떠나던 날, 나는 100% 완성된 학교를 보지 못하고 아이들이랑 제대로 작별인사도 못 한 채 한국으로 돌아가야 해서 얼마나 서운했는지 모른다. 한국에 돌아온 뒤에도 학교 생각에 한참 동안 눈물 마를 날이 없었는데, 그 마음이 전해졌던 건지… 나는 다음 해 봄에 다시 학교를 방문하게 되었다.

🦩 희망심기 프로젝트 II
- 1차 룸비니 지역조사

우여곡절 끝에 첫 번째 프로젝트가 시작된 지 얼마 지나지 않아, 서울 본부에서는 다음 프로젝트의 준비를 알려왔다. 지구촌공생회는 조계종의 스님께서 세우신 단체이고 많은 후원자분들이 불교 신자이므로, 부처님 탄생지인 룸비니에 학교를 짓는 일은 어쩌면 처음부터 예견된 일이었다고 할 수 있다. 룸비니는 인도 국경에서 가깝고 카트만두에서 비행기로 1시간이면 가는 곳이지만, 차로는 7시간 이상을 가야 하는 먼 곳이고 여건도 열악한 편이라 처음부터 프로젝트를 시도하기에는 난이도가 높은 지역이었다. 그래서 본부에서는 네팔 거주 기간도 1년이 넘고 프로젝트 I 도 시원스럽게 시작한 내가 이제는 룸비니로 가도 되겠다는 판단이 섰던 것 같다. 나 스스로도 이제는 네팔지부만의 상징성을 띠는 프로젝트를 시도할 때가 되었다고 생각을 했다.

여행 삼아 룸비니를 한 번 다녀온 적은 있었지만, 광활한 지역에서 여자 혼자 학교를 찾아다니기란 어렵고도 위험할 것이었다. 더구나 지방이다 보니 네팔어를 완벽하게 구사할 수 없다면 외국인인 나 혼자서 지역조사를 하는 것이 어려울 것 같았다. 그래서 사업적인 부분으로 자주 상담과 도움을 주었던 씨디 버랄 씨가 이번 룸비니 지역조사에도 통역 겸 현지 안내를 해주기로 했다. 현지에서는 씨디 다이의 오랜 동료이자 교육 관련 공무원으로 오랜 기간 일을 하셨던 디팍 타파라는 분을 현지 코디로 소개받아 함께 움직이기로 했다.

룸비니(Lumbini)는 네팔의 74개 주 중 하나인 루판데히(Rupandehi) 주에 속해 있는 지역이다. 인도 국경과 가까우며, 네팔에서는 떠라이(Terai)라고 부르는 평원지역이다. 처음 프로젝트를 준비하면서 다니던 지역이 대부분 구릉 지역이었으므로 룸비니는 인종, 문화 등 많은 부분에서 처음 프로젝트와는 다른 곳이었다. 한눈에 봐도 사람들의 피부색이 더 까맣고 생김새 역시 인도 사람들과 더 비슷하게 생겼다. 카트만두나 산악지역에서는 보기 드물게 이슬람을 믿는 사람들도 종종 볼 수 있었다. 우리나라에도 지역방언이 있는 것처럼 룸비니 지역의 말은 내가 듣던 네팔어와는 억양도 달랐고 이해하기가 어려웠다. 가끔은 아예 힌디어를 쓰는 네팔사람을 만나기도 했다. 그래서 이제 네팔이 익숙해져 살 만해졌다고 자신만만해 하던 내게 '룸비니 사업'은 또 하나의 새로운 도전이었다.

첫 번째 룸비니 지역조사는 2월 17일부터 20일까지였다. 원래는 일주일 전에 지역조사를 떠날 계획이었으나, 그 주에 룸비니 인근 지역에서 번다(시위)가 있을 예정이라는 소식을 접하고 공휴일인 12일과 13일을 피하여 출장 날짜를 연기하였다.

2월 17일 이른 아침. 나는 씨디 카트만두 시외버스터미널에서 씨디 다이와 만났다. 터미널이라고는 하지만, 넓은 주차장 같은 시외버스터미널 주변의 도로를 따라 미니버스에서부터 큰 고속버스까지 줄지어 서 있는 곳이었다. 버스 출발 시각을 기다리는 동안 씨디 다이와 나는 12루피(약 200원)

짜리 따뜻한 찌아(네팔식 밀크티)를 한잔하며 몸을 녹였다. 우리가 탈 차는 자그마한 하얀색 봉고차였는데, 모든 사람이 꽉꽉 찰 때까지 차량은 출발하지 않았다. 봉고차는 세 시간을 열심히 달려 포카라와 치투완으로 가는 길이 갈라지는 곳에서 점심을 먹기 위해서 멈췄다. 씨디 다이는 현지식인 '달밧'이라는 밥으로 허기를 달래었지만, 나는 혹시라도 장거리 출장에 장이 탈이 날까 봐 걱정이 되어 계란을 하나 넣은 현지 라면인 '짜오짜오'를 먹었다. 나는 종종 네팔에서 한국사람들한테 네팔 라면은 너무나 짜다고 '짜요짜요'라고 한다고 썰렁한 농담을 하곤 했다. 그런데 먹다 보면 그 짠 MSG 맛도, 면발이 다 부서져 숟가락으로 떠먹는 것도 중독이 될 만큼 묘한 매력이 있었다. 봉고차는 거의 8시간을 달려서, 오후 4시쯤에 우리를 바이라와(Bhairahawa, 바이라와는 루펀데히 주의 주도이자 공항과 공영 버스터미널이 있는 번화한 곳)에 내려주었다.

바이와라에 도착한 씨디 다이와 나는 우선 현지 코디인 디팍 씨를 만나러 갔다. 디팍 씨 집에서 다음 날부터 이틀 동안 우리가 둘러 볼 학교에 대한 이야기도 듣고, 효율적으로 다니기 위해 지도를 펴놓고 동선에 대해서도 의논했다. 디팍 씨는 씨디 다이와 오랜 기간 알고 지내던 분이시라 우리는 숙소를 따로 잡지 않고 그분의 집에서 잤다. 첫날 저녁에는 환영 만찬이 있었다. 만찬 준비를 위해 나는 씨디 다이와 함께 동네 시장에 고기를 사러 나갔다. 씨디 다이는 싱싱해 보이는 큰 닭고기 한 마리를 샀는데, 손질하면서 닭 대가리도 반쪽을 내어 같이 담아 주었다. 디팍 씨의 부인은 그 닭고기와 함께 정성스럽게 네팔 전통 식사를 준비해 주셨는데, 나는 닭 대가리만큼은 내 접시에 나오지 않기를 기도했다. 하지만 디팍 씨의 부인은 한 국자씩 듬뿍듬뿍 음식을 퍼주면서 기어코 내 접시에 닭 대가리의 반쪽을 올려놓았다. 나는 주신 모든 음식은 다 먹으려고 했지만, 눈과 벼슬까지 그대로 다 보이던 닭 대가리만큼은 도저히 먹을 수가 없었다.

접시에 덩그러니 남겨진 닭 대가리를 보고서는 디팍 씨 부부는 내게 왜 고기를 다 안 먹느냐고 섭섭해 하셨다. 내가 죄송하지만 도저히 닭 머리는 못 먹겠다고 했더니 그제서야 씨디 다이와 디팍 씨와 아줌마 세 사람이 모두 박장대소를 하며 웃고 난리가 났다. 한국에서 오래 살아본 씨디 다이가 내 마음을 읽으시고는 그 닭대가리를 기꺼이 들고 가서 나 대신 먹었다. 저녁 늦게까지 간식과 차를 마시며 수다를 떨다, 나는 디팍 씨의 아내분과 함께 안방에서 자고 씨디 다이와 디팍 씨는 디팍 씨의 아들 방에서 함께 잤다. 안방까지 내어주신 디팍 씨 부부에게 나는 너무나도 고마웠고, 부부침실까지 빼앗은 것 같아 미안했다.

2월 18일과 19일 이틀간 나는 십여 곳의 학교를 둘러보았다. 첫 지역조사였던 만큼 조사지역을 넓게 지정하기보다는 룸비니 국제사원구역에서 가까운 마을들과 그 지역의 학교들을 보기로 했었다. 첫날 아침은 디팍 씨의 부인이 끓여준 짜오짜오 한 그릇씩 먹고, 든든하게 배를 채우고 출발했다. 우리는 오토바이로 이동했는데, 디팍 씨는 본인의 오토바이로, 씨디 다이는 대여한 오토바이로, 나는 그 대여한 오토바이의 뒷자리를 빌려 탔다. 광활한 대지에서 나는 '멋진 오빠'의 오토바이 뒷자리에 올라타 신나게 달렸다. 울퉁불퉁한 흙길 위를 달릴 때마다 허리도 아프고, 떨어지지 않으려고 팔에 힘을 너무 많이 주다 보니 팔도 손끝도 아려왔다. 먼지를 너무 많이 뒤집어써 목도 아프고 코끝도 답답해졌지만, 정말 아무것도 없는 드넓은 논두렁 길을 달리며 바람을 맞을 때면 희열이 가슴 깊은 곳에서부터 스멀스멀 올라오기도 했다. 마치 자유인이 된 것처럼 신나게 룸비니를 활보하면서 다닌 곳은 많았지만, 보고서에 남긴 학교는 딱 7곳이었다. 본부에서 검토해볼 만한 기본조건을 갖춘 학교만을 추리다 보니 몇 군데의 학교는 내 선에서 이미 탈락시켰다. 이 책에서도 나의 기준을 통과하고 보고서에 기록된 학교들만 소개한다.

바그완 공립학교(Bhagwan Secondary School)

바그완 공립학교는 루펀데히 주의 바그완푸르(Bhagwanpur) 지역에 있으며, 이 지역에는 공립학교가 바그완 공립학교를 제외하고도 6곳의 공립학교가 있었다. 학교 주변 마을에는 90% 이상의 주민이 농사에 종사하고 있으며, 30%가량이 달리트로 불리는 천민계급에 속해 있었다. 바그완 공립학교는 유치원 과정부터 6학년까지 운영 중이었고 학생 수는 총 700여 명이었다. 선생님들은 총 10명이 있었는데 이 중 3명이 6개월 임시직이었다. 네팔에도 계약직 교사가 있다는 것이 좀 놀라웠다. 계약직 교사의 문제가 한국에만 있는 게 아니라는 사실이 좀 씁쓸하게 다가왔다. 총 6개의 교실이 있었는데, 유치원과 1, 2학년은 교실이 없어 야외에서 비료 포대를 깔고 수업을 받고 있었다. 이 때문에 비가 오는 날에는 수업을 하지 않거나, 고학년 교실에서 합반으로 운영하기도 한다고 했다. 이처럼 바그완 공립학교에서 가장 시급한 문제는 유치부와 저학년 학생들을 위한 교실을 만드는 것이었는데, 최소한 교실 3개가 필요했다. 하지만 기존의 학교 건물도 오래되고 낙후되어 가능하다면 8~10칸 규모의 신축건물이 필요한 상황이었다. 그나마 다행인 것은 당시 학교 건물이 있던 부지가 협소했으나, 걸어서 2분 거리에 학교소유의 공터가 있어서 지원만 한다면 바로 학교 시공은 가능했다.

이 학교는 2년 전에 루펀데히 주 교육청으로부터 '우수운영학교'로 선정된 적도 있었고, 학교 공사가 시작되면 마을 주민과 학부모들이 적극적으로 나서서 무료로 노력봉사도 하겠다고 하는 등 학교 운영이 원활하게 되는 곳이었다. 무엇보다도 학교 선생님들의 학교 발전이나 가르침에 대한 의욕이 넘쳐 향후 학교의 발전이 기대되는 곳이기도 했다. 주변에 이미 공립학교가 여러 곳이 있기는 했지만, 네팔은 우리나라와 달리 자신이 다니고 싶은 학교를 선택할 수 있으므로, 바그완 공립학교를 지원한다면 인근의 다른 공립학교에 다니는 학생들까지도 다수 흡수할 수 있다고 했다. 이로 인해 부실한 공교육을 받고 있던 학생들에게까지도 더 나은 교육환경과 질 높은 교육을 제공할 것을 기대할 수 있었다.

붓다 아다샤 공립학교(Bhuddha Adarsha Higher Secondary School)

루펜데히 주의 바그완푸르 마을에서 바그완 공립학교에 이어 붓다 아다샤 공립학교도 방문했다. 이 학교는 유치부부터 12학년까지 운영하는 규모가 아주 큰 학교였다. 학생 수는 980여 명이나 되었으며, 교사도 21명이 있었다. 그중 17명은 정규직이었고, 임시직은 4명뿐이었다. 교실 수가 21개나 되었으며, 일본 정부의 원조기관인 JICA의 지원으로 2개의 교실이 건립 중이었다. 여느 학교들처럼 교실 내 기자재가 부족하고 도서관과 컴퓨터실과 같은 특수 교육공간이 필요했다. 하지만 이 학교는 건물 상태가 다른 학교들에 비해 견고한 편이었고 교실 수도 부족한 상황은 아니었다. 이처럼 규모가 큰 때문인지 붓다 아다샤 공립학교에는 주변 32개의 학교를 관장하고 교육프로그램을 지원하는 총괄센터까지 있었다. 이 학교의 상황은 지원이 시급한 것은 아니었지만, 도서관만 지원해주더라도 이 학교뿐 아니라 주변 32개 학교의 학생들에게까지도 혜택을 줄 수 있다는 걸 예상할 수 있었다. 따라서 붓다 아다샤 공립학교는 '학교 신축'이라는 우리의 예상 시나리오에는 적합한 곳은 아니었지만, 향후 가능하다면 도서관 사업만 따로 진행하는 것은 고려해볼 만했다.

아마리 공립학교(Amari Primary School)

아마리 공립학교는 루펀데히 주 내 아마리(Amari)라는 마을에 있는 대표 공립학교였다. 이곳 주민들도 다수가 농사에 종사하고 있었다. 아마리 마을 주변으로 공립학교가 4곳이 있었고, 무슬림의 자녀들만 다니는 학교가 한 곳이 더 있었다. 아마리 공립학교는 유치부부터 5학년까지만 운영하는 저학년 중심으로 400여 명의 학생이 다니는 다소 소규모의 학교였다. 총 7명의 교사가 근무하고 있었는데, 오직 2명만이 정부 지원을 받는 정규직이었고 3명은 정부 지원 비정규직, 남은 2명은 학교에서 자체 고용한 비정규직이었다. 당시 5개의 교실과 1개의 교실이 있었는데, 향후 최소

2실의 교실이 더 필요하고 교육 기자재도 필요했다. 또한, 학교에서는 도서관을 운영하고 싶어 했으므로 교실 건립과 함께 도서관 지원사업도 필요한 곳이었다. 당시 학교 건물은 상당히 낙후되고 기자재도 아주 부족한 형편이었으나, 방문 당시 교사들의 절반이 자리를 비우는 등 교사와 학교 운영위에 신뢰가 가지 않았다. 따라서 아마리 공립학교는 지원을 하게 되더라도, 향후 학교의 유지 및 발전이 기대되기는커녕 오히려 염려되는 곳으로 지원 기대효과에서 낮은 점수를 줄 수밖에 없었다.

스리 아다샤 공립학교(Shree Adarsha Primary School)

루펀데히 주 룸비니 아다샤(Lumbini Adarsha)라는 마을에서 스리 아다샤 공립학교를 방문했다. 마을 이름에서 알 수 있듯이, 룸비니 국제사원 구역에서 가까운 곳에 이 학교가 자리하고 있었다. 이곳 주민들도 90% 이상이 농사에 종사하고 있었으며 카스트나 종족 구성도 다른 마을과 크게 다르지 않았다. 이 학교는 다른 학교들과는 다르게, 가까운 마을뿐만 아니라 주변의 여러 마을에서 광범위하게 학생들이 다니고 있었다. 학생들의 넓은 지역 분포도와는 다르게 학생 수는 400명 남짓했으며 유치부부터 5년까지

만 운영되고 있었다. 7명의 교사 가운데, 4명이 정규직이고 3명은 임시직이었다. 당시 5개의 교실과 1개의 교무실이 있었다. 교실 수가 그리 부족한 상황은 아니었지만, 사용 중인 교실이 너무나도 오래되고 낡아서 보완이 필요했다. 또한, 학생 수가 계속 증가하고 있는 상황

이라 최소한 2개의 교실이 더 필요했다. 스리 아다샤 공립학교의 교사들 역시 다른 학교에서처럼 도서관이 꼭 필요하다고 했다.

내가 지역조사차 방문했을 당시에는, 학교에 선생님이 두 분밖에 계시지 않아 수업이 제대로 되지 않고 있었다. 학교 부지는 넓었지만, 학교가 마을과 마을 사이의 넓은 논 한가운데에 있어 접근성이 상당히 떨어지는 곳으로 보였다. 스리 아다샤 공립학교에 대한 나의 첫인상은 발전 가능성이 전혀 보이지 않았었다. 하지만 6개월 뒤, 스리 시데솔 공립학교의 준공식 참석차 방문한 사무국 일행들이 방문했을 때에는 교사들이 다 나와 있었고 학교 운영위와 마을 주민들까지 모두 만날 수 있었다. 그 만남으로 우리는 스리 아다샤 공립학교의 발전 가능성을 재평가하였다.

스리 마야 데비 공립학교(Shree Maya Devi Primary School)

스리 마야 데비 공립학교는 루펀데히 주의 마나우리(Manauri) 마을에 있었고, 유치부부터 5학년까지 약 180여 명의 학생들이 재학 중이었다. 4명의 정규직 교사와 1명의 무급 자원봉사 교사가 학생들을 가르치고 있었다. 5실의 교실과 1실의 교무실이 있어서 최소한 1개 이상의 교실 신축이 요하는 상황이었다. 이곳은 교실이나 도서관과 같은 하드웨어적인 부분에서도 지원이 필요했지만, 가장 시급한 것은 교사 충원이었다. 내가 방문했을 당시, 교사가 부족한 탓인지 야외에서 학년 구분 없이 수업이 진행 중이었다. 그렇지 않아도 교사가 부족한데 교사의 절반이 휴가를 가고 없었다. 학교 운영진을 만나 이야기를 나눌 기회가 있었지만, 그들과의 대화를 통해 학교 발전이나 학생에 대한 애정이나 열의가 참 부족하다는 느낌을 받았다. 지극히 개인적인 판단일 수는 있었지만, 학교의 낙후성이나 지원의 시급함보다도 중요한 것이 학교의 발전 가능성에 대한 방문자 판단이었으므로 나는 과감히 지원대상으로서 그다지 매력적이지 않음을 본부에 알렸다.

빠다리야 공립학교(Padariya Primary School)

루펀데히 주 빠다리야(Padariya) 마을에는 빠다리야 공립학교가 있었다. 이 마을에는 주변의 다른 마을과 다르게 무슬림이 30% 정도가 거주하고 있었다. 네팔에서 무슬림 가정에서는 저학년까지는 네팔어 교육을 이유로 일반공립학교에 보내지만, 기본적인 언어교육이 끝났다고 판단이 되는 고학년부터는 이슬람 학교에 보낸다고 했다. 이 때문에 이 학교의 학생들은 다른 마을의 학교들에 비해 전학 및 자퇴 비율이 높았으며, 총 250여 명인 유치원부터 5학년까지의 학생 수는 실제로도 학년이 올라갈수록 그 수가 급격히 줄고 있었다. 교사는 총 6명이었는데, 4명의 정규교사와 2명의 임시직 유치원 교사가 있었다. 교실은 6실이 있었는데 구건물에 2실이 있었고 새 건물에 4실이 있었다. 학교에서는 교실이 부족하다고는 했으나, 주변의 다른 학교들에 비하면 학생 규모에 비하여 그리 부족한 형편은 아닌 것으로 보였다. 또한, 학교의 운영상황도 그리 긍정적으로 보이지 않았는데 선생님들과 운영진이 투명하고 성실하게 학교를 운영하고 있지 않다는 것을 그들과의 대화나 학교 상태를 통해서 알 수 있었다. 빠다리야 공립학교에서 나는 '지금 필요한 것'은 고사하고 '앞으로의 발전계획'을 듣지도 보지도 못한 것이다.

네팔 라스트리야 공립학교 (Nepal Rastriya Primary School)

네팔 라스트리야 공립학교는 루펀데히 주의 카차하리하와 (Kachaharihawa) 마을에 있었다. 이 마을에는 70%의 바훈과 체트리 계급을 포함한 다양한 계층의 주민이 있었고, 달리트로 불리는 불가촉 30% 정도의 천민 계층 주민들이 있었다. 내가 방문하기 3년 전후로 마을 주변에 2곳의 사립학교가 설립되었고, 상당한 학생 유출이 있었다고 들었다. 총 350여 명의 학생이 등록되어 있었고, 유치부부터 5학년까지 운영되는 초등학교였다. 정규 교사 3명과 비정규 교사 3명이 학생들을 가르치고 있었으며, 6개의 교실과 1개의 교무실이 있었다. 두 개의 건물에 교실이 있었는데, 한 건물은 JICA의 지원으로 지어진 신축건물이었다. 구건물에 대한 보완이 필요하기는 했지만, 학생 수에 비해 교실 수가 부족한 상황은 아니었다. 이 학교에서 가장 큰 문제는 학생들이 자꾸만 사립학교로 빠져나가는 것이라고 했다. 교장 선생님께서는 교실을 지어주는 것보다 사립학교에서 운영하는 영어수업 및 다양한 교육프로그램을 도입하는 것이 더 중요한 문제라고 했다. 굳이 물질적인 부분을 지원한다면, 교실 내 책걸상을 비롯한 기자재를

보충해줄 필요가 있는 듯했다. 당장 우리 단체에서 건물을 지어주어야 하는 학교는 아니었지만, 외적인 부분만 보려던 나는 수준 높은 교육에 대한 교사들의 열정과 노력을 보면서 한 수 배우고 감동을 받았다.

학교 방문에 대한 종합적인 평가

룸비니 지역의 교육 수준은 전반적으로 낮은 편이었다. 다수의 가정에서 교육의 중요성을 인지하지 못하고 있어, 노동을 할 수 있는 고학년으로 올라갈수록 학생 수가 줄고 있었다. 따라서 공립학교 건립 지원을 하면서 해당 지역에서 교육의 중요성을 알리는 캠페인을 벌이는 것도 새로운 교육사업으로 좋겠다는 생각을 했었다.

이 지역에는 거의 마을마다 초등학교 또는 중등학교가 하나씩 있었다. 학교의 설립연도를 비교해보니, 비슷한 시기에 학교들이 대거 생겼다는 걸 알 수 있었다. 이는 정치적인 이익배분 때문에 학교를 마을마다 설립한 것으로 보였다. 이처럼 공립학교의 공급은 이미 충분한 상황이었으나, 다만 학교의 수준이나 운영에서 문제가 있을 뿐이었다. 따라서 운영진이 투명하고 열정적이며, 신축 건물을 지을 수 있는 학교 부지가 충분한 학교를 찾는 것이 최선책이 될 것으로 최종 평가를 내렸다.

지역조사를 마친 후 달콤한 휴가

지역조사를 다 끝마치고 나는 씨디 다이와 함께 부뜨왈에서 버스를 타고 2시간 걸리는 탄센이라는 도시에 갔다. 탄센은 네팔에서도 가장 네팔다운 도시라고 알려진 곳이라, 기회가 되면 꼭 한번은 방문해보고 싶은 곳이었다. 탄센은 룸비니에서 가까운 부뜨왈이라는 도시에서 포카라로 향하는 오르막 고속도로를 달리다 보면 만나게 되는 해발 2,000m 남짓한 언덕 (8,000m가 넘는 고봉이 수두룩한 네팔에서 5,000m 이하는 산이라고 부르지도 않는다) 위에 자리한 아기자기한 고도시다.

씨디 다이가 나와 지역조사를 함께하고도 먼 길까지 동행해 줄 수 있었던 것은 씨디 다이에게도 탄센에 가고 싶게 만든 사람이 있어서였다. 씨디 다이는 10대 후반~20대 초반에 부뜨왈에서 버스 차장을 하며 돈을 벌어서 동생들을 공부도 시키며 살았다고 했다. 그때 같이 버스 차장을 하며 가장 친하게 지냈던 형님이 탄센에 살고 있다면서, 내가 탄센에 가고 싶다고 했을 때 나를 핑계 삼아 십수 년 만에 그 형님을 꼭 만나보고 싶다고 했다. 그렇게 해서 나는 그 두 사람의 역사적인 만남에 살짝 끼어 탄센 여행까지 할 수 있었다.

탄센이 눈앞에 보이는 곳에서 고속도로에 사고가 나, 한 시간가량 지체가 되었다. 씨디 다이와 나는 배가 고파 도로에서 파는 간식거리를 사 먹으며 빨리 버스가 다시 출발하기를 기다렸다. 예상보다 늦게 도착하긴 했지만, 이른 아침에 출발했던 터라 점심 시간 전에 탄센에 도착했다. 씨디 다이는 그 형님에게 전화를 걸었고, 우리는 그 형님이 운영하시는 가게부터 찾아갔다. 가게로 가는 길 내내, 그리고 가게 앞에서 형님이 나오길 기다리는 동안에도 씨디 다이는 연신 들떠있었고 형님이 어떻게 변하셨는지 궁금해했다.

설레는 마음으로 그 형님을 만나려는 씨디 다이를 보면서 나도 가슴 벅차오르는 것 같았고, 첫사랑을 만나러 가는 것처럼 설렘으로 가득한 씨디 다이의 순수한 모습은 나를 흐뭇하게도 했다. 아주 아주 오랜만에 보는 동생을 만나러 나오는 그 형님도 들떠있기는 마찬가지였는데, 멋을 잔뜩 내고 상기된 표정으로 나타나셨다. 두 분이 만나던 그 순간, 둘 다 함박웃음을 지으며 악수를 나누는데 왜 내 눈에서 눈물이 나오던지, 나는 눈가에 차오르는 눈물을 겨우 참았다. 나는 5년이 지난 지금도 그 모습이 사진처럼 마음에 새겨져 좀처럼 잊히지 않는데, 아마도 진한 사람의 향기를 맡았기 때문이리라.

우리는 그 형님과 함께 탄센 구경에 나섰다. 지금은 탄센의 시청으로 쓰이고 있는 옛 왕궁에도 가고, 네팔에서 중심가에 가면 늘 있는 힌두사원에도 들러 인사를 하고, 탄센의 전경을 볼 수 있는 소나무 숲에까지 올라갔었다. 인생 선배 두 분을 뒤따라 오른 전망대

에서 내려다본 탄센은 아름다웠다. 그냥 아름다웠다. 다른 말로는 설명이
안 될 듯싶다. 맑은 하늘 아래로 낮은 산 사이에 옹기종기 집들이 흩어져
있고, 겨울이었지만 따뜻한 그곳에는 들꽃도 피어있어서 다채롭기까지 했
다. 전망대에서도, 오르내리는 길에서도 나는 다이 두 분이 편하게 이야기
를 나눌 수 있게 슬쩍 뒤떨어져 걸으며 나만의 사색도 즐겼다. 소나무 숲을
마지막 코스로 하고 우리는 형님네 집에 가서 늦은 점심을 먹었다. 형님께
서 직접 만드신 닭고기 요리를 더한 네팔의 가정식 백반을 먹고, 햇살 좋은
마당에 나와 네팔식 블랙티까지 마셨다. 이젠 가야 할 시간이 되었고, 두
분은 많이 아쉬워하셨다. 나도 아쉽긴 마찬가지였지만, 만남이든 여행이든
아쉬움이 남을 때가 가장 좋을 때라는 걸 알기에 가슴 한쪽에 행복감을 채
우고 돌아설 수 있었다.

부뜨왈에 도착해서 씨디 다이는 카트만두로 가는 버스에 올랐고, 나는 룸
비니로 향하는 버스에 다시 올라탔다. 혼자 조용히 쉬면서 이번 일정을 마
무리하고 정리하고 싶어, 룸비니 국제사원 구역에 있는 한국의 절인 대성석

가사에 갔다. 사실 대성석가사의 법신 스님을 만나러 갈 일이 있기는 했다. 법신 스님은 10여 년간 대성석가사의 주지를 맡고 계셨기 때문에, 스님으로 부터 현지 사정에 대해 듣고 우리 프로젝트의 방향에 대해 의논을 할 필요 가 있었던 것이다. 국제사원구역으로 들어가는 동안 노을이 지기 시작했고, 도착할 때에는 이미 해가 저물었다. 대성석가사는 입구에서 한참 들어가야 해서, 조명도 없고 들짐승들이 다니는 그 길을 혼자 걸어가기에는 무섭기도 했고 위험하기도 했다. 이미 늦은 시간이라 릭샤도 다 영업 종료한 후였다.

사원구역 입구에서 경비를 보시던 아저씨에게 꼭 절에 들어가야 한다고 사정을 했더니 아저씨는 잠시만 기다려 보라고 했다. 릭샤를 불러주시는가 했는데, 아저씨는 자신이 타고 다니는 자전거를 끌고 오셔서는 뒷자리에 타 라고 하셨다. 물건을 신도록 만든 자리여서, 울퉁불퉁한 비포장 길을 달리 는 동안 엉덩이가 어찌나 배겼는지 모른다. 그 와중에 혹시라도 자전거에서 떨어질세라 아저씨의 허리를 꼭 붙잡았다. 경비 아저씨는 절 앞까지 안전하 게 나를 데려다주셨고, 나는 늦은 시간이라 바로 방 배정을 받아 잠자리에 들었다. 다음 날 아침, 법신 스님께서 나를 부르셨다. 스님께 내가 지구촌공 생회에서 나온 매니저이고, 이제 룸비니에서 학교 건립 사업을 하려고 하는 데 현지여건은 어떠하며 스님께 도움을 요청해도 되는지 여쭈었다. 스님께 서는 룸비니 근방은 외지인이 들어가서 일하기가 생각보다 쉽지 않을 거라 고 하셨다. 그 동네 사람들은 내가 네팔에서 보통 만나던 사람들과는 좀 다 른 문화를 가지고 있다며 조심스럽게 접근해야 한다고 조언을 해주셨다. 그 리고 스님께서 도와주실 수도 있지만, 마을 사람들에게 너무 퍼주기만 하다 가 분위기를 흐리거나 갈등을 유발하게 되지 않을까 봐 걱정을 많이 하셨 다. 나는 스님의 조언을 새겨듣고 현지를 다시 방문해서 그들이 어떻게 살아 가고 있는지도 제대로 공부하고 이해하겠노라고 약속드렸다. 스님께서 처음에 너무 냉정하게 말씀을 하셔서, 순간 마음이 덜컹하고 고민도 많아졌지만 참으로 고마운 말씀이다 싶기는 했다. 나도 어느새 프로젝트의 보이는 결과에만 치중해 있었던 게 아닌가 하는 반성을 하는 계기가 되었다.

절에서 점심을 먹고 나오는데, 스님께서 부엌 안으로 부르셨다. 몇 년 전부터 직접 청국장을 담아 먹는다고 하시면서, 청국장을 가득 담아 주셨다. 된장이랑 섞어 먹으면 냄새도 덜 나고 맛도 더 있다며 청국장을 맛있게 끓여 먹는 비법까지 전수해 주셨다. 스님께서는 절에서 일하는 사람들이 시내로 일 보러 나간다며 내게 버스정류장까지 데려주도록 해주셨다. 카트만두로 돌아가는 비행기에 오르며 비록 나는 고단해서 얼굴은 초췌해졌지만, 법신 스님께서 해 주신 따뜻한 말씀과 두 손 가득 먹을거리를 안고 마음만은 팽팽해졌다.

🎙 희망심기 프로젝트 II
- 2차 룸비니 지역조사

　1차 지역조사에서는 부처님 탄생지인 룸비니를 중심으로 가까운 지역만 둘러보았었다. 그때 둘러보았던 학교들로는 사업지 선정에 충분하지 못할 것이라는 판단으로 3개월이 지난 5월 17일부터 21일까지 2차 지역조사를 나섰다. 이번 지역조사에서는 무모하게도 나 혼자 룸비니행을 감행했는데, 한층 높아진 네팔어 실력과 새로운 지역에 들어가는 것에 대한 두려움이 거의 없어졌다는 것과 지역조사 비용을 절감해보겠다는 의지가 더해진 덕분이었다. 사실 현장에 가서도 혼자 모든 것을 해결한 것은 아니었고, 현지 전문가들을 소개받아 많은 도움을 받았다. 이번 지역조사에서는 1차 때보다 방문학교의 지역 범위를 넓히면서 좀 더 다양한 지역과 학교를 둘러보는 것에 중점을 두었다. 이는 단순히 지원대상 학교를 찾기 위한 것일 뿐만 아니라, 향후 새로운 프로젝트를 시작할 지역에 대한 이해도 더 깊게 하기 위함이었다.

　룸비니는 석가모니 부처님이 태어난 지역과 출가하기 전까지 살았던 카필라 성이 있는 곳까지 포함하는 곳으로 루펀데히 주(Rupandehi District)와 카필바스투 주(Kapilvastu District)에 두루 퍼져 있다. 다만 유네스코 문화재로 지정된 국제사원 구역이 루펜데히 지역에 속하다 보니 많은 사람들이 그곳까지만 룸비니로 생각하는 경향이 있다. 카필바스투 주는 루펜데히 주와 바로 인접한 곳으로 인도 국경과 접하고 있는 곳이며, 석가모니 부처님의 나라였던 사키야 왕국이 있던 곳으로 아직도 카필라 성의 흔적이 남아 있다. 나는 1차 지역조사 때의 지역적인 한계를 벗어나고자, 2차 지역조사에서는 카필바스투 지역을 더 많이 둘러보았다. 루펜데히 주에서는 학교 2곳과 마을 1곳을 방문하였고, 카필바스투 주에서는 학교 5곳과 마을 1곳을 방문했었다.

5월 17일 오후, 비행기를 타고 나는 바이와라 공항에 도착해서 싯타르타 나가르(Siddharthanagar) 시내로 이동했다. 카트만두교육청 직원인 기리다 씨가 소개해 준 바이와라 교육청 공무원인 타네숄(Taneshowr) 씨와 그가 함께 데리고 나온 룸비니 지역 리서치 매니저 두 분을 만났다. 그분들과 함께 해당 지역의 교육여건이 어떤지에 대해서 들으며, 내가 추진 중인 프로젝트에 대해 자세하게 설명했다. 타네숄 씨는 함께 나온 매니저 두 분과 의논을 하시더니, 루펜데히 지역에서 학교 두 곳을 추천해주시겠다고 했다. 그리고 다음 날, 타네숄 씨가 내가 묵고 있는 숙소까지 나를 데리러 오셔서 나는 그분의 오토바이 뒤에 타고 추천 학교를 함께 방문했다. 교육공무원을 통해 추천받은 곳 역시, 루펜데히 주에 속한 곳이라 나는 마음이 조급해졌다.

셋째 날에는 씨디 다이가 소개해주신 룸비니 교육센터에서 일하고 계시던 디팍 타파(Deepak Thapa) 씨를 만났다. 나는 그분과 함께 마지막 3일(5월 19일부터 21일까지)을 카필바스투 지역만 집중적으로 돌았다. 그분의 누님이 교사로 재직 중이어서 누님이 추천해준 학교를 우선 방문했다. 그

나머지 시간들은 오토바이 뒤에 타서 드넓은 평원을 휘젓고 다녔다. 평소 그분이 가난하다고 생각하던 지역에도 찾아가 보고 오고 가며 만난 사람들에게 '열악한 공립학교가 없느냐?'를 물으며 발길이 닿는 데로 찾아다녔다. 그렇게 정신없이 오토바이를 타고 달리다가, 인도 국경까지 다다라서 인도 경찰들을 보고 깜짝 놀라기도 했고. 막다른 골목으로 들어가 실망하며 다시 나오기도 했다. 그리고 마지막 하루는 룸비니와 카필바스투에서 가난한 지역으로 손꼽히는 마을을 찾아다녔다.

"오빠, 달려~!"처럼 네팔 지인의 오토바이 뒷자리를 얻어 타고, 허허벌판을 누비던 그때는 네팔에서도 가장 덥다고 하는 5월이었다. 5월은 우기가 본격적으로 시작되기 직전인 데다, 카필바스투 지역은 대낮에 45도를 넘나드는 아주 뜨거운 곳이기도 했다. 모자를 쓰고 스카프로 얼굴을 가리고 긴 바지와 얇은 셔츠를 입어 햇볕을 가렸지만, 내가 미처 생각하지 못했던 곳이 화상을 입어 한 달 넘게 고생하기도 했다. 나는 덜컹거리는 오토바이에서 떨어지지 않으려고 두 손으로 꼬옥 오토바이 안장을 잡고 있었다. 그때 두 손등이 햇볕에 고스란히 노출되면서 결국엔 물집까지 잡히는 화상을 입게 된 것이다. 체력이 많이 약해져 있던 상태인 데다가 며칠 동안 계속 덜컹거리는 비포장도로를 몇 시간씩 오토바이를 타고 다니다 결국 허리까지 삐끗했다.

아마도 삼 일째 되는 날에 심하게 허리를 삐끗했던 것 같았다. 룸비니에서 남은 일정 동안 누워서 잠도 못 이룰 정도로 요통이 심해졌고, 오토바이를 타고 계속해서 학교를 방문하다 보니 허리 상태가 더 나빠졌다. 한국에 있었다면 한의원에 다니면서 뜸 치료를 하고 목욕탕에 가서 뭉친 근육도 풀었겠지만, 네팔에서는 그 어떤 치료도 할 수가 없었다. 어쩌다 알게 된 '전기침 치료사'를 찾아가 한 달 넘게 치료를 받고 다녔었는데, 사실 큰 효과는 보지 못했다. 이후 한국에 돌아와서도 거의 1년 동안 허리통증으로 고생했다. 그런데 참 아이러니하게도 몸은 아프고 힘들고 지쳤었는데, 마음만은 더 가벼워지는 것 같은 경험을 했었다. 너무 더워서 현지 주민들도 낮잠을 자던 오후 시간에 자연 바람을 맞으며 드넓은 초원 위를 달릴 때는 정말 내가 자유인이 된 것 같았다. 후덥지근하면서도 상쾌하던 그 공기의 감촉이 지금도 생생하게 느껴진다. 빡빡하게 돌아가는 세상에서 살다 보면 가끔은 문득 그 순간이 생각나고 그리워질 때가 있다.

스리 칼리다 공립학교(Shree Kalidah Primary School)

2차 지역조사는 머물던 숙소에서 가까운 지역부터 시작했는데, 루펀데히 주의 칼리다(Kalidah, Rupandehi) 지역에서 아마(Amaa)라는 마을에 있는 스리 칼리다 공립학교를 방문했다. 이 지역은 무슬림이 40%가량이었고

천민계급인 달리트가 30% 정도로 주민구성이 일반적이지 않은 곳이었다. 무슬림과 달리트는 모두 네팔에서 다소 소외되는 계층으로 볼 수 있으므로, 이 지역에 거주하는 주민들과 그들의 자녀들은 대부분이 네팔에서 알게 모르게 차별받으며 살아가고 있었다.

스리 칼리다 공립학교는 칼리다 지역에서 유일한 초등학교여서, 주변 아홉 마을에서 학생들이 온다고 했다. 유치부부터 5학년까지 운영하는 전형적인 초등학교로 330여 명의 어린이들이 재학 중이었다. 이 학교에는 총 8명의 선생님이 있었지만, 정부에서 월급을 받는 정규직 교사는 세 사람뿐이었다. 나머지 두 선생님은 정부 지원을 받는 6개월 임시직이었고, 세 분의 선생님은 마을에서 월급을 주고 있는 임시직 교사였다. 구건물과 신건물이 한 동씩 있었는데, 각 건물마다 교실이 두 개씩 있었다. 구건물의 상태가 심하게 낙후된 형편인 데다가 교실도 부족하여 유치원과 1학년이 합반해서 수업을 진행하고 있었다. 이에 교실이 최소 4개 정도는 추가적으로 필요했다. 또한, 저학년에 최적화된 책걸상과 각종 기자재의 구비도 시급했다. 네팔에서 화장실을 제대로 갖춘 학교를 거의 본 적이 없었는데, 이 학교도 마찬가지여서 화장실을 만들어 준다면 좋겠다는 생각을 했다.

스리 칼리다 공립학교는 함께 방문했던 교육 공무원이 학교의 운영진이 투명하고 열의가 있다고 추천한 학교였다. 그런데도 지금까지 네팔 정부나 마을의 도움을 제외하고는 외부에서 지원을 받은 적은 없다고 했다. 내가 직접 학교를 둘러보고, 선생님들과도 대화하면서 느낀 점은 '주어진 환경은 정말 열악했지만, 현실에 안주하지 않고 학교를 발전시키기 위해 학교 운영위와 모든 선생님이 마을 주민들과 함께 노력하고 있다'는 것이었다. 또한, 룸비니 인근 지역이 전반적으로 빈곤한 곳임에도, 칼리다 마을에는 무슬림이 많이 사는 것으로 보아 비교적 더 생활이 어려운 지역이기도 했다.

소르소티 공립학교(Sorswoti Lower Secondary School)

루펀데히 주에서 두 번째로 둘러본 학교는 마시나(Masina) 마을에 있는 소르소티 공립학교였다. 이 마을은 천민계급인 달리트 계층의 사람들이 절반 가까이 차지하는 곳이었다. 그런 마을에서 소르소티 공립학교는 유일한 중등교육기관(유치부~7학년)이었다. 총 학생 수는 430여 명으로 저학년의 학생 수가 많은 편이었다. 8분의 선생님이 계셨는데, 정부에서 월급을 받으시는 분들이 4분이고 그 나머지는 학교에서 자체적으로 관리하는 선생님이었다. 방문 당시 교실은 총 10실이 있었고 룸투리드(Room to Read)에서 지원한 '히말라야 희망도서관'도 있었다. 일본의 원조기관인 자이카(JAICA)의 교육사업으로 지어진 새 건물에 있는 5칸의 교실은 상태가 좋았고, 구건물이 오래되고 낙후되어 교실의 여건이 열악한 형편이었다.

다른 학교들과 비교를 한다면 소르소티 공립학교의 형편은 그리 나쁜 편은 아니었다. 학생 수에 비해서 교실이 모자라고, 유치부와 저학년에 맞춘 특별교실과 기자재가 필요하다는 것이 가장 큰 부족사항이었다. 학교여건이 좋아서인지는 모르겠지만, 학교 운영이 비교적 체계적으로 잘 되어 있는 것으로 보였다. 또한, 학생들도 활기와 학구열이 넘치며 무척이나 밝아 보였다. 이처럼 경제적인 도움이 다급한 곳은 아니었지만, 향후 발전 가능성만큼은 정말 높게 평가할 수 있는 학교였다.

이제부터는 새롭게 영역을 확장한 카필바스투 주에서 돌아본 학교들에 대한 이야기이다

스리 아다샤 공립학교(Shree Adarsha Primary School)

정말 우연히 1차 지역조사 때 방문했던 스리 아다샤 공립학교를 다시 찾게 되었다. 이곳은 씨디 다이가 소개해준 디팍 타파 씨와 함께 일정 중 제일 처음 방문한 학교였다. 디팍 씨의 누님께서 선생님이셨는데, 그 누님께서 이 학교만은 꼭 방문해보라고 추천해주셨다고 했다. 디팍 씨의 오토바이를 타고, 익숙해진 룸비니 사원구역 주변을 지나 흙길을 한참 달리다 보니 마하데와(Mahadewa) 마을에 도착했다. 마을 입구에서 디팍 씨가 학교 위치를 물어 찾아 들어가는데 학교가 가까워질수록 점점 학교로 가는 그 길이 익숙하다는 느낌이 들었다. 뭔가 이상한데? 바로 그때 우리는 학교 앞에 도착했고 나는 그곳이 지난 2월 지역조사 때 방문했던 학교임을 알아차릴 수 있었다. 그때는 학교 분위기가 어수선하고 학교 위치도 룸비니에서 동떨어져 있어 지원대상으로 선정하기에는 부적절하겠다는 판단을 내렸었다.

정말 발전 가능성이라고는 보이지 않던 그 학교가 다시 방문해보니 전혀 다른 학교처럼 보였다. 많은 학생들이 열심히 수업을 듣고 있었고, 쉬는 시간에는 초롱초롱한 눈망울의 아이들이 활기차게 운동장을 뛰어다니며 놀고 있었다. 이 학교가 있는 마을은 달리트로 불리는 불가촉천민 계급이 60%를 이상을 차지하는 정말 가난하고 소외된 마을 중의 하나였고, 당연히 등록된 많은 학생들이 제때에 학교도 제대로 다니지 못하는 경우가 많았다. 주변에 제대로 운영되는 공립학교가 없다 보니, 여섯 군데의 VDC(Village Development Committee: 우리나라의 '동'과 유사한 개념)에서 학생들이 스리 아다샤 공립학교로 다니고 있는 상황이었다. 또 하나 독특한 점은 다른 공립학교들에 비해서 여학생들의 비율이 60%로 높은 편이었다. 네팔과 같은 저개발국가에서 여자아이들이 교육을 포함한 모든 부분에서 차별을 받는 형편을 고려한다면, 많은 여학생들이 이 학교에 다니고 있다는 것만으로도 그 학교가 여학생 교육에 얼마나 많은 노력을 기울이고 있는지를 보여주는 것이었다. 학생도 첫 방문을 할 때만 해도 400명이 조금 넘는 정도였는데, 그 사이에 480여 명으로 늘어나 있었다. 같은 학교가 맞나 싶을 정도로 정말 많은 부분에서 달라져 있었다. 3개월이라는 짧은 기간에 이렇게 달라졌다는 건 사실 불가능에 가깝다. 그러니 내가 첫 방문 때 이 학교를 제대로 살펴보지 못했다는 게 더 맞는 말일 것이다.

그때는 학교 구석구석을 둘러보고 선생님들과 이야기를 나누느라 별생각이 없었는데, 카트만두로 돌아와 지역조사 자료를 정리하여 보고서를 작성하면서 "내가 그동안 얼마나 부족했던가?"를 느끼면서 정말 낯이 뜨거워져 견딜 수가 없었다.

스리 아댜샤 공립학교에는 아주 오래된 벽돌 건물에 급식소와 교무실이 있었고, 교육청에서 만들어 준 교실 2칸과 마을위원회에서 만들어 준 교실 2칸이 있었다. 교실이 부족하다 보니, 저학년은 주로 야외에서 수업을 하고 있었다. 그동안 다른 학교에서 볼 수 없었던 급식소가 있는 것은 놀라웠지만, 큰 솥 두 개만 놓인 급식소의 벽이 시커멓게 연기에 그을린 모습은 안타까웠다. 가난한 가정의 아이들이 점심 한 끼라도 먹어보겠다며 학교를 다니

스리 아댜샤 교장선생님과 대화중인 정PM

는 경우도 많을 텐데 이렇게 시설이 열악한 곳에서 지어진 밥을 교실 밖, 아무 곳에나 앉아서 먹고 있다는 게 정말 마음이 아팠다. 이곳의 아이들에게 제대로 된 교실과 함께 깔끔한 급식소도 만들어 줄 수 있다면 참으로 좋겠다는 생각이 자연스레 들었다. 그래도 아름다웠던 건 교육청에서 나오는 지원금으로 부식을 사지만, 식사준비는 마을 사람들이 돌아가면서 봉사로 한다는 것이었다. 내가 그리고 우리 단체가 찾던 그런 학교의 모습이었다. 학교와 마을 사람들이 함께 학교 운영과 발전을 위해서 노력하고 있다는 것. 이러한 상생의 모

습을 보면서 나는 이 학교는 어떠한 지원을 해줘도 발전적으로 이끌어나갈 수 있겠다는 가능성을 보았다.

정말 이 학교는 방문할 때마다 더 나은 모습을 보여주었는데, 내가 한국에서 오신 분들을 모시고 세 번째 방문했을 때에는 마을위원장님이신 한 노인을 만날 수 있었다. 월주 큰스님과 할아버지는 낡은 벤치에 앉아 자연스레 대화를 하셨고, 그때 그 할아버지가 늘 학교 운영에 지원금을 내시고 계시다는 이야기를 들었다. 우리 단체가 학교 건립에 기꺼이 지원한다면 본인도 기꺼이 본인의 땅을 학교 부지로 내어놓으시겠다고 하셨다. 그 자리에 있던 모든 사람이 놀라고 감동하던 순간이었다.

그날, 우리는 마을대표 할아버지와 지구촌공생회 대표 할아버지가 만나 서로 돕기로 약속을 하면서 스리 아다샤 공립학교를 희망심기 프로젝트 두 번째 대상지로 선정을 하게 되었다. 나의 안목이 높아져 학교를 잘 찾아낸 것인지, 아니면 나의 믿음과 간절함이 하늘에 닿은 것인지는 모르겠으나, 여하튼 내가 마음을 콕 찍어 둔 학교가 최종 지원대상으로 뽑혔다.

스리 마하 락스미 공립학교 (Shree Maha Laxmi Primary School)

스리 아다샤 공립학교에서 그리 멀지 않은 곳에 스리 마하 락스미 공립학교가 있었다. 이 학교도 카필바스투 주의 반스콜(Banskhor) 마을에 있었고, 이곳 역시 달리트 계층이 절반 가까이 차지하는 소외된 지역이었다. 하지만 10여 군데의 VDC에서 학생들이 이 학교를 다니고

있어서, 주변 학교에 대한 정보나 주변 지역에 대한 상황을 정확하게 파악하기는 어려웠다.

　이곳은 초등학교로 허가는 받았지만, 아직 유치부에서부터 3학년까지만 운영하고 있었다. 학생은 총 130여 명 정도의 소규모 학교였다. 선생님은 정부에서 월급을 받는 정규직 교사 2명과 마을에서 월급을 주는 비정규직 교사 2명이 있었다. 이 학교의 가장 큰 문제점은 교실이 아예 없다는 것이었다. 교육청에서 지원금을 받아, 방문 당시 교실 2칸을 만들고는 있었지만, 당장은 모든 학생들이 야외에서 수업을 받고 있었다. 큰 나무마다 간이 칠판을 하나씩 걸어놓고 아이들은 나무 그늘 밑에 앉아 수업을 하고 있었다. 비가 오는 날에는 당연히 수업을 할 수 없다고 했다. 학교라는 게 건물만 있다고 실재한다고도 볼 수는 없지만, 당장에 교실 한 칸도 없이 학교라고 운영되고 있던 상황이 어이없기도 했고 안타깝기도 했다.

　학교의 사정을 자세히 들어보니, 인근 마을에 학교가 없어서 4년 전에 교육청의 허가를 받아서 우선 수업부터 시작했다고 한다. 스리 마하 락스미 공립학교에는 당시 교실 2실이 지어지고는 있었지만, 당연히 그 정도로는 부족했고 교실 건립과 기자재에 대한 추가적인 도움이 절실했다. 외부에서 도움을 주는 곳이 생기기만 한다면, 마을 운영위원회에서 학교 부지로 기부할 수 있는 곳은 있다고 했다. 학교의 사정은 정말 딱했지만, 학교의 위치가 인접 마을들과도 다소 떨어져 있었고 등록 학생 수도 너무 작아서 과연 도움을 줬을 때 주변 지역에 얼마나 긍정적인 영향을 끼칠 수 있을지에 대해서는 확신이 서질 않았다.

야외 급식소에서 식사를 준비 중인 마을사람

잔타 공립학교(Janta Primary School)

카필바스투의 또 다른 마을 카르마(Karma)에서 만난 학교는 잔타 공립
학교였다. 룸비니 사원구역 쪽에서 멀어질수록 마을은 더 가난했고 천민계
급의 사람들은 더 많아졌다. 카르마 마을 역시 달리트의 비율이 60%에 육
박하고 대부분의 주민들이 농사로만 생계를 겨우 유지하고 있었다. 이 카르
마 마을에서 유일한 초등학교는 잔타 공립학교였는데, 주변에 중학교나 고
등학교도 없었다. 그래서 인근의 다섯 군데의 VDC에서 400여 명의 학생들
이 잔타 공립학교로 다니고 있었다. 선생님은 정규직 5명과 마을에서 월급
을 주고 있던 비정규직 교사 1명이었다.

잔타 공립학교는 4실의 교실과 야외 급식소, 4칸의 낡은 화장실이 있었다. 유치부부터 5학년까지 학생이 있는 걸 감안하면, 학교에서는 추가적으로 교실이 3실 이상이 필요하다고 했다. 화장실도 너무 낙후되어, 위생적으로 설계된 새 화장실도 시급한 상황이었다. 아이들에게 교육청에서 지원받아 점심 급식을 제공하고는 있었지만, 야외에다 대충 벽돌을 쌓아서 만든 화로 위에 큰 솥 하나 걸어둔 게 전부였다. 위생적으로도 문제가 많아 보였을 뿐만 아니라, 비가 오기라도 하면 제대로 학생들에게 밥을 해서 먹일 수가 없을 것이 뻔했다. 학교 구석구석 도움의 손길이 절실해 보인 이 학교는 학교 운영에도 열심인 듯 보이긴 했다. 그런데도 개인적으로 가슴을 울리는 감동을 주는 학교는 아니었다. 모든 학교를 지원할 수 없는 조건에서 나는 여러 객관적인 요소들도 고려했지만, 현장에서 직감적으로 느껴지던 부분과 판단도 중요하게 생각했고 그 부분을 최대한 객관적으로 보고서에 기록하는 일에 주의를 기울였다.

비스와마이트리 공립학교 (Biswamaitri Primary School)

카필바스투 주에서 마지막으로 방문한 학교는 도하니(Dohani) 마을에 있던 비스와마이트리 공립학교였다. 이 학교는 유치부 과정 없이 1학년부터 5학년까지 운영하고 있는 초등학교였다. 앞선 학교들보다는 천민 계층 주민들의 구성비가 40%로 좀 낮은 곳이었다. 총 250여 명의 학생들과 5명의 교사가 함께하고 있던 이 학교는 총 9실의 교실과 1실의 교무실이 있었다. 일부 교실은 4년 전에 유니세프 일본본부와 일본계 엔지오인 AEON에서 함께 진행한 프로젝트의 일환으로 지어진 새 건물에 있었다. 이 프로젝트는 두 단체가 카필바스투 주 내에서만 40개의 초등학교를 선정하여 학교마다 30만 루피(물가 상승률을 고려했을 때, 60만 루피에 상응했으며 원화로는 약 일천만 원의 가치로 환산되었다.)를 지원하여 교실과 화장실, 그리고 기자재를 제공한 단기 프로젝트였다. 새 건물에는 교실만이 4칸 덩그러니 있었으며, 구건물이 너무 열악하여 보수공사가 필요한 상황이었다. 주변의 일반 학교들과 비교했을 때, 이 학교의 형편은 정말 좋은 편이었다. 게다가 불과 4년 전에 지원을 받아 새로 만든 교실조차 관리가 잘되지 않아 문제점이 많이 있어 보였다. 우리 단체에서 지원을 해야 할 학교로는 볼 수 없었지만, 새 교실 건물은 향후 룸비니에서 학교를 지을 때 참고해볼 만했다.

교육청에서 추천 받은 학교와 자체적으로 찾아본 학교들을 다 둘러본 후, 마지막 날에는 학교가 없는 마을을 직접 찾아 나섰다. 마지막 날까지 디팍타파 씨가 가이드 겸 통역으로 동행해주었다. 우리 단체에서는 늘 학교가 아예 없는 마을에 새로운 학교를 세우고 싶어 했으므로 나는 마을 탐색까지도 시도해본 것이다. 마을은 루펀데히 주와 카필바스투 주 두 곳에서 각각 한 곳을 찾아내 방문했다.

학교가 필요한 마을_1

　룸비니 사원에서 먼 곳부터 마을을 찾아다녔는데, 수소문 끝에 찾아낸 마을은 바르쿨(Barkul VDC) 내에 있는 곳이었다. 주민 구성은 달리트가 40% 정도이고, 그 나머지 60%는 바훈과 체트리 등의 다양한 계급의 사람들로 이루어져 있었다. 마을의 주민은 대략 800여 명 정도였으며, 취학연령 아동 수는 500여 명이었다. 이 마을에서 2Km 이내에는 어떤 공립학교도 없었다. 단지 걸어서 30분 거리에 사립 중학교가 한군데 있었다. 그래서 마을 아이들은 학교를 다니지 않거나, 극소수만이 사립학교를 다니고 있다고 했다. 게다가 인도 국경과 바로 인접한 지역이어서 형편이 넉넉한 집안의 아이들 소수는 인도의 사립학교를 다니는 경우도 있었다. 빈곤한 마을임에도 불구하고 가까운 곳에 공립학교가 한 군데도 없어 학교를 다닐 수 없는 아동이 400여 명이 되는 상황이었다. 마을위원회 사람들을 만나, 마을의 여건이나 학교의 필요성에 대해서 짧게나마 의견을 나누었다. 마을위원회에서는 학교를 짓는다고 하면, 마을 공동부지 중 약 1,000m²의 땅을 확보해 줄 수 있다고 했다. 하지만 중요한 것은 이 약속을 100% 확신할 수는 없다는 것이었다. 또한, 인도 국경 접경지인 데다가 룸비니 사원구역에서도 차량으로 1시간 이상이 걸리는 지역으로 프로젝트를 진행하기에는 어려워 보였다.

학교가 필요한 마을_2

　첫 번째 마을을 둘러보고 나오는 길에, 루펀데히 주에 있는 칸디와디하(Khandiwadiha VDC)에 있는 마을을 찾았다. 이곳은 싯다르타나가르에서 룸비니 국제사원구역으로 들어가는 주도로와 인접한 지역으로, 룸비니 국제사원구역에서 차량으로 10분 정도밖에 안 걸리는 가까운 곳이었다. 이 마을에는 불가촉천민과 다른 계급의 주민이 '50:50'으로 비슷하게 구성되어 있었다. 마을 주민들은 대다수가 농사에 종사하고 있었다. 인접 마을 네 곳까지 포함해서 주민이 대략 6,000여 명이 되는 꽤나 큰 마을이었다. 취학연령 아동 수는 2,000여 명이었는데, 이들 중 약 200여 명의 아동들이 학교를 다니지 않는 것으로 추정되었다. 특히 여학생들이 학교를 다니지 못하는 경우가 많다고 했다. 왜냐하면, 여자아이들은 가사 일을 도와야 하므로 멀리 떨어진 학교까지는 부모들이 보낼 의지가 없거나 다소 낮다고 보였기 때문이다. 따라서 해당 지역에 공립학교를 만든다면, 여아들에게 많은 혜택을 줄 수 있을 것으로 예상했다.

이 마을에서 2Km 정도의 거리에 초등학교 1곳이 있었고, 1.5Km 정도의 거리에 중학교 1곳이 있었다. 내가 직접 주변 학교들을 둘러본 결과, 초등학교는 거리가 멀고 학교 운영도 제대로 되지 않는 상황이었다. 그에 비해 중학교는 거리가 가까워 걸어서 30분 이내에 있었으며 학교 운영도 다소 잘되고 있는 편이었다. 즉, 굳이 해당 마을에 공립학교를 세울 필요가 있는가에 대한 근본적인 의문이 생겼으므로 적합한 후보지 마을로 볼 수 없었다.

학교 및 마을방문에 대한 종합적인 평가

2차 지역조사에 대한 종합적인 평가를 내린다면, 전반적으로는 1차 방문과 유사하였다. 하지만 여학생에 대한 교육 수준이나 교육열이 1차 지역조사 때 방문한 지역에 비해서 카필바스투 지역에서 훨씬 낮게 나타났다. 개인적으로 카필바스투 지역에서 여아들의 교육 참여율을 높이는 캠페인이나 실질적인 교육 프로젝트를 진행한다면 정말 큰 변화를 이끌어낼 수 있겠다는 생각을 했다. 또한, 카필바스투 지역이 루펀데히 주에 비해 평균적으로 더 가난하고 교육열도 낮은 것으로 판단되었다. 루펀데히 주와 카필바스투 주 모두 마을마다 초등학교 혹은 중등학교가 하나씩 있었다. 이미 공립학교의 공급은 충분한 상황으로 보였고, 다만 그 수준이나 운영에 있어서 문제가 있거나 차이가 있었다. 따라서 학교 운영진이 투명하며 열의가 넘치고, 학교 부지를 충분히 제공받을 수 있는 학교를 찾아내는 것이 프로젝트 후보지 선정의 전제가 되어야 할 것으로 보였다.

🎤 희망심기 프로젝트 II
- 스리 아다샤 공립학교 건립 프로젝트 준공식

    귀국한 지 4개월 만에 다시 네팔 땅을 밟게 되었다. 이번에는 비행기에서 나의 29번째 생일을 맞아 스튜어디스로부터 축하카드까지 받았다. 네팔에서 벌여 놓은 일들을 마무리 짓지 못하고 돌아온 아쉬움과 걱정이 시간이 지나도 사그라지지 않았고, 나는 두세 달을 그렇게 그리움과 염려로 가득한 시간을 보내고 있었다. 네팔에서 돌아온 지 딱 3개월이 지나갈 무렵, 서울 사무국에서 전화가 왔다. 아무래도 정 피엠님이 네팔에 잠깐 다녀와야 할 것 같다는 전언이었다. 3월 10일 전후로 카트만두의 공생 청소년센터 오픈식과 룸비니의 스리 아다샤 공립학교 준공식을 함께 개최하기로 했는데, 나의 후임과 현지인 디렉터가 두 일을 동시에 진행하기에는 어려울 것 같다며 나에게 청소년센터를 마무리 짓는 일과 준공식 준비를 맡아달라고 했다. 혼자 끙끙 앓으면서 바라고 바라던 일이었고, 가끔 꿈속에서도 네팔에 다시 가서 학교들을 방문하곤 했는데, 정말 그 바람이 오래지 않아 이루어졌다. 나는 그때 정말 너무나도 좋아서 펑펑 울었다.

    네팔 땅을 다시 밟던 날, 나의 심장은 설렘과 반가움으로 뛰기 시작했다.

3년 전 혼자 비행기에서 내리던 그때를 떠올리며, 더 이상 내 안에 두려움이 없다는 것에 벅찬 감동이 일었다. 아무도 없이 시작했던 그곳에서, 이제는 나를 반갑게 맞아줄 친구들이 공항 밖에서 기다리고 있을 터였다. 3년 전 그때처럼, 나는 비행기에서 내리자마자 사방을 둘러보았다. 변함없었다. 그 어느 방향에서 바라봐도 첩첩이 둘러싸인 산으로 빈틈이 없었다. 카트만두가 분명했다. 그리고 나는 그 산들 틈 속에서 하얗게 빛나는 히말라야를 다시 보았다.

카트만두에 도착한 다음 날, 나는 바로 공생 청소년센터를 방문해 센터의 진행 상황도 점검하고 그곳에 자리한 네팔지부 사무실에서 회의를 했다. 나는 후임 매니저와 현지 디렉터와 함께 내가 언제 룸비니로 내려가는 것이 좋을지와 청소년센터를 마무리하는 하는 데에 어떤 일을 맡아야 도움이 될지에 대해서 의논했다. 사실 청소년센터는 이미 많은 부분에서 마무리되어 있었고, 소소한 부분들을 챙겨야 하는 상황이었다. 우리는 적지 않은 시간이 소요되는 도서관의 책 구입건과 아직 채 마무리되지 않은 인테리어에 대한 아이디어를 내고, 물건을 사고 주문하는 일을 했다.

나는 주말에 네팔에 도착해서 월요일과 화요일 이틀 동안 카트만두에서 일정을 조율한 후, 향후의 사업에 대한 계획을 짰다. 그리고 수요일 오후 늦게 바로 비행기를 타고 혼자 룸비니로 향했다. 공사업체 사장님과 매니저가 현장에서 나를 도와줄 것이었고, 그때까지도 머릿속에 그대로 남아있는 네팔어를 믿고 혼자 출장에 나섰다. 예상한 대로 스리 아다샤 공립학교의 공사를 진행하는 업체 측에서 바이와라 공항으로 차량을 보내주어 나는 편하게 룸비니 안의 대성석가사로 갈 수 있었다. 그리고 대성석가사의 주지 스님께서 특별히 배정해 주신 방에 짐을 풀었다. 대성석가사가 있는 국제사원 구역은 정말 평온한 곳이어서, 나는 그곳을 갈 때마다 그 주변을 무작정 걸으며 사색하는 걸 즐겼고 그 날도 여지없이 혼자 절 밖을 나와 걸었다. 다음 날에 있을 학교 측과의 회의에 대해 생각을 정리하고, 정신없이 지나온 지난 며칠도 되새겨 보았다. 룸비니에서 만난 황량한 들판에는 때마침 노을이 지고 있었다. 그 메마른 땅 위로 붉게 물들어가는 태양이 아름답기도 했지만, 이글거리는 태양이 척박한 그들의 삶과 네팔에서 보냈던 나의 청춘과 무척이나 닮은 것 같아서 뭉클했었다.

절에서 자고 난 다음 날 아침, 공사업체 사장님 및 실무자 한 분과 같이 스리 아다샤 공립학교를 찾았다. 공사업체를 통해 학교 측에는 미리 방문일정을 알린 상황이어서, 학교에는 교장 선생님을 비롯해 운영위원회장님 등이 모두 나와 계셨다. 룸비니에서 30여 분을 차로 달려가면, 카필바스투 주(Kapilvastu District)의 입구에서 '스리 아다샤 초등학교(Shree Adarsha Primary School)'를 만날 수 있다. 나는 학교 운영위원회와 학교에서 9시 30분에 만나기로 미리 약속을 해두었고, 건설업자 두 분과 함께 학교로 들어갔다. 학교 근처에서 교장 선생님을 만나 차에 함께 태워갔다. 그 차 안에서 나는 나의 고등학교 친구인 선희가 한국에서부터 챙겨준 국산 연필 300자루를 교장 선생님께 건네었다. 한국에서 나의 친구가 준비해 준 것이라며 아이들에게 잘 전달해달라고 했다. 그 선물을 주는 나의 얼굴에서도 미소가, 그 선물을 받아 드신 교장 선생님의 얼굴에서도 미소가 번졌다.

네팔을 떠나기 전 인수인계와 공사계약을 진행하기 위해서 룸비니를 다녀간 것이 스리 아다샤 공립학교의 마지막 방문이었으니, 4개월 만에 학교를 간 것이었다. 생각보다 오래지 않아 학교에 다시 가게 되었다. 지역조사 때 방문했던 학교는 운영에 어려움을 겪고 있었고, 학생도 300명이 채 되지 않는 상황이었다. 그런데 그사이 학생 수가 800명을 훌쩍 넘어섰고 새로이 단장한 학교에는 학생들도 활기가 넘쳐나고 있었으며 학교의 분위기도 완전히 달라져 있었다. 눈으로 직접 보고 있으면서도 도저히 믿기 어려운 변화였고, 나는 나의 바람과 믿음을 현실로 만들어준 그들에게 감사했다. 선생님들과 운영위원 분들께서는 다시 찾아간 내게 반가움과 고마움을 함께 전해주셨다. 몇몇 선생님들은 심지어 1년 전에 첫 지역조사 때 내가 오토바이를 타고 갔던 것까지도 기억해주며 다시 만나서 정말로 기쁘다고 하셨다. 그저 보고서밖에 쓴 게 없었던 나는 전혀 감사의 인사를 받을 자격이 없다고 생각을 했고 그분들께도 그렇게 말씀드리면서 그간 애써주셔서 감사하다고 얼마나 고개를 숙이며 인사를 했었는지 모른다.

마치 오랫동안 만나지 못한 친구를 만난 것처럼 서로의 안부를 묻고 반가움을 나누고 나서, 우리는 본격적으로 준공식을 어떻게 할지에 대해 의논을 시작했다. 나는 스리 시데숄 준공식 때 만들었던 행사 식순 팜플렛과 준공식 행사 사진을 여러 장 인쇄해 갔다. 그것들을 보여주면서 우선 내가 네팔어로 간략하게 설명을 한 후, 자세한 내용들은 사장님에게는 영어로, 한국어가 좀 가능한 업체 직원분께는 한국어로 말해서 통역을 해주실 수 있도록 했다. 행사진행 부분은 전적으로 학교에 맡기고 싶다고 했고, 준비과정에서 필요한 부분에 대해서 미리 알려주면 우리 단체에서 준비해서 가겠노라고 했다. 여러 번의 행사를 거치면서 중요하게 느낀 바는 준공식이 학교와 마을의 잔치가 되었으면 좋겠다는 것이었다. 그래서 나는 학교 관계자들에게 학생들과 마을 주민들을 위한 축제가 될 수 있도록 준비해달라고 했다. 우리 단체에게 너무 많은 정성을 쏟지 않아도 괜찮다며 말이다. (사실 한국 본부에서 이 사실을 알았더라면 어떻게 반응했을지는 모르겠다. 그리고 아무리 내가 그렇게 말했다 한들, 마음이 따뜻한 네팔 사람들이 우리에게 소홀히 하지도 않았을 것이라는 걸 나는 이미 알고 있었는지도 모른다.)

준공식 일정에 대해서 대략 논의가 끝나고, 나는 학교를 구석구석 둘러보았다. 아직 페인트칠이나 교실 내부 공사가 마무리가 되지 못한 곳들이 보였다. 그 부분들은 함께 간 공사업체 측에 꼭 준공식 전에 깔끔하게 마무리될 수 있도록 다짐을 받아 두었고, 공사에 들어가지 않았던 구건물에 대해서는 업체 측에 부탁해서 예쁜 연노랑 페인트로 외벽이라도 꼭 깔끔하게 칠해달라고 했다. 학교 선생님들에게는 공사업체에서 할 수 있는 부분을 제외하고 필요한 주변 정리를 부탁드렸다.

그로부터 약 2주 뒤인 2011년 3월 9일 수요일에 '스리 아다샤 공립학교 준공식'이 개최되었다. 모든 행사진행은 학교에서 도맡았고 우리는 통역도 귀빈들 옆에서 동시통역을 하는 방식으로 해서 별도로 한국어로 행사를 진행하지는 않았다. 그날의 식순은 다음과 같이 진행되었다. 1. 개회, 2. 학교 운영회 회장님 개회사, 3. 참석자 소개, 4. 지구촌공생회 소개, 5. 스리 아다샤 학교 소개, 6. 학생 축하공연 ①, 7. 송월주 이사장 스님 인사 말씀, 8. 초대 내빈 축사, 9. 기념행사: 리본 컷팅과 기념 현판 열기, 10. 학생 축하공연 ②, 11. 사진 촬영, 12. 폐회

　준공식이 끝나고 모든 귀빈과 함께 학교를 둘러보는 시간을 가졌다. 그때 현지 분들과 한국 분들 사이에서 여러 이야기가 오고 갔고, 다음 사업으로는 도서관을 지원해주겠다는 약속까지도 하게 되었다. 그 모든 과정 속에 내가 서 있을 수 있는 것만으로도 감사했지만, 무엇보다도 룸비니 사업을 후원해주신 송명례 보살님과 함께 한 여정이어서 더욱 뜻깊었다. 학교 건물도 필요에 맞고 튼튼하게 공사가 잘 되었고, 후원자와 수혜자 모두가 함께

한 자리에서 행복하게 웃을 수 있는 준공식까지 치르면서 나는 그간의 마음의 짐을 다 내려놓을 수 있었다. 네팔에서 나를 직간접적으로 도와주었던 분들, 한국에서 후원해주셨던 분들 모두에게 감사의 마음을 직접 전할 기회는 가지지 못했지만, 프로젝트를 잘 마무리하는 것으로나마 그 마음을 대신 전할 수 있게 된 것 같아 참 다행이다 싶었다.

모든 일정이 끝나고 카트만두로 돌아오니 그동안 나를 너무나도 힘들게 했던 팀장님이 이번에는 진심으로 고맙다는 인사를 했다. "정 피엠 아니었으면 이번 행사 절대 할 수 없었을 거야."라고 하는 말에 나는 그간의 섭섭함과 분노가 다 사그라졌다. 나도 부족한 나를 다시 불러주고 일을 마무리 지을 수 있게 해주고, 나의 노력을 좋게 평가해줘서 고맙다고 진심 어린 인사를 했다. 생일선물처럼 주어진 갑작스러운 한 달짜리 출장은 네팔에서 보냈던 2년 동안에 미처 발견하지 못했던 상처를 치유하고 아름답게 마무리할 수 있게 해준 진정한 힐링캠프였다.

끝나지 않은 마지막 희망심기 프로젝트
- 공생 청소년센터

네팔에서의 나의 마지막 프로젝트는 청소년센터 건립이었다. 청소년센터는 어린 학생들부터 청년층까지 다양한 연령대의 사람들이 네팔 정부와 사회에서 채워주지 못하는 다양한 교육서비스를 제공하는 공간이었고, 그들이 마음 놓고 다양한 활동을 할 수 있는 쉼터와 같은 곳이었다. 아무것도 모르고 발을 디딘 국제개발 현장이었지만, 일을 하면 할수록 '학교 짓기'와 같은 하드웨어적인 일에서 좀 더 주민친화적이고 살아있는 프로젝트를 해보고 싶다는 갈망이 커졌다. 이처럼 현지인들에게 배움과 놀이의 공간을 제공하는 청소년센터는 궁극적으로 내가 가장 해보고 싶은 숨을 쉬는 프로젝트에 가까웠다.

나의 2년 차 계약 만료를 4개월 앞두고 있을 때, 서울에서 새로운 프로젝트를 진행해보자고 연락이 왔다. 해외사업팀장님이 문득 전화를 해서는, '이제 네팔에서도 새로운 사업을 시작할 때가 되었다고 사무국에서 판단을 내렸고 대기업 후원자도 나타났으니, 카트만두 근교에 청소년센터를 만들어보자. 그러니 어느 지역에 센터를 건립하면 좋을지, 센터 내에서는 어떠한 프로그램으로 운영을 하면 좋을지, 마지막으로 총예산은 어느 정도가 들어갈지에 대해서 보름 이내로 보고서를 작성해서 보내달라.'했다. 이는 지금까지와는 전혀 다른 새로운 프로젝트를 시작하는 것이라서 나의 심장을 뛰게 만드는 일이었지만, 역시나 준비 기간이 너무나도 촉박했다. 그래도 나는 '청소년센터 제안서'를 준비하면서, 네팔에서의 마지막이 될 희망심기 프로젝트를 마음껏 상상하기 시작했다. 어떤 프로그램들을 넣으면 네팔 아이들이 좋아할까? 어떤 프로그램들이 네팔 청년들이 먹고사는 일에 도움이 될까? 어느 지역에 센터를 차리면 좀 더 취약한 계층의 사람들에게 혜택을 돌아가게 할 수 있을까? 마구마구 쏟아져 나오는 이 질문들과 완성될 센터의 모습을 상상하면서 나는 너무너무 행복했다. 나는 하고 싶은 일을 할 수 있다는 게 사람을 얼마나 능동적이게 만드는지를 나 자신을 통해 확인하고 있었다.

스리 시데숄 공립학교 기공식으로 네팔에 방문하셨던 이사장님은 내게 "네팔에서 젊은 사람들에게 가장 필요한 교육이 무엇이라고 생각하는가?"라는 질문을 하신 적이 있으셨다. 그때 나는 여자들에게는 재봉 교실이 실질적으로 도움이 될 것이고, 남자들에게는 한국어 교실이 한국에 돈을 벌러 갈 수 있는 새로운 기회를 만들어 줄 수 있을 것 같다고 대답을 했었다. 갑작스러운 질문이었지만, 다양한 기관들을 방문하고 공정무역 생산업체들을 둘러보면서 늘 생각하고 있던 부분들이었기에 망설임 없이 대답을 할 수 있었다. 당시 이사장님께서는 흘러가는 말처럼 질문을 하셨지만, 그때부터 네팔에서의 새로운 프로젝트에 대한 생각을 하셨던 것 같다.

청소년센터에서 운영될 프로그램을 제안하는 건 오랜 고민이 필요하지는 않았다. 지난 몇 달 동안 혼자서 생각하던 것들이 있었기에 한국어 교실, 공부방, 재봉교실, 컴퓨터 교실, 도서관이라는 크게 다섯 가지의 테마로 정할 수 있었다. 특히 나는 도서관을 책만 빌려보는 공간이 아닌 공부방은 물론 다양한 문화 프로그램도 제공하는 복합공간으로 운영하기를 함께 제안했었다. 이 모든 프로그램들을 운영하려면 기본적으로 컴퓨터실, 재봉실, 도서관, 강의실 2~3개는 있어야 했다. 그리고 센터 안에 제대로 된 네팔지부 사무실도 들어가야 했으므로, 한 층에 방이 3개 정도가 있는 4층 건물을 통째로 임대해야 한다는 계산이 나왔다. 카트만두 근교에서도 소외된 계층이 많이 거주하는 동네들을 우선 찾아다니면서, 그 동네에서 신축 중이거나 건물 전체가 임대가 가능한 3~4층의 건물들을 탐색했다. 오랜만에 건물을 보러 다니다 보니, 또다시 부동산 중개업자가 된 것 같은 기분이 들었고, 나는 자연스레 주변 시세와 비교하고 건물의 상태를 점검하면서 건물주와 협상에 들어가고 있었다. 같이 간 현지인도 당황할 만큼 나는 까칠하게 건물을 보고 따지고 들었다. 당장 계약을 할 수 있는 상황은 아니었으므로, 나는 건물의 임대시세만 파악하고는 임대업 임시휴업에 들어갔다. 이후 나는 재봉실에 들어갈 재봉틀의 종류와 가격, 네팔에서 흔하게 교육용으로 쓰이는 컴퓨터의 사양과 가격을 알아보고, 도서관과 강의실에 들어갈 기자재들 대강의 수요를 파악해서 비용을 산정하고, 도서관에 들어갈 책의 수량도 예측해서 대략의 예산을 잡았다. 2주라는 짧은 시간 안에 가능할까 싶었던 제안서를 주변 현지인들의 도움으로 잘 마무리해서 사무국에 보낼 수 있었다.

제안서를 작성하는 시간이 너무 짧다는 것에서부터 나는 해외사업팀장님과 갈등을 빚기 시작했다. 사실 그때 나는 이제야 일이 좀 할만하다

싶었고, 정말 해보고 싶었던 청소년센터 프로그램도 시작하게 되어 10월이면 만료되는 계약을 6개월이라도 더 연장하고 싶은 마음이 들었었다. 혼자서 심각하게 계약 연장을 고민하고 있었다. 가족과 친구가 사무치게 그리웠고, 미치도록 힘들고 외로웠는데도 계약 기간이 끝을 향해가니 하지 못한 일들에 대한 아쉬움이 더 컸다. 그런데 결국 제안서를 제출한 지 오래지 않아 바로 청소년센터 사업을 시작하라는 이야기가 나오면서부터 나는 팀장님과 정말 피 터지게 싸웠다. 나 자신도 놀랄 만큼의 분노를 표출하고, 일로 시작된 갈등이 감정적으로 번지기 시작했다. 그동안 섭섭하고 힘들었던 부분들까지 함께 터져 나오면서 나는 2년만 채우고 한국으로 돌아가야겠다고 결정을 내렸다.

사람이 떠날 때를 잘 알고 마무리는 아름답게 해야 한다고 했는데, 하마터면 나는 둘 다 놓칠 뻔했다. 당시에는 마음을 많이 다쳐서 아파했지만, 지금 생각해보면 그때 그렇게 아프지 않았더라면 나는 떠날 때를 놓치고 아름다운 마무리를 하지 못했을 것이다. 지금이라면 내가 그렇게 화를 내면서 대응할 일이었을까 싶은데, 그때 나는 내 일에 대한 자부심과 열정이 넘쳤고 무엇보다도 모든 게 서투른 새내기여서 쉽게 내가 처한 상황을 받아들이지 못했다. 내가 꿈을 품고 큰 그림을 그렸던 그 마지막 프로젝트는 나의 후임에게 인수인계하면서 나의 일은 마무리를 했다. 한국에 돌아와서도 두고두고 아쉬웠던 그 일은, 5개월 뒤에 다시 방문했을 때 도서관의 책상을 디자인하고 책을 채우는 일로 아주 작은 부분에 나의 마음을 남겨둘 수 있었다. 가장 영광스러웠던 건 청소년센터가 처음 문을 열던 날에도 함께 할 수 있었다는 것이다. '오픈식'에 온 사람들 앞에서 청소년센터를 처음 기획하고 시작한 사람이 나라는 것을 알려주어서 눈물이 나도록 감사했다.

'공생 청소년센터'는 지금까지도 지구촌공생회 네팔지부의 상징적인 공간으로 자리하고 있다. 네팔지부 사무실이 센터에 자리해 있고, 현지인들과 함께 호흡하며 끊임없이 프로그램들을 진행하면서 더 나은 센터로 매일매일 진화하고 있다. 최근에 전해 들은 바로는 공생 청소년센터에서 한국어 수업을 들었던 학생들 중 일부가 고용허가제 한국어능력시험에 통과하여 한국에 노동자로 들어왔다고도 한다. 그 숫자가 벌써 10명도 넘었단다. 비싼 한국어 수업료와 수수료를 내어야만 한국에 일하러 갈 수 있었던 청년들에게 새로운 삶의 기회를 만들어주고 있다는 것이 얼마나 감사하고 감동적인 일인지 모른다. 재봉 교실에서는 실습용으로 만든 가방을 기증하여 사회봉사도 하고, 교복을 만들어 판매하여 수익금도 올리고, 코이카에서 시드머니(Seed money)도 지원받아 우수 졸업생들에게는 재봉 가게를 열어주기도 했다. 내가 머리로 상상만 하던 일들이 몇 년이 지나지 않아 현실이 되어 있었다.

2015년 4월 네팔 대지진이 발생했을 때에는, 공생 청소년센터가 그 마을에서 긴급구호물자를 배분하고 지하수를 공급하는 역할도 담당했었다고 한다. 공생 청소년센터의 오늘은 내가 상상한 이상의 일들을 하고 있다. 비록 나는 네팔을 떠났지만, 남겨진 사람들이 내가 꾸던 꿈을 지금까지도 멈추지 않고 계속 이루어주고 있는 것 같이 느껴지고, 나의 간절했던 그 마음만은 떠나지 않고 남아 그 자리에 함께 하고 있는 것 같아서 더 이상 외롭지도 아쉽지도 않다. 그저 감사할 따름이다.

🐾 코난과 함께 희망심기

내가 '코난'이라고 해서, 만화영화인 '미래소년 코난'이나 '명탐정 코난'을 떠올렸다면 미안하게 생각한다. 나는 네팔에서 심심할 때 코난을 본 적도 없고, 네팔 사람들이 코난을 아는지도 모르겠다. 하지만 코난은 네팔주재 한국엔지오협회(Korean NGOs' Association in Nepal, KONAN)를 줄인 명칭이다. 이 이름은 네팔에서 엔지오 모임이 활성화될 때, 당시 세이브더 칠드런의 프로젝트 코디네이터가 지은 이름이다. 나름 내부 공모과정을 거쳐 만장일치로 정해진 이름이었다. 그리고 '코난'은 지금까지도 네팔에서 활동하는 한국 엔지오 활동가들에 의해서 모임 이름으로 잘 쓰이고 있고, 그 명맥이 유지되고 있다. 그래서 나는 창립 멤버로서 무한한 자부심을 가지고 있다.

내가 네팔에 있을 당시, 의미 있는 일이 진행되고 있었다. 그 일은 한국 해외원조단체협의회(해원협)과 코이카가 주관한 '2009년도 엔지오 관계자 현지간담회'에서 네팔에서 활동하던 엔지오 활동가 집단과 한국에서 현장교 육차 출장 왔던 담당자들이 한자리에 모이게 되면서 시작되었다. 2009년 6월 셋째 주에 해원협에서는 코이카의 지원을 받아 국내의 국제개발구호 엔지오의 해외사업 담당자들을 대상으로 네팔에서 현장사업교육을 진행했었다. 네팔의 코이카 사업장과 코이카 지원 엔지오 사업장을 둘러보고, 네팔의 주요 기관들을 방문한 뒤 마지막 일정으로 카트만두 시내에 있는 한 호텔에서 엔지오 관계자 현지간담회를 가졌다. 그 자리에는 한국에서 출장 온 모든 사람들과 네팔에서 활동하고 있는 엔지오 활동가들이 모두 초대를 받았고 나도 그 간담회에 참석했다. 먼 지방에서 활동하고 있던 활동가들까지도 참석하여 네팔에서 처음으로 거의 모든 엔지오 활동가가 한자리에 모일 수 있는 계기가 되었다. 간담회가 끝나고 현지 활동가들끼리 호텔 카페에 모여 길지 않은 시간 대화를 나누었다. 여러 이야기들을 나누었지만, 모두가 공통적으로 정기적인 모임을 가지는 것이 좋겠다며, 그리고 서로의 일하는 현장도 소개하고 도와줄 수 있는 기회를 만들 수 있으면 더 좋겠다는 생각을 나누고서는 다음을 기약하고 헤어졌다.

현장이라는 곳이 그랬다. 나는 처음에 내 몸 하나 건사하기에도 바빴고, 우리 프로젝트를 만들어 나가기에도 벅찼다. 다른 기관들도 마찬가지로 각자의 사업을 하기에도 빠듯한 곳이 현장이었다. 그러다 보니 국내에서는 국제개발구호 NGO들이 여러 측면에서 교류도 하고 해원협이라는 협의체도 구성하고 있지만, 현장에서는 각자의 사업에만 몰두하느라 서로 간의 교류가 거의 없는 것이 현실이었다.

많은 현장 활동가들이 그 문제를 인식하고 있을 때, 네팔에서 처음으로 새로운 시도를 해보려는 움직임이 일고 있었다. 그리고 그 움직임은 코이카 네팔 사무소에 새로운 소장님이 오시면서 진짜로 실행이 되기 시작했다. 누구보다도 매사에 적극적이고 엔지오의 활동에도 큰 관심을 가지고 계시던 도영아 소장님이 코이카가 지원하는 방식으로 엔지오 모임을 적극적으로 주선하면서 일시적이던 모임이 정기화되고 단단해져 갔다. 그때 코난에 함께

했던 회원들은 코이카 네팔 사무소, 국제사랑의봉사단, 국제옥수수재단, 굿네이버스, 굿피플, 기아대책, 다일, 서비스포피스, 세이브더칠드런, 엄홍길휴먼재단, 장미회, 코피온, 함께하는사람들, 그리고 지구촌공생회의 활동가들이었다. 모임은 주로 도영아 소장님께서 주도하셨고, 27살 막내였던 내가 모임을 앞두고 공지 메일을 보내고 전화도 돌리는 역할을 했다. 모임은 대개 주말 오후에 만나 차를 마시면서 이야기를 나누거나 강연이나 워크숍을 만들어 진행했다. 언제나 모임의 마무리는 맛있는 저녁을 함께하는 것이었다. 모임이 끝나면, 나는 모임에서 있었던 일들이나 주고받았던 주요 사안들을 워드 파일로 정리해서 모든 회원들에게 이메일을 돌렸다. 이건 막내인 나의 의무였다. 모임이 거듭될수록 나는 선배님들의 노하우와 현지의 사정에 대해서 더 깊게 배울 수 있었고, 모든 면에서 미숙한 나를 따뜻하게 바라봐주고 응원해주는 선배님들을 만나는 것만으로도 그저 좋았다.

한 달에 한 번씩 모이는 정기모임 외에 내가 네팔에 있는 동안 코난의 공식행사가 세 번 있었다. 첫 번째 행사는 2009년도 네팔 NGO 관계자 Workshop, 두 번째는 2010년 해원협 주최 현지 PCM 교육, 그리고 마지막은 2010년 코이카-코난 체육대회였다.

코난의 첫 워크숍은 2009년 11월 14일~15일 이틀간 카트만두 외곽 달마스딸리 동네에 있는 함께하는 사람들의 새삶 원광 사회센터에서 열렸다. 수년 간에 걸쳐 건립된 센터에는 탁아소, 교실, 세미나실 등 교육시설과 기숙사 시설까지 잘 갖춰져 있어서, 워크숍을 열기에 아주 적합한 곳이었다. 우리는 센터에서 준비해 준 맛있는 음식들과 코이카에서 마련한 간식들을 먹으며, 강연도 듣고 토론하고 수다도 떨면서 이틀을 보내었다. 강연은 유엔에서 일하는 한국인 직원 두 분을 섭외해서 그들이 하는 일에 대해서 듣는 시간을 가지는 것이었다. 그런데 그 강연도 배움을 위해서라기보다는 네팔에서 활동하고 있는 다양한 영역의 사람들이 모여서 서로의 생각을 나눈다는 거에 더 중점을 두었다. 코난의 정기모임은 각 기관의 책임자들끼리만의 자리였는데, 워크숍에서는 각 기관에서 활동하고 있는 봉사단원이나 다른 직원들까지도 다 함께 처음으로 모였다는 점에서 의미가 있었다. 네팔에서 활동하고 있는 다양한 기관의 다양한 위치의 사람들이 모여서 서로의 이야기를 하고 들으면서, 단순하게는 정보 공유를 했다고 볼 수 있지만, 서로의 어려움을 보듬으면서 위로하고 응원을 해줄 수 있는 시간이었다.

코난의 두 번째 공식행사는 모임에서 말로만 하던 일을 실행한, 정말 제대로 사고를 친 행사였다. 한국에서 교육자와 교육기관의 대표, 그리고 실무자까지 모셔와 교육 워크숍을 개최했다. 한국에서도 받아보지 못한 교육을 네팔에서, 그것도 함께 현장에서 일하는 사람들과 받는다는 것이 나에게는 여간 신나고 기대되는 일이 아니었다. 그 행사명은 바로 '2010 PCM Workshop 현지교육(네팔 현지 엔지오 실무자 및 봉사단원 PCM 워크숍)'이다. 이 워크숍을 간단히 소개하자면 이렇다.

기간: 2010.06.01.~04.

장소: Kushi Kushi Hotel(꾸시꾸시 호텔)

주관: KONAN(Korean NGOs' Association in Nepal)

주최: KCOC(한국해외원조단체협의회)

후원: KOICA(한국국제협력단)

강사: 월드비전 국제개발팀장, 월드비전 국제구호팀장

참가자: 국제기아대책기구, 굿네이버스, 국제사랑의봉사단, 국제옥수수재단, 굿피플, 세이브더칠드런, 장미회, 지구촌공생회, 코피온, 엄홍길휴먼재단(지부장과 봉사단원)

나는 2010년 초부터 이 교육에 대해서 논의를 계속해왔고, 개인적으로는 국제개발에 대한 체계적인 교육을 받아보지 못했기 때문에 이 교육이 꼭 열리기를 바랐다. 코이카 소장님과 굿네이버스 지부장님께서 중간에서 애를 많이 쓰신 덕분으로 한국의 해원협 본부를 움직여 한국 엔지오 업계에서 최초로 현장에서 현지 활동가들을 대상으로 교육 프로그램을 진행하게 되었다. PCM 교육이라 함은 Project Cycle Management(PCM)을 줄인 말로써, 프로젝트를 진행하는 사이클에 따라서 어떻게 준비하고 대응하고 평가하고 마무리할 것인가에 대해서 배우는 것이다. 다짜고짜 네팔이라는 현장에 달려가, 막 돌아다니면서 지역조사를 하고 학교 짓기를 시작한 나에게는 정말로 필요한 수업이었다. 다소 늦은 감이 없진 않았지만 내가 일해 왔던 과정들을 되짚어볼 수 있어서 좋았고, 남은 일들을 어떻게 마무리 지을 것인가에 대해 좀 더 세밀하고 체계적으로 접근하고 고민할 수 있게 되어서 정말 소중한 시간이었다.

PCM 교육은 전 과정이 그룹활동을 통해서 진행되었다. 나름 성비와 나이, 직위를 고려하여 엄청나게 다양한 조원들로 짜인 그룹은 3박 4일 동안 한 테이블에서 수업을 듣고, 조별과제를 하고, 토론하고, 간식을 함께 먹으며 간간이 웃고 떠들며 친구가 되어갔다. PCM 교육은 DME 과정에 따라 이론교육과 조별 과제실습으로 진행되었는데 그 간략한 내용은 아래와 같다.

조사(Assessment): 데이터 수집과 분석

기획(Design): 문제 분석 (Problem Tree), 이해 관계자 (파트너) 분석, 사
　　　　　　　업목표 분석 및 수립 (Log frame)

모니터링(Monitoring): 지표 작성 (Indicators), 모니터링 계획 수립

평가(Evaluation): 평가계획 수립, 평가계획서 작성, 평가질문지 작성

　3박 4일간 합숙훈련 같은 교육을 받는 동안 저녁 시간은 매번 만찬의 자리였다. 저녁 식사를 마친 이후에는 청년 봉사단원들이 나서서 오락시간도 가지며 대학 엠티에서나 해봄 직한 게임도 하고 벌칙으로 노래도 부르며 신나게 놀았다. 교육이 끝나는 마지막 날, 마지막 교육 프로그램은 커다란 전지에 각 기관이 지내 온 시간과 가까운 미래에 대한 계획, 그리고 기대를 그림으로 그리는 것이었다. 나를 비롯한 몇몇은 기관에서 홀로 나와 있는 사람이어서 기관의 일과 개인의 일이 겹쳐져 그림에 나타났다. 그날 그린 그림들은 교육장 벽면에 모두 붙여놓고, 그림을 감상하고 그림에 대한 설명을 듣는 시간까지 가졌다. 그림을 너무 잘 그려서 "우와!" 하기도 했고 너무 못 그려서 웃기도 했지만, 그 한 장의 그림 안에 각자의 아픔과 꿈과 추억들이 압축되어 있었기 때문에 그림에 대한 설명을 들을수록 오히려 분위기가 진지해지기도 했다. 나는 불교계 단체이다 보니 스님들을 그림에 넣었고 반짝

이는 머리를 잘 표현해내어 여러 사람들을 웃게 만들었다. 그날 초등학생이 그린 것 같은 유치한 내 그림은 집으로 돌아온 뒤 한참 동안 내 방 벽면에 붙어있었다. 그 그림을 보면서 나는 지나온 일들을 떠올렸고, 몇 달 남지 않은 네팔에서의 시간에 대해서 고민하곤 했다.

교육이 모두 끝나고, 우리는 카트만두 외곽에 있던 호텔에서 나와 카트만두 시내에 있는 식당으로 향했다. '빌라에베레스트'라는 삼겹살이 맛있기로 유명한 식당에서 수료증 수여식과 기념촬영까지 하고 삼겹살과 소주로 화려한 교육의 마지막 밤을 보내었다. 우리들의 교육은 수혜자에게도 후원자에게도 성공적이었고, 그 덕분으로 현지 역량 강화 교육 프로그램은 여러 나라들을 거치며 지금까지도 열리고 있다고 한다.

내가 함께한 코난의 마지막 공식행사는 '2010년 제1회 코이카-코난 친선 체육대회'였다.

장소: 소망 아카데미 운동장 (우천시 실내 체육관)

일시: 2010년 8월 21일

모든 일정은 주최 측인 코이카에서 짜고, 코난에서는 점심 식사 및 기타 경기에 필요한 지원을 담당했다. 엔지오 활동가들끼리 모여서 이런 일을 벌이기도 쉽지 않은데, 정부소속 기관과 민간소속 기관이 만나 이런 화합의 자리를 마련하다니 정말 놀라운 일이었다. 당연히 모든 경기는 코이카 대 코난의 대결 구도로 진행되었다. 나름대로 양쪽의 자존심이 걸린 대결이어서 모두들 열심히 뛰었다. 코이카에 비해서 단결력이 떨어질 수도 있었던 코난이었지만, 지난 6월에 PCM 교육 워크숍 덕분으로 우리도 코이카 못지않은 단결력을 보여주었다.

그날의 일정표는 이랬다.

시 간	내 용
09:00~09:30	등록 및 명찰
09:30~09:40	개회 대표선서 KOICA 대표 인사, KONAN 대표 인사, 주의 사항 전달
09:40~10:00	준비 운동
10:00~11:00	보디가드 피구 (여자가 남자를 보호하는 보디가드 피구)
11:00~12:00	릴레이 게임: 3인 4각, 4인 5각 다리 묶어 뛰기
12:00~1:00	점심시간 (김밥과 통닭이 함께한 시간)
1:00~2:00	발야구: 5회 말까지 진행
2:00~3:00	물통 머리 위에 올리고 릴레이, 자신의 신발을 찾아서 릴레이 풍선 밟기
3:00~3:30	경품 추첨 및 장기자랑, 폐회

짝피구는 남자가 여자를 보호하는 게 보통이지만 우리는 여자가 남자를 보호하는 피구였고, 물통을 이고 뛰는 것이라든지 숨겨진 자신의 신발 한 쪽을 찾아 뛰는 것처럼 사람을 약간 바보로 만드는 게임들이 대부분이었다. 운동이 힘들어서 지치지는 않았고, 서로 실수하는 모습들이 너무 웃겨서 지칠 정도로 한껏 웃었다. 엔지오 활동가분들의 어린 자녀들에서부터 중년의 지부장님들과 코이카의 시니어 봉사단원들까지 전 연령의 참가자들이 선의의 경쟁을 펼친 체육대회였다. 솔직히 그날 최종 우승이 어느 팀이었는지 기억이 나질 않는다. 그날의 경기는 승부가 중요한 게 아니라 친목 도모가 더 중요했다고 잃어버린 나의 기억에 대해서 애써 변명을 하고 싶다.

코난은 지금도 네팔에서 계속되고 있다고 했는데, 한국 내에서도 귀국한 사람들이 계속해서 한국판 코난의 명맥을 유지하고 있다. 적어도 분기마다 한 번씩 만나서 네팔을 추억하고 서로의 삶을 나눈다. 네팔에서 함께 살아냈다는 것만으로도 우리는 만나면 그저 즐거운 사이일 뿐이다. 네팔을 떠나기 전에도 코난에서 송별회를 준비해 주었고, 그날 나는 카트만두가 내려다보이는 하티반이라는 곳에서 석양을 보며 코난의 여자 멤버들과 함께 떠나는 아쉬움을 달래었다. 나는 코난을 만나 배운 것도 많지만, 평생을 가지고 갈 추억들을 더 많이 얻었다.

다르지만 따뜻한 그곳,

네팔을 이해하기

🎿 네팔 시위의 꽃 '번다(bandh)'

'번다(bandh)'를 가장 명확하게 표현할 수 있는 단어는 아마도 '파업 (strike)'일 것이다. 하지만 파업으로는 번다의 심오한 역할을 제대로 설명할 수가 없다. 번다는 힌디어로 '닫힘'을 의미하는데, 네팔에서는 가장 빈번하면서도 강력한 정치운동 방식이다. 번다는 정당이나, 사회적 단체, 혹은 개별 그룹이 경찰에 신고를 하면 시행할 수 있는 파업이다. 번다 중에는 정해진 구간에 차나 오토바이와 같은 탈 것이 다닐 수 없고, 심할 때는 모든 가게나 관공서조차도 문을 닫아야 한다. 번다의 규모나 중요도에 따라서 파업 구역은 주요 교차로가 되기도 하고, 한 구가 될 수도 있으며, 나라 전체가 대상이 될 때도 있다. 번다는 짧게는 몇 시간에서부터 길게는 며칠, 몇 달 동안 지속되기도 하는데, 내가 경험한 최장기간은 일주일이었다.

네팔에서 지내는 2년 동안 내게 정전보다도 더 지겹고 무서웠던 단어는 '번다'였다. 왜냐하면, 번다 중에는 몇 시간이고 걸어서야 일을 보러 가거나 집에 갈 수 있으며 심한 경우에는 어떠한 일도 할 수가 없었기 때문이다. 번다로 일주일 동안을 집과 동네에 갇혀 지내게 되었을 때 처음에는 무료했다. 그러다 먹을 것이 떨어지고 식료품을 구하기가 어려워지면서 생존에 대

한 걱정도 되고, 갑자기 먹고 싶은 것들이 마구마구 생겨나기 시작했다. 그
런데 먹는 것보다도 나를 더 힘들게 만든 것은 나 홀로 고립되었다는 것, 그
외로움과 공포감이었다. 이것은 정말 견디기 힘들었다. 나는 네팔에서 5차
례나 이사를 거듭하면서, 카트만두의 북동쪽 '둠바라이(Dhumbarahi)'라
는 신도시로 이사를 했었다. 그 동네는 한국인들이 거의 살지 않는, 조용하
고 깨끗하지만 집세가 저렴한 동네였다. 많은 한국인들은 카트만두의 강남
이라 불리는 바그마티 강의 이남에 살고 있어, 내가 사는 곳에서 걸어가려
면 두 시간은 족히 걸렸다. 그래서 일주일간 나는 집주인을 제외하고는 동
네에 아는 몇몇 네팔 주민들만 보았을 뿐 한국 친구들을 만나지 못하면서
답답해졌다. 그 답답함을 풀 수 있는 유일한 방법은 고작 집 마당에서 햇볕
을 쬐거나 차가 다니지 않는 큰 도로에 나가 산책을 하는 것이 다였다. 그래
도 검은 매연을 내뿜으며 차들이 달리던 도로를 자유로이 걸으면서 느끼던

해방감과 가로수에 핀 보라색 꽃에서 나는 향기를 온전히 맡아보던 낭만은 번다의 유일한 선물이기도 했다.

내가 네팔에 살면서 배운 것 중에 하나가 여유이다. 번다를 겪는 동안에도 네팔 사람들의 삶 속에 깃든 여유를 보면서 큰 깨달음을 얻었다고나 할까? 마치 축제를 하는 것마냥 사람들이 모두 나와 산책을 하기도 하고, 길거리에서 음식을 팔기도 하고, 이게 시위 중인 것인지 가끔 헷갈리기도 했다. 해 질 녘에 나와 운동을 하는 외국인들도 있었고, 공항을 가는 길목이라 큰 캐리어를 끌고 공항을 오고 가는 사람들도 있었다. 그런데 그런 네팔 사람들의 얼굴에서는 불만스러움보다는 모든 것을 그저 담담히 받아들이는 모습이 보였다. 때로는 몇몇 사람들이 천천히 흘러가는 그 시간을 오히려 즐기는 것처럼 보이기도 했다.

많은 이들의 시간을 묶어두고 불편하게 만드는 시위의 방식이 나는 정말 마음에 들지 않았다. 하지만 번다를 그들의 방식대로 받아들이고 절충하며 살아가는 모습에서, 자기의 이익만 챙기려 하지 않고 다른 이의 생각과 이익도 존중하려는 네팔 사람들의 똘레랑스(관용)를 보았다.

🎭 정전이 가져다준 불편함과 낭만

네팔에 도착한 첫날 저녁. 숙소의 불이 갑자기 꺼지고 전기가 들어오지 않았다. 나는 하룻밤에 5천 원도 하지 않는 저렴한 게스트하우스에서 묵었기에, 단순히 숙소의 시설이 좋지 않아서려니 생각을 했다. 그런데 조금 더 나은 게스트하우스로 옮겨도 정전은 계속되었고 이상하다 생각하던 어느 날, 방을 함께 쓰던 언니로부터 네팔은 정전이 일상화되어 있다는 말을 들었다. 하지만 그때까지도 정전시간이 길지 않았고, 매일 정전이 되는 것인지도 잘 몰라서 그냥 간헐적으로 정전이 있나 보다 하고 생각을 했다.

게스트하우스를 나와 일반 가정집으로 이사를 가고, 주변 한국인들과도 친분을 쌓아갈 무렵 네팔에는 정전시간표에 따라 구역별로 일정한 시간대에 정전이 된다는 걸 알았다. 그리고 전력 대부분을 수력 발전으로 얻다 보니, 비가 오지 않는 건기가 길어질수록 정전의 시간이 길어지게 되어 있었다. 내가 이미 우기가 끝난 10월 초에 네팔에 들어갔으니 해도 짧아지고 날씨도 점점 추워지는데, 하루하루가 지날수록 정전의 시간은 길어졌다. 더 큰 문제는 내가 맞이했던 첫해 겨울의 가뭄은 사상 최악이었고, 수력발전소의 노후화도 절정에 달해 발전소의 터빈이 멈추는 일이 잦아졌고, 그때마다 정전 스케줄은 더 빨리 앞당겨졌다. 정전 시간도 4시간에서 6시간으로 급기야는 22시간으로까지 길어졌다. 그때 사람들이 그랬다. 이건 정전 스케줄이 아니라, 그냥 전기공급 스케줄이라고. 전기가 들어오는 시간에 맞추어 모든 가전기기들을 급하게 충전시켰고, 그나마도 외부에 있을 시간에 집에 전기가 들어오는 날에는 여간 낭패가 아니었다. 정전 시간이 최고조에 달할 때 나는 대사관 일과 지역조사 일로 주말도 없이 바쁘게 밖으로 다녔었는데, 전기가 들어오는 시간마다 꼬박꼬박 집에 있을 수가 없다 보니 지하수를 물탱크로 올리지 못해, 며칠간 물이 없어 제대로 씻지도 못한 채 꼬질꼬질하게 다니기도 했다.

정전을 처음 접했을 땐 낯설었다. 칠흑같이 어두운 밤에 가로등 하나 없는 길을 걷거나, 전등 하나 켜지지 않는 깜깜한 집안에 덩그러니 혼자 있는 것도 무서웠다. 그러다 점점 어둠에 익숙해지기 시작했다. 전기가 들어오지 않는 밤에는 웬만하면 일찍 잠자리에 들려고 했지만, 그것도 반복되다 보니 잠이 오지 않는 날이 많아졌다. 잠이 오지 않을 때는 촛불을 켜놓고 책을 읽거나, 노트북으로 다운 받은 드라마나 영화를 봤다. 하지만 노트북으로 시간을 보내는 일에는 치명적인 단점이 있었으니, 그것은 바로 배터리 방전이었다. 한창 재미가 있어지는 그 시점에 꼭 노트북은 나보다도 먼저 잠자리에 들곤 했다.

촛불을 켜놓고 혼자 책상에 앉거나 침대에 엎드려 책을 읽다 보면, 온 세상이 그렇게 고요할 수가 없었다. 정말 낭만이 있는 밤이었다. 오로지 나 혼자서만 누리는 시간 같아서 좋았다. 하지만 그 낭만은 두 시간을 넘기기 어려웠다. 흔들리는 촛불에 눈이 시려 더 이상은 활자가 눈에 들어오지 않아 책을 계속 읽을 수가 없었기 때문이었다. 촛불을 늘 끼고 살다 보니 가끔은 내 머리칼을 태워 먹기도 하고 옷의 앞자락을 태워 먹기도 했었다. 그렇게 나는 눈을 뜨고도 감고 있는 것인지, 감고도 뜨고 있는 것인지 감각이 무뎌지며 어둠에서 자유로워지고 있었다.

혼자 방에서 책을 보거나 드라마를 보는 것 외에 좀 더 적극적으로 정전에 대처하는 방법이 몇 가지 더 있어서 그걸 잠시 소개하겠다.

첫 번째. 정전 스케줄에 따라 밤에 전기가 들어오는 집을 옮겨 다니기.

이것은 비용이 들지 않는 방법으로, 네팔에서 가장 친하게 지냈던 친구 윤희와 둘이서 고안해낸 방법이었다. 윤희와 나는 걸어서 10분 정도의 거리에서 살고 있었음에도, 우리는 정전 스케줄이 다른 구역에 속해 있었다. 새로운 정전 스케줄이 나올 때마다, 서로의 스케줄을 확인한 뒤에 전기가 들어오는 집에서 함께 밤을 보내었다. 같이 영화를 보기도 하고, 따뜻한 차를 마시며 이야기를 나누기도 했고, 무엇보다 침대 위에 깔린 전기장판을 켜고 따뜻하게 잠을 잘 수가 있었다. 가끔은 지인분들 집에 저녁 초대를 받아, 저녁만 먹으러 갔다가 가스난로나 나무장작 난로가 있는 집에서 염치불구하고 잠을 자고 오기도 했었다. 한국 같았으면 내 성격에 그런 몰염치한 행동을 못 했겠지만, 네팔에서 나는 꽤나 뻔뻔스러워져 있었다.

두 번째. 이건 좀 비용이 드는 방법으로, 집에 충전식 배터리와 인버터를 설치하기.

충전식 배터리와 인버터를 사려면 최소 30~40만 원의 비용이 들었고, 설치기사가 와서 집안에 전기가 들어오는 곳과 연결해야 해서 추가 설치비용까지 감안하면 50만 원 정도는 들었던 것 같다. 첫해 겨울에는 촛불에만 의지해서 지냈었고, 봄이 되어도 전기공급 상황이 좋아지지 않아서 사무국에 여러 번 요청한 끝에 배터리와 인버터를 내 숙소 겸 오피스에 설치할 수 있었다. 인버터와 배터리는 전기가 들어올 때는 배터리에 전기가 충전이 되었다가, 정전이 되면 배터리에 충전된 전기를 이용하는 것이었다. 배터리에 충전되는 전기의 용량이 한정되어 있었으므로 겨우 전등불을 켜고 간단한 컴퓨터 작업을 할 수 있는 정도였지만, 컴컴한 밤에 불을 밝힐 수 있다는 것만으로도 좋았다. 전기 사용량에 한계가 있다는 것 말고도 이 방법에는 치명적인 단점이 있었는데, 정전이 길어질 때는 배터리를 충분히 충전시키지 못해 정전 시에 사용할 수 있는 전기가 충분치 못하다는 것이었다.

마지막. 이건 다소 창의적이면서도 어둠을 즐기는 방법으로 촛불을 켜놓고 반찬 만들기.

앞서 말했지만 촛불을 켜 놓고 책을 읽는다는 것은 그나마 나처럼 눈이 밝은 사람에게나 가능한 일이고 그마저도 두 시간 이상은 힘들다. 저녁 8~9시부터 잠을 자는 것도 하루 이틀이지, 적응하다 보니 잠이 오지 않았다. 혼자 사색을 하는 것 역시 하루 이틀이지, 어둠이 익숙해지면서 그 어둠 속에서 자꾸만 뭔가 하고 싶어졌다. 그러다 어느 날부터 나는 한밤중에 식탁에 초를 켜놓고 반찬을 만들기 시작했다. 나는 주변 또래 싱글 여성들과 수다를 떨다가 더욱 놀라운 사실을 알게 되었다. 그건 나 말고도 많은 처자들이 한밤중에 요리를 하고 있었다는 거다. 당시 나는 다양한 밑반찬들을 만들어놓았는데, 그중에서도 가장 소중하고 성공적인 아이템은 무장아찌였다. 참사님 댁 현지인 가사도우미가 만든 무장아찌를 먹어보니까 맛있어서, 그 비법을 전수 받아 나만의 비법으로 무장아찌를 만들었다.

우선 해가 떠 있는 낮에 시장에서 싱싱한 단무지용 무를 샀다. 해가 지고 나서 무료해질 때, 무를 깨끗이 씻어서 세로로 반 자르고, 그걸 다시 가로로 반 잘라 통에 가지런히 담았다. 간장에 물과 다시마를 넣어 한 번 삶아낸 다음, 그 물을 식혀서 노란 설탕과 와인을 발효시켜 만든 식초를 넣어 간을 맞추었다. 그리고 이 물을 가지런히 무가 누워있는 통 속에 가득 부어서 하룻밤 숙성시킨 후 냉장고에 넣어두었다. 성공적으로 만들어진 무장아찌는 며칠 뒤 먹기 좋게 얇게 썰어서 참기름과 깨소금을 넣고 버무렸다. 그리 짜지도 달지도 않은 이 무장아찌는 나 혼자 밥을 먹을 때 늘 상에 올리기도 했지만, 너무 맛있게 숙성된 것은 수녀님께도 통에 담아 나눠드리기도 하고 주변 친구나 지인들을 불러 밥을 먹을 때도 내어놓곤 했다.

전기가 없는 시간을 보내면서 나는 전기의 소중함이나 한국에서 내가 얼마나 편안한 삶을 살았던가를 느꼈다. 이와 더불어 불편함도 익숙해지면 새로운 즐거움이 될 수 있다는 것을 배웠다. 사람이 편리함에도 빨리 익숙해지지만, 불편함에도 생각보다 빨리 적응한다는 걸 그때 알았다. 나는 지금도 해가 지고 어두워져도 바로 불을 켤 생각을 못 할 때가 종종 있으니, 아직도 편리함에 다 적응을 못 하고 살아가고 있는 게 아닐까? 그렇다고 불편함이 그리운 건 아니고, 동물이 우는 소리 말고는 아무 소리도 들리지 않고 달빛과 별빛 말고는 아무런 인공적인 빛이 없던 그 어둠과 고요함만은 그리워질 때가 있다. 그 어둠 속에서 나는 오롯이 혼자 있었으니깐, 오직 나에게만 집중할 수 있었던 그 순간이 가끔은 미치도록 돌아가고 싶을 만큼 그립긴 하다.

🎈 복잡한 우편제도

우리나라에서 집 주소로 편지나 소포가 배달되는 것은 너무나도 당연하고 일상화된 일이다. 게다가 언제부터인가 택배 문화가 자리 잡으면서 현관 앞까지 웬만한 물건은 다 배달이 된다. 그야말로 참 살기 편해졌다.

한국에서는 이 모든 것을 당연하다 생각하면서 살았건만, 네팔에서는 편지를 보내고, 답장을 받고, 또 소포를 보내고 받는 일이 여간 번거로운 게 아니었다. 우선 네팔에는 주소가 체계화되지 못했다. 카트만두는 대부분의 집들이 주소를 가지고 있지만, 시골에 가면 주소가 없는 집들도 많다. 무엇보다 집집마다 편지나 소포를 배달해주는 우편제도가 없다. 각 구마다 우체국이 있고, 그 아래에 동마다 작은 우편사무국이 있는 우리나라와는 다르게, 카트만두 시에는 단 하나의 우체국만 있다. 그리고 그 우체국에 설치된 사서함을 등록해야만 그 주소로 우편물을 받을 수 있다. 내가 작은 편지한 장이라도 부치려면 단 하나뿐인 우체국에 가야 했고, 도착한 우편물이 있는지를 확인하려면 수시로 우체국에 들러 내 작은 사서함을 열어봐야 했다. 단, 큰 소포가 올 경우에는 친절하게 우체국에서 전화가 온다. 얼른 가져가라고 말이다. 여기서 물건을 빨리 찾을 수 있는 비밀을 하나 털어놓자면, 그것은 바로 조금이라도 김치를 소포에 넣어서 보내는 것이다. 김치 냄새는 향신료를 좋아하는 네팔 사람들에게조차 많이 낯설고 거북한 것이라 김치가 네팔로 오는 동안 발효되면서 풍기는 진한 김치 냄새는 네팔 사람들이 참고 견디기 어려워서 그 박스부터 빨리 치워버리고 싶어 하기 때문이다.

우체국 본관

내가 네팔의 우편시스템 중에서 가장 불합리하다고 느껴졌던 일은 소포를 보내고 받을 때 내는 세금이었다. 세금을 책정하는 나름의 기준이 있겠지만, 무척이나 다양한 물건들이 오고 가기에 그 기준이라는 것이 시시때때로 다르게 적용되기 일쑤였다. 바꾸어 말하면 세금을 낼 때 허점이 많다는 것이다. 처음에야 나도 우체국 공무원이 부르는 대로 세금을 냈지만, 점차 세금도 협상이 가능하다는 것을 알게 되었다. 모든 장사치들이 그렇듯이, 세금을 매기는 사람들도 일단은 높게 부르고 본다. 다 내고 가면 좋고, 나처럼 협상을 시도하는 자들에게는 그들이 가져갈 이윤을 다소 빼주면서 세금을 깎아준다. 나도 처음에는 그 불합리함에 흥분하면서 깎아달라고 했지만, 점차 삶의 지혜를 터득하면서부터는 여유롭게 미소를 지으며 깎아달라고 애원했다. 당연히 세금할인의 폭도 커졌고 절차도 쉽게 이루어졌다. 그런데 이때 주의할 사항이 있다. 여자 공무원들은 세금할인에 박하다는 사실이다. 그러니 꼭 아저씨들에게 부탁을 해야 한다. 1년이라는 기간 동안, 우체국에 자주 가다 보니 직원들과 얼굴도 익히고, 네팔어 실력이 늘자 나를 기억하는 직원이 생겼다. 그 이후로는 내가 먼저 말하지 않아도, 우체국 도착과 동시에 나를 알아본 직원이 소포 부치기 대행업무를 진행해주었다. 다른 담당자에게 부탁하면서 나의 세금을 알아서 낮게 측정하고 서류작업도 자기네들이 알아서 해준다. 그사이 나는 직책이 높은 직원이 사주는 찌아(네팔식 밀크티, 인도에서는 짜이라고 불림)를 마시며, 담소도 나누면서 대행업무가 끝나기를 기다렸다.

그리고 소포를 보내고 받을 때, 세금 책정을 핑계로 상자를 뜯어서 모든 물건을 확인한다. 이때 한국에서 온 귀한 초코파이라도 하나 건네주면 정말 좋아하면서 협조적으로 업무를 진행해준다. 그러니 소포 박스에 나눠줄

소포 상자를 천으로 다시 포장하는 사람

간식거리를 미리 챙겨 받는 것이 좋다. 가끔은 박스 안을 살피던 직원이 "이거 뭐냐? 이거 맛있게 보인다. 나도 하나 주지?"라면서 대놓고 요구할 때도 있다. 처음엔 부정적으로 보이던 일들이었지만, 낮은 급료와 어려운 생활 여건으로 접하기 어려운 작은 간식거리에 관심을 보이는 건 어쩌면 자연스러운 일일지도 모른다는 생각이 들기도 했다.

네팔에서 소포를 보내는 일은 참 까다로운데, 여기에 그 절차를 간단하게 안내하겠다.

1. 상자 안의 물건을 검사받는다. 그러므로 미리 박스를 봉인해서 가면 불편을 겪을 수 있다.
2. 세금을 측정한다.
3. 세금을 내면서 25루피를 내고 소포를 보내기 위한 서류를 한 장 산다.
4. 서류에 이름, 주소, 들어간 물건 등의 정보를 적는다. (이 서류는 네팔어로 되어 있으므로 현지직원의 도움을 받아야만 한다.)
5. 봉인된 소포는 특별 포장에 들어간다.
   ① 거친 베이지색의 광목천을 소포 크기에 맞게 눈짐작으로 재단한다.
   ② 천을 소포를 둘러싼 후 바느질을 시작한다.
   ③ 바느질은 꼼꼼하게 마무리되어, 남는 부위가 하나도 없이 예쁘게 소포를 감싸고 있다.
   ④ 매듭의 자리마다 고무를 녹여 양각으로 파인 도장으로 찍는다.
   ⑤ 포장을 멋지게 마친 분들에게 5~10루피 정도의 팁을 준다.
   ⑥ 마침내 소포를 접수해 보낼 수 있다.

네팔의 교육체계

　네팔에서 내게 주어진 첫 번째 미션은 학교 짓기였다. 국제개발에서는 이를 교육사업 안에 포함하고 있다. 절대 건설업이 아니다. 나는 학교를 짓기 위해서는 우선 네팔의 공교육 체계가 어떤지, 실제로 교육현장은 어떻게 돌아가는지 아는 것이 최우선이라고 생각했다. 현지교육이 실제로 어떻게 돌아가는지도 모르면서, 그저 남들이 추천해주는 학교를 다녀보거나 쓰러질 것 같은 학교를 방문하는 것은 상황을 피상적으로 이해하게 만들 뿐이었다.

　네팔에서는 몇 살에 처음으로 학교를 가는지, 유치원은 있는 것인지, 초등교육은 몇 학년까지인지, 무상교육은 몇 학년까지 해당이 되는지, 학교에서 받는 수업은 어떠한 것들인지, 교과서는 충분히 보급받을 수 있는 것인지, 학교에 선생님은 충분한 것인지, 공교육과 사교육의 비율은 어느 정도인지, 네팔의 아이들은 주로 몇 학년까지 공부하는지와 같은 질문을 스스로 던져 보았다. 그런데 대답을 쉽게 할 수가 없었다. 나는 우리 단체에서 학교를 짓는다는 것은 단순히 교실 몇 개를 지어주는 일에 그쳐서는 안 된다고 생각했다. 수많은 학교들 중에서도, 빈곤계층의 자녀들이 다니는 공립학교여야 했고 그중에서도 도움이 절실한 지역이어야 했다. 그리고 무엇보다도 네팔의 교육체계 내에서 가장 보편적으로 영향력을 끼칠 수 있는 학년의 학교여야 했다. 또한, 학교 방문을 할 때도 나름의 기준이 있어야, 그곳의 사정을 이해하고 보다 객관적으로 판단할 수 있으리라 생각했다. 가장 중요한 것은 내가 지역조사나 학교 방문 이후에 작성할 보고서의 이해를 돕고 사무국을 설득시키기 위해서는 네팔의 교육체계를 정확하고 간결하게 정리해야 한다는 것이었다. 이에 나는 주변의 활동가 선배님들과 교육 관련 공무원들에게 물어보고, 유니세프, 세이브더칠드런, 교육부와 같은 교육 관련 기관에서 발행하는 자료들도 구해 보면서 네팔의 교육체계를 정리하고 내 나름의 분석까지 더할 수 있었다. 혹시라도 네팔의 교육이 어떻게 이루어지고 있는지 궁금한 분들을 위해 아래에 내가 작성했던 보고용 노트를 함께 남긴다.

ECD(Early Childhood Development) / PPCs(Pre-primary Classes): 유아교육, 유치부
- 연령대: 3~4세
- 한국의 유치원 과정과 흡사함. 사립시설에서는 Nursery 혹은 Kindergarten이라고 불리며, 지역사회나 정부가 지원하는 시설에서는 ECD라고 불림. 대부분의 공립학교에서 ECD 과정을 함께 운영하고 있음.

Primary Level Education(초등교육)
- 연령대: 5~9세
- 학　년: 1학년~5학년
- 목　표:

① 학생 중심체계 아래 어린 학생들의 타고난 능력을 함양시킴.

② 3R(Reading, Writing and Arithmetic) 능력-읽기, 쓰기, 산술-을 길러줌.

③ 정직함, 자신감, 성실함과 같은 실용적인 가치와 도덕성과 신념을 함양시킴.

④ 사회적, 과학적 그리고 환경적인 감각을 키움.

Lower Secondary Level Education(중등교육)

- 연령대: 10~12세
- 학 년: 6학년~8학년
- 목 표:

① 국가와 민주주의에 대한 믿음을 갖게 함.

② 사회적·자연적 환경을 인식하고, 언어에 능통하고, 건강하고 독립적이며, 노동과 도덕적 존엄성을 긍정적으로 받아들임.

Secondary Level Education(고등교육)

- 연령대: 13~14세
- 학 년: 9학년~10학년
- 목 표:

① 국가의 전통, 문화, 사회적 환경과 민주주의에 친숙한 건강하고 경쟁력 있는 시민을 양성함.

② 창의적이고 협동적이며, 혁신적이고 독립적인 능력을 함양함.

③ 사회 전반적인 문제들을 올바로 인식하고 일상생활에서 올바른 언어를 사용함.

④ 국가 경제 발전에 이바지할 수 있는 능력과 자세를 함양.

Higher Secondary Level Education(+2과정, Diploma 교육과정)

- 연령대: 15~16세
- 학　년: 11학년~12학년
- 목　표

　① SLC(졸업시험)을 통과한 학생들에게 지식, 기술, 자세를 향상시켜줌.

　② 학생들이 자신의 분야에서 지역적·세계적인 수준에 걸맞은 경쟁력을 갖추
　　도록 함.

　③ 사회에 진출할 학생들에게는 각자의 이력을 쌓는 데 도움을 주고, 이후
　　의 교육과정(대학교, 대학원)에 진학할 학생들에게는 그 준비를 시켜줌.

- +2과정에서는 2년간 학사과정에 진학하는 데 필요한 과목을 배우며,
　+2과정이 있는 학교에서만 이루어지며 입학은 SLC 성적과 별도의 입학
　시험으로 결정됨. Diploma 교육과정 역시 2년 과정으로 트리부반 대학
　에서 이루어지며 학사과정 이전의 학위를 지칭함.

Higher Level Education

- 대학교 이상의 교육과정임.

※ 네팔의 학교체계

- Primary School의 경우에는 ECD까지 포함하고 있는 경우가 일반적임.
- Lower Secondary School이나 Secondary School의 경우에
　는 Primary 과정을 포함하는 경우가 더욱 일반적이지만, Lower
　Secondary나 Secondary만 있는 경우도 종종 있음. 특히 Secondary
　School의 경우에는 Lower Secondary까지도 포함함.
- Higher Secondary School의 경우에도 그 이전의 모든 과정을 함께

포함하는 경우가 일반적임. 그러나 지방으로 갈수록 고학년까지 있는 학교가 드물고 고학년으로 올라갈수록 정부의 지원이 줄어들어 어려움을 겪고 있음. 사립학교로 전학을 하거나 아주 먼 곳으로 이사를 가지 않는 이상, Higher Secondary School에 다니는 학생들은 학교를 옮기지 않아도 된다는 장점이 있음.

※ 교과서 지급

- 네팔 정부에서는 1~5학년까지는 무료로 제공.
- 6~10학년은 자비로 교과서를 사야 함.
- 학생뿐만 아니라 선생님들에게도 참고서 지급이 아주 부족한 상황임.

※ 최종 코멘트

당시 네팔은 공립학교가 초등교육에서 머물거나, 고등교육까지 포함하는 학교로 확대되는 곳이 많은 상황이었다. 이에 나는 희망이 보이고 도움이 절박한 공립 Secondary School을 지원하여 그 학교가 Higher Secondary School로 발전할 수 있도록 돕는다면, 공립학교를 다니는 수많은 저소득·낮은 계급의 학생들에게 고등교육의 기회를 줄 수 있을 것이라고 보고하였다.

🎭 두드려라, 문이 열릴 때까지

11월 한 달간 내가 알 만하고 갈 만한 한국의 유관기관들은 다 방문했었고, 나의 모든 인맥을 동원하여 알 수 있는 개발사업과 관련된 분들은 다 만나서 조언을 듣고 도움을 요청했었다. 이 모든 과정들은 보고서에 담겨 서울에 있는 사무국으로 전송되었다. 개인적으로는 네팔에 대해서 대략적으로 파악할 수 있는 시간이었고, 프로젝트의 방향을 어떻게 잡아나가야 할지에 대한 큰 그림도 그려볼 수 있는 시간이었다.

원초적인 막막함에서 벗어난 순간, 나는 현지 교육기관의 문을 두드려봐야겠다는 생각을 했다. 우선 카트만두 시내 한복판이자 타멜 거리로 들어가는 입구에 교육부가 있다는 것을 알고 있었기에, 교육부부터 시도해보고자 했다. 하지만 나의 네팔어 실력은 심도 있는 대화를 하기에는 여전히 부족하였으므로, 나는 A4 용지 한 장 분량에 나와 기관에 대한 소개, 나의 방문 목적, 궁금한 사항들을 영어로 정리하여 작성하였다. 처음으로 교육기관에 방문하면서, 너무 긴장된 나머지 중요한 사항들을 빠트릴 수 있을 것 같아서 미리 준비하였던 것이다. 교육부와 교육청을 여러 번 드나들면서 이 질문지는 상당히 유용하였는데, 각자 다른 영어 억양 때문에 이해하기 힘들

때 나는 그냥 그 종이를 들이밀었고 담당자는 그 종이에 해당하는 답변을 적어주기도 하였다. 프로페셔널 하지 못하게 보일 수 있는 일이었지만, 나는 나의 진심과 열의가 보여서 효과를 발휘했을 거라고 지금도 그리 믿고 있다.

어설픈 듯하면서도 끈질긴 한국인의 모습을 보여준 나의 교육기관 방문기록은 이렇다.

12. 17. 교육부에 첫 방문

교육부 건물에 들어서자마자, 가장 가까이에 있던 사무실로 들어가 네팔어로 간단하게 인사를 하고 나의 방문 목적을 말했다. 그러자 그 자리에 있던 공무원이 나를 다른 부서로 보내었고, 이렇게 돌리기 과정을 서너 번 반복한 이후에야 교육청으로 가보는 게 좋을 것 같다는 말을 들었다. 이렇게 나의 첫 방문은 별다른 결실 없이 끝이 났다. 부서 이동을 하는 동안 한 공무원에게서 네팔 교육제도와 관련된 연간 책자를 받긴 하였으나, College와 University가 주된 내용이어서 당장 내게 도움이 되는 자료는 아니었다. 당시 내가 느낀 바는 네팔의 무능하고 무책임한 공무원들의 탓인지, 교육부에서 실제로 College와 University에 관련된 일만 집중적으로 하는 것인지는 판단하기 어려웠지만, 일반 공립학교에 대한 정보를 구하기가 어려웠다는 것이다. 큰 기대를 하고 방문했던 교육부를 나서면서 나 자신이 무한히 작아지는 것을 느끼며 참으로 허탈했다.

12. 22. 교육청 방문

교육부에서 추천한 대로, 이번에는 교육청을 찾아갔다. 교육청은 카트만두 시내에서는 좀 떨어져 있어서 가는 길이 많이 낯설었다. 교육부에서 한 것처럼, 나는 또다시 가까운 사무실의 문부터 두드렸고, 두 번 만에 대화가 통하는 부서로 갈 수 있었다. 그곳은 프로그램 담당 부서(Program Section)였고, 나는 우답 네팔(Udhab Nepal)이라는 팀장님을 만나 우리 단체에서 진행하고자 하는 프로젝트에 관하여 설명한 후 도움이 필요한 학교들을 소개해줄 수 있는지 물었다. 우답 씨는 아주 긍정적인 답변을 주었고, 교육부에서 국장(Joint Secretary)으로 재직 중인 자나르단 네팔(Janardan Nepal) 씨의 연락처를 주면서 그를 만나볼 것을 권했다. 앞서 방문한 교육부에서 느꼈던 허탈함을 상쇄하고도 남을 만큼의 보람을 느낀 교육청 방문이었다.

12. 23. 교육부에 재방문

전날 연락처를 받자마자 바로 자나르단 국장님과 약속을 잡고 교육부를 방문할 예정이었다. 그런데 오전 10시경부터 Bundh(번다, 일종의 데모)가 시작되어, 1시간가량이나 걸어서 교육부에 도착하였으나, 하필 교육부 앞에서 시위가 발생하여 교육부의 문이 닫혀 있었다. 당장 돌아가려고 해도, 1시간이나 걸어온 그 길을 다시 걸어가야 해서 교육부 옆에 있는 카페에서 시원한 커피 한 잔을 마시면서 교육부의 문이 열리기를 기다렸다. 점심 시간이 끝나갈 무렵, 도심에서 벌어진 번다도 수그러들었고, 교육부 문도 다시 열리었다.

자나르단 국장님의 사무실은 4층 구석에 있었는데, 미로 같은 빌딩을 헤매다 찾아간 그곳에 국장님은 없었다. 분명히 사전에 약속을 했던 터라, 나는 해가 질 때까지 비서 앞 소파에 앉아 기다렸다. 아무래도 안 되겠다며 비서가 국장님에게 전화를 해보라고 해서, 전화했더니 그제서야 국장님 본인도 번다로 다시 사무실로 돌아올 수 없다고 했다. 정말 화가 나고 어이가 없었지만 방법이 없질 않은가? 내일 다시 방문하겠노라 하고 교육부를 나섰다.

12. 24. 교육부에 다시 방문

우여곡절 끝에 다시 찾은 교육부에서 자나르단 국장님을 만났다. 국장님에게도 우리의 프로젝트의 예산과 방향에 대해서 설명을 하고, 도움이 필요한 학교들을 소개해주길 부탁했다. 국장님은 2~3군데의 학교들을 찾아놓을 테니, 향후에 약속을 정해서 방문하자고 했다. 그리고 국장님은 어제의 일이 미안하다며 자신의 집으로 가서 차라도 같이 한잔하자고 했다. 엉겁결에 처음 만난 국장님의 집까지 가서, 사모님이 끓여 준 찌아에 다과까지 얻어먹었다. 이런저런 이야기들을 좀 나누고는 내가 먼저 가야겠다고 말을 했고, 국장님은 본인의 차로 나를 집까지 바래다주셨다. 당연히 본인 직접 운전하신 건 아니고 기사가 운전해서였다.

무모한 도전이었지만, 나를 이해하고 기꺼이 도와주겠다는 분들을 만나서 또 하나의 시작점을 찾을 수 있었다. 이곳저곳을 꾸준하게 얼굴에 철판을 깔고 다니면서, 나를 감싸고 있던 껍질을 한 꺼풀 벗겨낸 것 같았다. 스스로 더욱 겸손해지는 법을 배우는 과정이었고, 나의 진심을 전달하는 법을 터득한 시간이었고, 자신감을 한층 더 높이는 기회였다.

🎭 네팔의 대표적인 대중교통

- 마이크로버스를 타다

아빠와 내 추억이 만나다

네팔에서 돌아온 지 3년이 다 되어갈 즈음에도 나는 늘 네팔에서의 일들을 떠올리곤 했다. 가끔은 가족과 친구들에게 군대 다녀온 남자가 군대 얘기를 하듯, 나는 네팔 복무 기간 2년 동안의 무용담을 늘어놓기도 했다.

석사 첫 일 년을 제네바에서 보내고, 그해 여름에 나는 부산으로 돌아와 집에서 보내었다. 네팔에 비하면 아무런 어려움도 없을 것 같던 제네바에서의 생활 역시 만만치 않았다. 사실 몇 년을 쉬었다가 다시 공부를 하는 게 어찌나 힘들던지, 방학하자마자 도망치듯 한국행 비행기를 탔다.

방학 때 집에서 쉬는 동안 나는 아빠와 많은 이야기를 나누었다. 특히 아빠는 내가 네팔 이야기를 할 때면 내 딸이 어려운 곳에서 대단한 일을 하고 왔다고 자랑스러워 하시기도 했지만, 무엇보다 아빠의 어린 시절로 함께 돌아가는 듯 즐거워하셨다. 그렇게 각자의 추억에만 젖다가 내가 마이크로버스 이야기를 꺼내던 순간 아빠와 나의 추억이 만났다.

아빠는 어린 시절 고향을 떠나 부산에서 일하고 공부하며 청년기를 보내셨는데, 그때 아빠는 마이크로버스를 타고 부산 곳곳을 다니셨다고 했다. 내가 신기해서 정말 마이크로버스였냐고 물었더니, 아빠는 "어, 그거 하얀색 봉고차 같은 거였는데… 마이크로버스라고 불렀다이가."라고 무심한 듯 툭 대답을 하셨다. 나는 우리나라에도 마이크로버스가 있었다는 것이 너무 신기했고 정말 놀라웠다. 아빠한테 네팔의 마이크로버스를 설명해주고 아빠가 탔던 마이크로버스에 대해서도 듣다 보니, 두 나라의 마이크로버스는 생김새도, 운행방식도 너무나 비슷했다. 아빠도 신기하셨는지, "고거 참 희한하네." 하시며 웃으셨다.

나는 네팔에서 사는 동안 늘 이런 생각을 했다. '이곳이 아빠가 유년시절을 보냈을 부산의 모습이겠구나.' 길거리에서 장사를 하는 아이들을 볼 때면 '아빠가 이렇게 눈물을 훔치며 아이스케키 통을 메고 다니셨겠구나.' 그래서였는지 분명 처음에는 너무 낯설었던 카트만두였는데, 언제부턴가 낯설지 않고 나에게 친근하게 다가왔다. 내가 겪어 보지 못한 우리나라의 과거 모습, 지금처럼 삐까번쩍하게 개발이 되기 전의 모습, 우리 아빠가 살았던 곳, 아빠의 추억과 눈물이 함께 머물러 있는 곳, 다큐멘터리 영상에서나 보던 우리의 과거를 직접 내 눈으로 보는 것 같았던 곳. 그곳이 2010년 내가 본 네팔이었다. 마치 타임머신을 타고 과거로 돌아가 내가 과거 속에서 살고 있는 것 같은 착각이 들 게 할 때도 있었다.

네팔에서 어떤 지인으로부터 "이 지구 상에서 같은 시간 속에 산다고 해서, 똑같은 세상이나 시대에 살고 있는 건 아닐 거야."라는 말을 들은 적이 있다. 그 순간 무릎을 딱 치며 "맞아. 난 또 다른 시대를 네팔에서 살고 있구나!" 싶었다. 새롭다기보다는 낯설었던 네팔에서 나는 아빠의 과거와 함께해서 외롭지 않았다. 그리고 지금은 아빠와 함께 네팔을 추억할 수 있어서 즐겁다.

마이크로버스를 타다

한국에서는 연예인들만 탄다는 밴. 카트만두에 도착하고부터는 매일같이 볼 수 있었다. 언뜻 보기에는 하얗고 매끈한 생김새가 정신없게 붐비는 카트만두에는 어울리지 않는 듯했다. 하지만 나의 섣부른 오해는 네팔에 입성한 지 일주일도 되지 않아 말끔히 풀렸다.

카트만두에서 여행자의 메카, 한국의 이태원 같은 곳인 타멜에서 처음으로 탈출하던 날이었다. 나는 한국에서 지인의 소개로 연락처만 받고 만났던 코이카 봉사단원과 함께 집을 보러 가기 위해 함께 공영버스를 타러 갔다. 그분은 너무나도 자연스럽게 나를 데리고 타멜을 나와, 시내 중심에 있는 러트너 파크로 향했다. 공원 주변으로는 수많은 버스들이 정차하고 있었고 그곳이 우리가 버스를 탈 공영버스의 종착지이자 출발지였다. 정말 많은 사람들과 버스들이 서로 뒤엉켜, 정신을 똑바로 차리지 않으면 금방 함께 가던 이의 손을 놓칠 것만 같이 두려웠다.

그 날의 혼돈, 낯섦, 끊임없이 들리던 경적 소리. '바이'라고 불리는 어린 버스 차장 소년들이 마이크로버스에 매달려 있었다. 마치 호객행위를 하는 것처럼 바이들은 크게 손짓을 하며 자신들이 타고 있는 버스가 가는 종착지를 열심히 외치고 있었다. 당연히 나는 바이들이 외치는 단어들 중에 단 하나도 알아듣지 못했고, 내가 어디로 가야 하는지조차 모르면서 봉사단원을 따라 한 버스에 올라탔다. 버스를 타던 그 순간 나는 또 깜짝 놀랐다. 밖에서 보던 번듯함과 말쑥함은 완전히 사라져 버리고, 버스 안에 꽉 들어찬 의자들이 눈에 들어왔다. 대개는 의자가 3줄 정도만 있어야 하는데, 4줄의 시트 외에 운전석 바로 뒤로 좁고 기다란 의자를 만들어 두어서 총 5줄의 의자가 놓여있었다. 빈틈도 허용하지 않고 놓인 의자들에 사람들은 빈자리 없이 꽉꽉 채워졌고, 더 이상은 사람을 태울 수 없을 것 같은 순간에야 버스는 출발을 했다.

카트만두 시내 중심인 러트너 파크 앞 버스정류장

그날로부터 딱 2주 뒤에 처음으로 나 혼자 해 질 녘에 카트만두 한복판에서 마이크로버스를 타고 카트만두의 강남지역인 싸네파로 들어갔다. 버스를 타야겠다고 마음먹고 러트너 파크 옆에 있는 버스정류장으로 가긴 했는데, 이미 어두워지기 시작한 데다 버스가 너무 많아서 어디로 가서 어떤 버스를 타야 할지 몰랐다. 마이크로버스에는 버스번호표도, 종착지도 표시되어 있지 않았고 버스정류장에도 안내판 같은 것은 찾아볼 수가 없었다. 막상 버스를 타려니 너무나 막막하고 어떻게 버스를 타나 싶어 아찔하기까지 했다. 솔직하게 말하면 그때 혼자 무서워져서 하마터면 울 뻔했다.

겁을 잔뜩 먹은 채 버스들 사이를 뛰어다니다가 드디어 어떤 말을 들을 수 있었다. "자울라켈, 자울라켈." 한 마이크로버스에 매달린 바이가 외치는 그 동네 이름, '자울라켈'이 내 귀에 꽂혔다. 혹시라도 잘못 타면 안 되어서, 나는 그 바이에게로 가서 딱 한마디 했다. "자울라켈?" 그랬더니 바이가 맞는다는 뜻으로 고개를 끄덕였다. 나한테 뭐라고 말은 해줬는데, 그때까지만 해도 내가 네팔어는 인사말만 겨우 할 때여서 한마디도 못 알아들었다. 대충 웃음으로 대답을 대신하고, 나는 버스에 올라탔다. 앞쪽에 자리를 잡고 앉았다. 그런데 시간이 좀 흐르면서 버스를 탈 때보다 더 놀라운 일들이 일어났다. 분명 버스에는 빈자리 없이 사람들로 꽉 차 있었는데, 출발을 하지 않고 계속 사람을 태우는 것이었다. 결국, 나는 사람들 사이에 꽉 끼여서 전혀 움직일 수도 없는 지경이 되었다. 사람 위에 사람이 앉고 목이 꺾인 채로 서 있는 사람들. 이거야말로 진정한 만원 버스였다. 네팔에 사는 한국 사람들이 이런 상황을 표현하는 말이 있는데 바로 "버스에 구겨서 탄다."였다. 마이크로버스에는 정해진 정원도 없고 안전벨트도 당연히 없었으며, 그 불편함을 불평하는 사람은 더더욱 없었다. 처음에는 충격적이기까지 했던 이러한 모습들은 버스를 타는 반복행위를 통해서 점점 익숙해졌다. 네팔에서의 생활이 서너 달이 지난 후부터 나는 타야 할 버스도 잘 찾고, 망설이지 않고 아주 당당하게 버스에 잘 올라탔다. 그럴 때마다 네팔 사람들은 그런 나를 늘 신기하게 쳐다보면서도 외국인인 나를 늘 배려해주며 내 자리만은 지켜주었다. 나는 가끔은 짜증도 나고 만원 버스에 끼어 타면서 지칠 때도 많았다. 하지만 네팔 사람들의 따뜻한 배려는 짜증 내는 나를 부끄럽게 만들기도 했고, 쓸쓸한 나의 마음을 채워주기도 했다. 목을 꺾으면서도 탈 자리가 없을 것 같은 버스에 올라타는 사람들을 보면서 나는 이런 생각을 했다. '자리는 주어지는 게 아니라 내가 만드는 것이구나.' 나는 이 깨달음을 주변 친구와 지인들에게 말해주면서 웃기도 했지만, 우스갯소리를 넘어서 그건 지금까지도 내게는 하나의 '인생 철학'이 되어 내 삶을 관통하는 큰 가르침이 되고 있다.

이제 네팔에도 무료 WIFI 존이 생겼어요

처음 카트만두에 도착했을 때만 해도 한국에서처럼 PC방에 가야만 인터넷에 접속할 수가 있었다. 게다가 열악한 PC방은 정전시간이 되면 어김없이 전기가 나가면서 인터넷도 바로 끊겨버렸다. 한국에 있는 가족들과 스카이프로 신나게 통화를 하다가 끊기기도 여러 번, 처음엔 뭔 일인가 상황파악을 하는 데도 수십 분이 걸렸다. 그리운 가족들과 오랜만에 하는 통화가 중간에 끊기면 얼마나 섭섭하고 속상한지 모른다.

그러다 인터넷이 되는 카페 두어 곳을 알게 되었다. 분위기 좋은 카페에 앉아 맛있는 커피 한잔을 시켜놓고 유료 WIFI를 사용할 수 있었다. 비록 인터넷 사용에 돈을 지불해야만 했지만, 답답한 PC방보다는 조용하고 편안한 카페가 일을 하기에는 훨씬 좋았다. 어떤 날엔 일부러 무선인터넷 서비스를 하는 레스토랑에서 점심을 먹기도 했다. 간단한 점심을 먹으면서 서너 시간을 죽치고 앉아서 인터넷을 이용하기도 했다. 그러나 돈을 지불하고 사용하는 무선인터넷임에도 속도는 그리 빠르지 않았고, 역시나 정전이 될 때는 모뎀이 꺼져서 더 이상 인터넷을 사용할 수가 없었다. 그래서 시간이 좀 지난 후에는 카페가 있는 동네의 정전 스케줄을 미리 파악한 후에 그 시간을 피해 인터넷을 이용하러 커피를 마시러 가곤 했다.

이렇듯 인터넷 접속이 쉽지 않던 카트만두에 2009년 역사적인 변화가 찾아왔다. 타멜의 중심에 새로 생긴 쇼핑빌딩에 칼디 카페(Cafe Kaldi)가 열린 날이다. 세련된 인테리어, 일본식 커피 메뉴, 좌석마다 휴대폰이나 노트북을 충전할 수 있도록 설치된 콘센트, 무료 무선인터넷(게다가 속도도 카트만두에서 제일 빨랐음), 빌딩 지하에 설치된 발전기로 정전 스케줄과 상관없이 끊기지 않는 전기를 갖춘 너무나도 믿을 수 없는 최고의 장소가 카트만두에 나타난 것이다. 게다가 네팔에서 흔히 볼 수 없는 친절한 직원들의 매너는 그야말로 감동이었다.

칼디 카페에 대한 소문은 급속도로 퍼져 나갔고, 나와 같은 외국인들은 매일매일 출근 도장을 찍듯이 그곳을 찾았다. 그렇게 카페를 자주 찾는 외국인들은 각자의 지정석이 있었고, 하도 자주 보다 보니 어느 날부터는 서로 눈인사를 나누기 시작했다. 그 카페는 노트북과 인터넷만 있으면 오피스가 되던 나에게는 일터였고, 사람들을 만나는 곳이자 머리를 식히는 놀이터이기도 했다. 그 카페에서 내가 늘 먹던 메뉴는 잘 볶아진 원두로 만든 부드러운 카푸치노와 출출할 때 먹는 토마토 치즈 그릴 샌드위치였다. 그 맛은 지금도 잊을 수 없는, 아니 가끔 그리운 맛이다.

칼디 카페가 엄청난 인기를 끌면서 타멜 거리에는 무료 WIFI를 제공하는 카페들이 속속 들어섰고, 내가 네팔을 떠나던 2010년에는 카트만두 전역에 무료 무선인터넷을 옵션으로 하는 카페와 레스토랑이 셀 수도 없을 만큼 늘어났다. 적어도 나에게만큼은 무료 WIFI 카페의 등장은 삶의 질을 이전과 비교할 수 없을 만큼 높여주었고, 그 카페에 가는 것은 세상과 소통하는 시간이자 한국에 대한 그리움을 달래는 시간이었다.

🗣 다섯 번의 이사. 나는야 카트만두 떠돌이

1탄: 처음 한 달과 두 달(게스트하우스에서 사네파 집으로)

카트만두에 도착해서 나는 '짱 게스트하우스'라는 한국인이 운영하는 가장 저렴한 숙소에서 시작했다. 그런데 첫날밤부터 녹물에 이를 닦다가 토하고 벼룩에 온몸이 물려서 상처투성이가 되었다. 네팔에 가기 전, 사전 준비가 부족하기도 했고 후원자의 정성이 모인 돈을 받아 생활한다는 생각에 그저 가장 싼 숙소만 찾다가 벌어진 일이었다. 한국 배낭여행객들 사이에서 유명한 이 숙소를 폄하하려는 의도는 없다. 다만 장기전을 치러야 했던 나에게는 맞지 않는 숙소였을 뿐이다.

짱 게스트하우스의 주인 언니는 짱으로 불린다. 아마 지금도 그럴 것이다. 그래도 내가 짱 게스트하우스에 도착한 첫날에 짱이 나에게 주었던 시원한 환타는 눈물이 날 만큼 따뜻했다. 그 이후로도 종종 궁금한 일이 있을 때마다 그곳을 찾아가면, 짱은 진심으로 조언해주고 도와주었다. 짧아도 일주일은 있으려던 짱에서 나오게 된 배경에는, 짱 게스트하우에서 도착하던 날 만났던 영수 언니가 있었다.

전 세계 100여 개국을 넘게 여행했던 영수 언니. 이미 네팔도 익숙했던 영수 언니가 첫날부터 내게 숙소가 있던 타멜 거리도 안내해 주고 밥집도 알려주면서 친분을 쌓게 되었다. 하루 만에, 아니 몇 시간 만에 말이다. 다음날 휴대폰 개통을 도와주기로 한 언니와 나는 또 만나기로 약속했다. 벼룩에게 잔뜩 물려 눈물을 글썽이며 나타난 나를 보더니 언니는 바로 자신의 숙소로 데려가 주었다. 그렇게 두 번째 밤을 보내고, 나는 언니가 지내는 방으로 이사를 했다. 250루피(당시 환율 기준으로 약 4,000원)의 싱글룸에서 300루피(당시 환율 기준으로 약 5,700원)의 더블룸으로 옮겼다. 작은 방에 놓인 침대 하나를 사용하면서 불편할 수도 있었지만, 나는 혼자서 무섭고 막막했던 터라 말이 통하는 사람과 같은 방을 쓰면서 아침밥을 함께 먹을 수 있다는 게 너무나도 좋았다. 안심이 되었다.

영수 언니를 따라 옮겼던 숙소는 Prince Guest House. 이름부터 멋지지 않은가? 작고 낡은 게스트하우스였지만, 친절한 직원이 있고 매일매일 시트를 갈아주고 청소를 해주는 깔끔한 숙소였다. 숙소 바로 옆에 있던 생과일 주스 가게에서 나는 매일 아침 생과일주스를 사 먹으며 건강관리까지 할 여유를 가지게 되었다.

카트만두 도착 후 보름쯤 지나면서, 게스트하우스에서 생활하는 것이 불편하고 불안정해서 제대로 된 집을 구해서 이사를 하려고 여기저기 알아보기 시작했다. 한국에서 받아간 유일한 연락처였던 코이카 단원을 만나 다른 봉사단원의 집을 소개받고, 그분을 통해 알게 된 다른 단원을 통해 또 새로운 집을 소개받았다. 하지만 한국 사무국에서 빠른 정착에 호의적이지 않아서 확답을 받지 못해 선뜻 어느 집으로도 이사를 할 수가 없었다.

네팔 정착 첫 번째 관문인 정착에서 예상치 못한 어려움에 봉착하면서 난 서러움이 폭발했고, 어떻게든 지낼 곳을 찾으려고 애를 쓰던 중 우연히 네팔 현지 친구를 알게 되었다. 한국 식당에서 밥을 먹다가 알게 되었는데, 나의 사정을 듣고는 호텔경영을 하는 자신의 친구를 소개해준 것이다. 그 친구는 락스미 아줌마였다. 카트만두 중심가에서 중급 호텔을 운영하는 호탕하고 부유한 돌싱녀였다. 락스미 아줌마는 카트만두의 강남에서도 부유한 동네인 사네파(Sanepa)에 새 집을 사두고, 이사를 하려던 참이었는데, 혼자 살기에는 집이 너무 커서 같이 지낼 사람을 찾고 있던 중이었다. 나는 네팔에서 처음 사귄 현지인 친구와 함께 띠하르라는 축제 기간에 락스미 아줌마 집에 가게 되었는데, 그날 바로 아줌마가 두 손을 꼭 잡으며 같이 살자고 했다. 그로부터 며칠 뒤에 나는 타멜의 작은 여관에서 부자 동네의 2층 저택으로 이사를 갔다. 이삿날 락스미가 기사와 차까지 보내주어 나는 부잣집 공주님처럼 편하게 이사를 했다.

빛의 축제인 따하르. 락스미네 집에서 켜놓은 촛불 앞에서 찍은 사진

락스미 아줌마 집에서는 공짜로 살았다. 워낙 부자이기도 했지만 외로운 자신과 함께 지내주는 것만으로도 고마웠던지 마음 편하게 살도록 해주었다. 그 집에는 대문 옆 수위실에서 집을 지키는 할아버지도 있었고, 집안 살림을 맡은 가정부도 있어서 안전했고 또 편했다. 매일 저녁은 가정부와 아줌마가 해주는 음식을 먹으며 지냈고, 청소도 가정부가 다 해주었다. 한국에서조차 누려보지 못한 가분한 사랑이고 편안함이었다. 그런데 전혀 예상치 못한 문제가 발생하면서 한 달 만에 그 집에서도 나와야만 했다. 수년 전 한국의 모 단체에서 진행하다 실패한 프로젝트와 연관된 이사진의 가족인 것 같다면서, 그 집에서 최대한 빨리 나오라는 한국 사무국의 의견 때문이었다. 나는 여유로운 지원이나 배려도 없이 일방적으로 나에게 그 집에서 나오라고만 하는 것에 화가 났지만, 이미 마음이 불편해진 나 역시 그 집에 더 이상 있기는 어려워졌다.

2탄: 참사님 댁에서 보름, 수녀님 댁에서 넉 달.

락스미 아줌마 집에서 쉽게 나오겠다는 결정을 내릴 수 있었던 건, 두 달 사이에 만들어진 인맥 속에서 내가 머물 곳을 기꺼이 내어주신 두 가족 덕분이었다. 결코 길지 않은 두 달 만에 나는 정말 감사한 사람들을 많이 만났다. 이메일로 연락이 닿아 알게 된 코이카 한 단원 분이 윤희라는 나랑 동갑내기 코이카 단원을 소개해주었고, 윤희는 아주 짧은 시간 안에 본인이 알고 있는 한국 사람들은 거의 다 소개해주었다. 대사관 관계자분들, 카트만두에 있던 나와 같은 또래의 코이카 단원들, 한글학교 선생님들, 그리고 수녀님 두 분.

락스미 아줌마댁으로 이사 들어간 지 보름이 겨우 지났을까? 그 집에서 나오라는 통보를 받았지만 짧은 시간 안에 갈 곳도 마땅치 않았는데, 사무국에서 책정한 예산에 맞는 집을 구하는 것도 너무 어려웠다. 그런 내 사정을 들으신 참사님께서는 기꺼이 딸아이의 방을 내어주셨다. 때마침 참사님의 남편께서 한국으로 나가실 일이 있으셨고, 참사님께서는 딸아이와 방을 함께 쓰시면서 나에게 추운 겨울에 전기장판까지 깔린 따뜻한 방을 쓰도록 해주셨다. 그렇게 또 보름의 시간을 벌었다. 참사님 댁에서도 락스미 댁에서 그랬던 것처럼, 가정부가 차려준 밥을 먹었고, 내 빨래까지도 가정부가 다 챙겨주었다.

참사님 댁에서 지내는 동안, 윤희를 통해서 한국에서 오신 수녀님 두 분을 소개받았다. 수녀님들께서는 그해 겨울에 한국으로 잠시 들어가 3개월가량 교육을 받아야 했고, 그동안 집에서 살면서 관리해 줄 사람을 찾고 계셨다. 나는 윤희와 함께 급히 약속을 잡아 수녀님을 만나러 갔다. 수녀님 댁은 카트만두의 강남이라고 할 수 있는 파탄지역의 도비갓(Dobhigat)이라는 동네에 있는 2층집이었다. 수녀님들께서는 2층에 머무시면서, 1층에는 게스트 룸과 오피스를 꾸며두고 계셨다. 내가 그 집으로 들어가게 된다면, 1층에서 지내면서 그냥 그 집을 잘 지키면 되는 거였다. 수녀님들께서는 방세를 받지 않기를 바라셨지만, 그분들도 후원을 받아 운영하시는 곳이고 나도 최소한의 비용은 내면서 지내는 게 맞다 싶어서 한 달에 십만 원도 되지 않는 최소한의 금액을 약속했다. 수녀님 댁에는 모든 살림살이가 갖춰져 있었고, 집을 관리해주던 사람도 바로 옆에 살고 있어서 안전하고 편하게 생활할 수 있겠다 싶어 가기로 결정했다.

그렇게 들어간 수녀님 댁에서는 첫해 12월부터 3월까지 꼬박 넉 달을 살았다. 수녀님 댁에 들어가서는 락스미 아줌마댁으로 들어갈 때 샀던 이불 한 채만을 가지고 추운 겨울을 아주 따뜻하게 났다. 현지 사람들이 겨울에 사용하는 두꺼운 솜이불이 전기장판과 함께 침대에 놓여있었고, 거실에는 가스난로도 있었다. 겨울에 정전이 심할 때는 20시간도 넘게 되기 때문에 전기장판은 사실 쓸모가 그리 많지는 않았지만, 여러 겹의 이불과 난로는 겨울나기에 정말 큰 도움이 되었다.

수녀님께서 방 하나 내어주신 것만으로도 감사할 일인데, 수녀님 두 분은 직접 담그신 김치도 냉장고 가득하게 채워두시고 각종 밑반찬까지 챙겨주시고는 한국으로 떠나셨다. 오갈 데 없던 나를 그야말로 거둬 주신 수녀님 덕택에 나는 아주 짧은 시간 안에 현지에 안정적으로 적응하고 정착할 수 있었다. 그렇게 수녀님 댁은 이후 나의 네팔친정이 되었다.

락스미 아줌마댁으로 이사 갈 때는 락스미 아줌마의 운전기사가 도와주었는데, 락스미 아줌마댁에서 참사님댁으로, 그리고 참사님댁에서 수녀님댁

수녀님댁

으로 이사 갈 때는 참사님네 개인 차량 기사가 도와주었다. 혼자라면 버거 웠을 세 번의 이사는 지인의 차량과 기사들의 지원으로 안전하고 편하게 마칠 수가 있었다.

네팔 도착 후 3개월 동안 나는 조기에 정착하기 위하여 부단히 애쓰면서 다섯 번의 이사를 감행했다. 불안하기도 하고 서럽기도 했지만, 나를 걱정해 주고 아무런 조건도 없이 잘 곳을 내어주신 분들이 있었기에 나는 무사히 현지에 적응하면서 일도 잘할 수 있었다.

3탄. 더부살이는 끝. 그러나 또다시 삼 개월 만에 이사

수녀님 댁에서 4개월. 일단 겨울은 무사히 날 수 있게 되었고, 이사할 집을 찾을 때까지 시간을 좀 벌었다. 위치, 안정성, 월세 등 모든 조건이 적합한 집을 찾기 위해서 아는 한국 사람과 네팔 사람 모두에게 집을 찾노라 광고를 해두었다. 유엔 직원을 통해 소개받은 부동산 중개업자에게서도 여러 집을 소개받았는데, 자꾸만 좋은 집만을 보여줘서 그다지 도움이 되지는 않았다. 이른바 빌트인이 되어 있는 집들은 평균 250~500달러 정도였고, 아무런 가구도 살림살이도 갖춰지지 않은 집은 150달러 이상이면 구할 수가 있었다. 그런데 문제는 한국 사무국에서 월세가 200이 넘지 않는 조건에서 빌트인이 되어 있는 곳을 찾기를 원했다. 몇 달을 찾아 헤매도 그런 집은 정말 없었다.

그러다 우연히 지역신문에 광고를 낸 부동산 중개업자에게 전화를 했다. 그 중개업자도 처음에는 비싼 집만 몇 군데를 보여주더니, 내가 사정을 잘 설명한 후에는 200달러 정도의 월세에 맞는 집을 찾아주었다. 그 집은 수녀님댁이 있는 도비갓의 정반대 쪽에 있는 마하라즈건즈(Maharajgunj)라는 동네였다. 주변에 미국 대사관과 호주 대사관도 있었기에, 살던 곳에서는 멀었지만 안전한 동네라는 확신이 들었다. 3층 집이었는데, 1층에는 파키스탄 대사관 직원이 살고 3층에는 주인 가족이 살고 있었다. 나는 2층을 빌릴 예정이었고 가구 하나 없던 그 집을 주인아저씨가 빌트인을 해주겠다는 조건으로 계약을 했다. 드디어 사무국에서도 오케이 사인이 떨어졌다.

이제 진짜 카트만두에서의 홀로서기가 시작되었고 이사도 혼자서 하게 되었다. 이사는 택시 두 대로 해결했다. 짐을 날라주는 조건으로 요금을 좀 더 챙겨주고, 작은 택시 두 대에 그간의 살림살이와 개인 짐을 구겨 넣었다. 예전처럼 좋은 차에 나를 공주님처럼 태우고 도와주던 기사님은 안 계셨지만, 택시 두 대를 이끌고 기사 두 명을 진두지휘하며 이사하니 나 스스로 강인해지는 느낌이 들며 '나도 이렇게 할 수 있구나.'라며 대견했다.

그런데 빌트인이 되어 있기로 한 집에는 침대 하나, 책상 하나, 낡은 소파, 한 번에 켜기도 어려운 더 낡은 가스레인지만이 있는 게 아닌가? 아… 정말 어이가 없었다. 얼굴이 벌게지면서 화도 났다. 도대체 이게 어찌 된 일인지, 주인아저씨에게 전투적으로 따졌다. 그런데 아저씨는 뭐가 더 필요하냐며 적반하장으로 나왔지만, 나의 계속된 따짐과 설득에 피곤하셨는지 식탁과 작은 방에 놓일 침대와 옷걸이를 채워주기로 했다. 그렇게 그날 오후 아저씨는 어디선가 식탁과 의자를 가져왔고, 며칠이 지나고서야 매트리스도 없는 낮은 침대를 하나 가져다주었다. 더 이상의 요구는 들어주지 않을 것을 알았기에 전화기를 놓을 탁자와 작은 침대에 놓을 매트리스는 사비를 들여서 장만했다. 예상과 달리 낡은 물건들로 채워졌지만, 깨끗이 쓸고 닦으며 새로운 집에 정을 들이고 있었다.

그런데 이사한 지 한 달이 겨우 지났을까? 뭔가 이상한 일이 생겼다. 3층에서 북적거리던 가족들이 어느 날부터인가 사라진 것이다. 그렇게 며칠이 지난 후, 나의 네팔어 선생님이었던 친구 미누에게서 전화가 왔다. 주인아주머니께서 돌아가셨단다. 그런데 그 아주머니는 카트만두에서 멀리 떨어진 다딩 지역에서 강물에 투신했고, 주인아저씨는 부인을 살인 교사한 혐의로 감옥에 들어가 있다고 했다. 주인아저씨가 감옥에서 내가 걱정이 된다고 미누에게 직접 연락을 했다고 한다. 이미 세 달치 월세를 내었고, 당장에 이사할 집을 찾는 것도 쉽지 않아서 어쩔 수 없이 혼자 버티기 시작했다. 그렇지만 1층에 사는 파키스탄 대사관 아저씨 말고는 집에 사는 사람이 없는 그집, 살인사건이 연루된 그 집이 점점 두려워지기 시작했다. 밤에 자다가 아주 작은 소리만 나도 벌떡 일어나기 일쑤였고, 아침에 해가 뜨면 겨우 숨을 돌리며 일상을 시작했다. 그때 생긴 불면증과 불안증은 그 집을 떠난 뒤로도 한참 동안 나아지지 않고 나를 괴롭혔다.

그 사건이 발생한 지 보름이 지났을 무렵, 돌아가신 아주머니의 남동생이 찾아왔다. 내가 이미 알고 있는 이야기를 해주었고, 주인아저씨가 자신의 누나를 죽였다며 격분했다. 그러니 당분간 내가 살고 있던 그 집은 관리할 사람도 없고, 비워둘 예정이니 나더러 최대한 빨리 이사 하라는 말을 하러 왔던 것이었다. 여자 혼자서 살기에는 너무 위험한 것 같다는 말과 함께. 내가 이미 3개월치 월세를 냈다고 하니, 남은 월세는 모두 돌려줄 테니 무조건 빨리 이사를 하라고 했다. 그런데 당장 집을 찾기도 어렵고 예전처럼 웬만한 집들은 한국 담당자가 비싸다는 이유로 허락을 해주지 않았다. 모든 조건에 적합한 집을 찾다 보니 결국 3개월을 꼬박 채우고서야 그 집에서 나올 수 있었다.

4탄. 마지막 종착지를 찾다

독립해본 경험이 있는 사람이라면, 누구나 집을 찾는 일이 얼마나 번거롭고 어려운 일인지 알 것이다. 하물며 이미 다섯 번이 넘도록 집을 옮겨 다닌 나로서는 네팔에서 가장 더운 5~6월에, 그것도 공기 나쁜 카트만두 도심을 헤매며 집을 보러 다니는 일이 정말 지치고 서러웠다. 앞서 집을 구하면서 나름대로의 집을 보는 안목이나 좋은 집을 찾는 노하우도 생겼지만, 정해진 예산 안에서 최상의 조건을 갖춘 집을 구하는 건 여전히 어려웠다. 무엇보다도 하루 종일 땀이 범벅되도록 집을 보러 다니다 돌아온 집에서 편하게 쉬기는커녕, 해가 지기 무섭게 불안해져서 잠도 제대로 잘 수 없었기에 나날이 고통스러워졌다.

한편, 단기간에 여러 차례 계속된 이사가 나에게 가져다준 선물도 있었다. 카트만두 구석구석을 돌아다니다 보니, 짧은 시간 안에 카트만두의 복잡한 골목 지리들을 제대로 익힐 수 있었고, 카트만두의 부동산 시세에 밝아졌다. 이렇게 땀을 흘렸던 경험은 내가 마지막 프로젝트였던 'Youth Center(청소년문화교육센터)'를 기획하고 센터가 들어설 빌딩을 찾는 일에 엄청난 도움이 되었다.

자살사건이 터지고 거의 두 달 동안 집을 보던 중, 한국 교민들이 많이 사는 파탄 지역으로 가보려고 무던히도 애를 썼지만 집값이 많이 올라서 여의치가 않았다. 그 사이에 대사관 직원 지인의 소개로 둠바라이(Dhumbarahi)에 있는 집을 하나 보게 되었다. 그 지역은 여전히 파탄의 정반대 쪽, 카트만두의 북동쪽에 자리한 외곽의 신시가지였다. 카트만두에서는 보기 드문 대규모 아파트 단지가 있고, 저택들이 모여 있는 등 신흥 부자들이 많이 사는 동네였다. 동네가 좀 외지긴 했지만 안전한 것 같아 일단 마음에 들었다. 하지만 웬만하면 다시 파탄 지역으로 돌아가겠다는 생각에서 그 집을 보고 나서도 한달 가까이 집주인에게 연락하지 않았다. 그런데 친절한 집주인 아저씨와 깨끗한 집의 내부, 그리고 저렴한 집세를 고려했을 때, 그만한 집을 더 이상은 찾을 수 없을 것 같았다. 한참을 지나고 나서 찾아간 그 집은 내가 들어갈 1층이 페인트칠 중이었다. 주인아저씨는 내가 다시 올 거라고 믿었다면서, 다른 사람들에게 집도 보이지 않고 집안을 정리하고 계셨다. 그제야 '이 집은 정말 내 운명이구나!'라는 생각이 들어 이사가기로 결정했다.

카트만두에서의 마지막 종착지가 된 그 집으로 이사 가던 날. 어느새 네팔에서 가까운 지인이 된 다와 씨가 트럭을 운전하는 친구를 모셔와서 모든 이삿짐을 날라다 주셨다. 문제의 집에서 빌트인이던 침대와 책상을 가지고 나오면서 "앗싸! 돈 벌었다." 하는 생각에 그동안 좀 억울하던 마음이 풀렸다. 새로 들어간 그 집에 도착하자 주인아저씨 가족이 나를 반갑게 맞아주었다. 그 집에서는 주인아저씨의 부모님과 아저씨의 아내와 아이들이 늘 내 곁에 있어 주었고, 밤에도 항상 누군가가 있었기에 불면증도 점차 좋아졌다. 주인집 가족들은 나를 외국인 손님이 아닌, 가족의 일부로 여기며 많이 보살펴 주셨다. 무엇보다도 하루 일과를 마치고 돌아오면, 마당에서부터 환하게 웃으며 맞아주는 할아버지와 할머니가 계셔서 쓸쓸하지 않았다. 할아버지께서는 늘 그러셨다. 우리는 죽을 때까지 여기에 있을 거야. 한국에 돌아가더라도 언제든 네팔에 오게 되면 그냥 이 집으로 오면 된다고 하셨는데, 언제 또 다시 그분들을 볼 수 있게 될지 모르겠다. 지금도 할아버지 얼굴을 떠올리면 가슴이 따뜻하게 데워지면서도, 보고 싶어져 눈가에 눈물이 맺히곤 한다.

내가 이사를 갈 때만 해도, 우리 집은 허허벌판에 지어진 유일한 집이었다. 주변에 아파트와 대저택들이 있었지만, 바로 앞, 뒤, 옆으로는 당장에 개발계획이 없어서 자연 속에 놓인 집 같았다. 아침이면 내 방으로 환하게 햇살이 비쳐 들어왔고, 밤이면 귀뚜라미 소리와 개구리 우는 소리가 잔잔하게 들려와 마음을 즐겁게 해주었다. 그제야 비로소 내게도 진짜 내 집이라는 공간이 생겼고, 생활이 안정되어갔다.

주인집 할아버지와 막내 손녀딸

네팔을 떠나던 날 아침,
주인 가족과 함께 마당에서 찍은 사진

마지막 1년을 살았던 둠바라이 집

🎭 비자 변천사

나는 네팔에 가기 전에 한국에서 미리 90일 관광비자를 받았다. 당시 관광비자는 입국 전 네팔 대사관이나, 입국 시 공항에서 15일, 30일, 90일 단위로 발급받을 수 있었다. 기간 연장이 필요할 때에는 카트만두 딜리바자르(Dillibazar)에 있는 이민국에서 필요한 날만큼 연장을 할 수 있었다. 하지만 원칙적으로 관광비자로는 한 해에 120일 이상 체류할 수 없었으나, 출입국 사무소에 사유서를 제출하는 경우에는 50$를 지불하고 추가로 30일을 연장받을 수 있었다. 그러나 더 이상의 연장은 불가능했으므로, 네팔에서 관광비자로 버틸 수 있는 기간은 연내 최대 150일이었다. 1년 중에 다른 나라를 오고 가더라도 관광비자 허용 기간이 150일 이상으로 연장되지 않았고, 정확하게 네팔에서 머문 기간이 150일임을 계산하여 그 기간이 넘을 때 관광비자를 발급해 주지 않았다. 그러니 보통 국경을 넘어가며 관광비자를 연장하는 방식은 애초에 통하지 않았다. 관광비자를 꽉꽉 채우는 것으로는 모자라 나는 학생비자를 받아가며 네팔에서 2년간 버텼다.

솔직히 말해서, 나는 네팔에서 불법적인 신분으로 일을 했다. 그러니 나의 비자 변천사를 이렇게 공개해도 괜찮을까 생각이 드는 것도 당연지사이다. 하지만 굳이 변명을 하자면 네팔 정부는 엔지오 활동가들에게 비자 발급하는 조건과 과정을 까다롭게 정해두고 단체마다 배분하는 비자 자리도 많지 않았다. 어쩌면 수많은 국제 엔지오들과 국내 엔지오들이 편법으로 비자를 발급받아 일을 하도록 허용 및 유도하고 있는 것이 아닐까 싶기도 했다. 내가 우리 단체에서 처음으로 네팔에 파견된 활동가이다 보니, 현지에는 어떠한 기반도 갖춰져 있지 않았다. 다시 말해, 내가 공식활동 비자를 받기 위해 필요한 현지 엔지오 등록이나 현지 공공기관과의 협정서 체결은 당분간 해결할 수 없으므로 편법으로라도 비자를 연장할 수밖에 없었던 것이다.

학생비자를 받으면 최소 6개월부터 현지 체류가 가능한 신분을 허락받게 된다. 나처럼 일이나 다른 일을 목적으로 학생비자를 받으려는 사람들에게는 선택할 수 있는 학교가 두 군데 있었다. 트리부반 대학의 네팔어 학과와 카트만두 대학의 음악대학이나 미술대학에 등록하는 것이었다. 트리부반 대학에 등록을 하려면 1년 단위로만 해야 했다. 1년 계약으로 네팔에 간 나를 두고 본부에서는 향후 상황이 어떻게 될지 모르니, 최소 6개월 단위부터 등록이 가능한 카트만두 대학에 가기를 권했다. 카트만두 대학에 대한 정보를 준 건 코피온의 소연 센터장이었는데, 소연 언니는 음대에서 사랑기를 배우는 데 재미도 있다며 추천을 해주었다. 학교 홈페이지에서도 찾기 어려운 음대 정보를 주어, 우선 음대를 등록하기로 결정했다. 음대는 카트만두에서 버스를 타고 1시간가량을 가는 박타푸르 왕궁 근처에 있었다. 동네 전체가 유네스코 문화재에 포함될 만큼 전통이 깃든 동네에 있는 학교는 자그마했지만, 붉은 흙벽돌은 따뜻했고, 오래된 건물은 아름다웠다. 그런 곳에서 네팔의 전통 악기까지 배울 수 있다는 것이 정말 감사했다.

음대에서 첫 수업 날, 신발을 벗고 좁은 나무 계단을 올라가자 2층에는 나무 창살 사이로 빛이 들어오고 있었다. 그리고 그 작은 방 안에는 사랑기를 비롯한 네팔의 전통 악기들이 가득했고, 학생이라고는 나와 일본인 아줌마 한 명이 전부였다. 한 십여 분을 기다리니, 선생님께서 사랑기를 들고 오셨다. 그런데 선생님을 본 순간 어디서 본 듯했다. 한창 수업을 하다 보니, 선생님을 어디서 봤는지 떠올랐다. 몇 달 전 하얏트 호텔에 한국에서 오신 지인을 만나러 갔을 때 로비에서 전통 악기 공연을 하고 있었던 분이었다. 잠시 스쳤다면 기억을 못 했겠지만, 나와 한국에서 오신 그 지인은 음악이 너무 좋아서 끝날 때까지 다 들었고, 나는 선생님의 음반을 직접 사서 지인께 선물로 드렸었다. 너무 반가웠다. 왠지 오래 알던 사람을 우연히 만난 것처럼 말이다.

두 번째 수업 날, 나는 용기를 내어 선생님께 하얏트 호텔에서 공연을 한 적이 없느냐 물었고 선생님도 그날의 나를 기억해 주셨다. 그 우연을 계기로 선생님께서는 자기가 음악을 어떻게 시작했는지도 말해주셨다. 네팔은 인도처럼 지금도 카스트제도가 있는 신분사회인데, 우리 사랑기 선생님은 대대로 음악을 하는 천한 신분의 음악가였다. 자신은 체계적으로 음악을 배우지 않았지만, 자연스럽게 음계를 이해하고 악기 다루는 법을 배웠다고 했다. 그런데 시대가 변하고 다양한 장소에서 다양한 음악가들과 협주를 할 기회가 많아지면서 서양식 악보를 읽는 것과 새로운 음악에 대한 공부도 시작하게 되었다고 했다.

사랑기를 배우러 가서 매주 인생을 배워왔던 것 같다. 학교를 한 달 정도 다녔을 시점에 학교는 한 달 가까이 방학에 들어갔다. 방학이 끝나고, 그사이 나는 카트만두의 북쪽으로 이사를 해서 음악학교에 가는 것이 더 멀어졌다. 그 핑계, 일 핑계가 생기면서 음악대학에서 사랑기 배우는 것은 점점 멀어져 버렸다. 나는 그때 알았다. 일과 공부는 참으로 함께하기 어렵다는 걸.

학창시절에 내가 가장 잘하고 좋아했던 과목은 수학과 미술이었는데, 미술에 얼마나 소질이 있는지 확신이 서질 않았고 가정형편도 어려웠던 시절이라, 나는 미술을 전공하고 싶은 마음을 일찌감치 접고 살았다. 그런데 네팔에서 그 꿈을 잠시나마 이룰 수 있는 기회가 나에게 생겼었다. 네팔 최고의 사립명문대학인 카트만두 대학의 미술대학에 당당히 입학해서 폼 나는 미대생이 될 수 있었기 때문이었다. 비록 정규 대학생 신분은 아니었지만, 왠지 진짜 미대생이 된 것 같아 어깨가 으쓱해지기도 했다.

　카트만두 대학교의 본교는 듈리켈(Dhulikel)이라는 석양이 아름다운 동네에 자리하고 있었지만, 미술대학은 내가 마지막으로 이사 간 동네인 카트만두 북동쪽의 둠바라이(Dhumbarahi)라는 동네에 있었다. 학교가 내가 살던 집과 가까운 곳에 있는 데다, 음악보다는 미술에 소질이 있다고 생각한 나는 다시 학생비자로 변경할 때 미술대학에 등록했다.

　미술대학은 도심에 있어서 그런지, 멋대가리 없는 콘크리트 단독건물로 되어 있었다. 학교에서는 신입생이던 내게 처음 몇 주 동안 계속 데생만을 연습시켰다. 그럴듯한 그림을 그리겠다는 막연한 상상을 하고 있었던 나는 점점 학교가 지겨워졌다. 그때 나는 학교건설 점검 차 지방으로 출장을 자주 나갔고, 룸비니 지역조사 건으로 며칠씩 카트만두 밖을 나가 있기도 했다. 두 번째 룸비니 지역조사를 나가서는 열사병에 걸리고 허리까지 삐어서 한 달 넘게 학교를 나갈 수가 없었다. 멋진 미대생이 되겠다던 나의 꿈은 네팔에서도 그렇게 멀어져 갔다. 그때 연장했던 학생비자는 7월에 언니 결혼식으로 이탈리아를 다녀오는 길에 공항에서 100일 관광비자로 변경되었고, 그게 나의 여섯 번째 네팔 비자였다.

　아래의 정보는 내가 직접 발품을 팔아 얻은 고급정보를 국내 사무국 보고용으로 만들었던 것이다. 하지만 2010년 기준으로 작성한 것이다 보니,

지금의 네팔에서는 비자발급 기준이나 비용이 분명히 변경되었을 것이다. 그러니 혹시 이 정보를 이용해 네팔에서 비자를 발급받고자 한다면, 꼭 현지 기관 홈페이지나 정보처를 이용해 확인해야 함을 알려둔다.

비자 종류	기 간	비 용
복수 관광비자	15일	30,000원
	30일	45,000원
	90일	110,000원
	1개월 추가	60$
학생비자	1개월	40$
비 관광비자	1개월	첫해: 60$, 다음 해: 100$

🎭 카트만두 유일의 대규모 성당에서 폭탄테러가 발생

 2009년 5월 첫 답사 방문단이 떠난 그 주의 토요일, 나는 방문보고서도 작성하고 방문 기간에 들어간 비용에 대한 회계정리를 하기 위해 타멜에 있는 칼디 카페에 갔었다. 집에서는 늘어지기가 쉬워서, 카푸치노 한잔과 함께 바람도 쐴 겸 시내에 나갔던 것이다. 혼자 앉아서 한창 보고서를 쓰고 있는데, 여느 때처럼 한국인 활동가들이 카페에 왔다. 너무나도 평화롭게 앉아있던 나를 보고, 오늘 아침에 도비갓 성당(카트만두의 유일한 천주교 성당)에서 폭탄테러가 났다는데 알고 있느냐고 물었다. 내가 불과 두 달 전까지도 수녀님 댁에서 살았다는 것을 알았던 활동가들이 내게 수녀님들이 무사한지 알아보라고 했다.

 그 이야기를 듣는 순간, 사지에 힘이 풀리고 온몸이 떨리기 시작했다. 너무 무섭고 수녀님들 생각에 막 눈물이 나고 걱정이 되기 시작했다. 얘기를 듣자마자 수녀께 전화를 드렸지만, 통화는 바로 되지 않았고, 한두 시간이 지나서야 집에 잠시 들른 작은 수녀님과 통화가 되었다. 큰 수녀님께서 조금 다치셔서 노르빅 병원 응급실에 계신다고 했다. 그 길로 나는 택시를 타고 병원으로 급히 갔다. 큰 수녀님은 등에 폭탄 파편을 맞아 타박상을 입으시고 귀도 다치셨다고 했다. 그 모습을 보고 놀라고 안타까운 마음에 눈물을 글썽이는 나에게 큰 수녀님께서는 도리어 괜찮다며 독한 항생제를 먹어서 당장 어지러워 그렇지, 많이 다치지는 않았다고 말씀하시며 나에게 걱정 말라며 오히려 나를 위로해 주셨다.

병원에서 나는 수녀님께서 치료를 다 받으실 때까지 기다렸다가 수녀님이 집으로 가실 때 따라갔었다. 다치신 큰 수녀님과 누구보다도 많이 놀라셨을 작은 수녀님께서 집에 잘 계시는 걸 보고 나는 혼자 집으로 돌아왔다. 그날의 충격은 꽤나 오래 갔던 것 같다. 불과 한두 달 전에 내가 살던 동네에서 발생한 사고에다가, 내가 의지하고 지내는 가까운 지인이신 수녀님께서 다치신 걸 직접 보아서 충격이 더 컸다. 그때 나는 그냥 다 그만두고 한국으로 돌아가고 싶은 마음까지 생겼고 엄마 아빠가 너무너무 보고 싶어졌다. 혼자 있을 때면 두려움에 자꾸만 눈물이 나기도 하고, 밤에는 무서워서 잠도 잘 들지 못했다.

그 날의 폭탄테러의 자세한 경위는 이러했다. 2009년 5월 23일 토요일 오전 9시 15분경, 현지인 대상 미사가 한창 진행되고 있던 중에 도비갓 성당에서 폭탄이 터졌다. 현장에 계셨던 수녀님의 말씀으로는 성당 바닥에서 폭탄이 터졌고, 한 곳이 아니라 여러 군데에 폭탄이 설치되었던 것으로 추정된다고 하셨다. 토요일 오전 미사는 네팔 현지인을 대상으로 하는 것이라 대부분의 희생자들이 네팔인이었다. 테러 발생 이후 현지 뉴스에 따르면, 힌두교 강경파의 지시를 받은 힌두교인 여자가 폭탄을 투척한 사고였다고 했다. 이 사고로 현장에서 네팔인 2명이 사망했고, 수십 명이 중상을 입고 인근의 알카 병원과 파탄병원으로 이송되어 치료를 받았다고 한다.

폭탄테러를 통해 인도처럼 네팔에서도 힌두교 사회의 크리스천에 대한 반감이 크다는 것을 볼 수 있었고, 외래종교나 문화에 대한 반감이 표출된 것이 아닐까 생각을 했다. 장기 내전이 끝나 왕정이 몰락하고 공화정이 들어선 뒤 네팔에 들어간 나는 사회가 많이 어수선했음에도 그곳에서 살다 보니 어느덧 적응해서 안전불감증에 사로잡혀 있었다. 긴장감을 좀 놓으려던 순간에 터진 그 큰 사건을 보면서, 나는 다시금 마음을 단단히 조여 매었다. 그리고 결코 내가 안전한 곳에 사는 것이 아니라는 것을 실감하고, 그때부터 나도 언제고 크게 다치거나 죽을 수 있을 거라는 생각이 처음으로 현실감 있게 다가왔다. 내게 소중한 것이 무엇인지, 먼 타국에서 홀로 죽는다면 나는 어떠한 말을 남기고 가야 할 것인지, 다시 보지 못하면 정말 보고 싶을 사람이 누구일지를 생각하면서 가슴이 철렁 내려앉았다. 그러나 이 무서운 폭탄테러가 삶에 대해서 다시 고민해 볼 수 있는 계기가 되었던 건 분명하다.

고요하지만 치열한 그곳,

네팔에서 상상하다

🎭 나를 웃게 만드는 일

 긴급구호 활동가이자 오지 여행가인 한비야 씨가 자신이 하는 일이 그녀의 '가슴을 뛰게 만드는 일'이라고 하는 것을 들은 적이 있다. 네팔에서 처음 그녀의 말을 들었을 때는 나의 가슴도 함께 뛰었던 기억이 있다. 그러나 그때 나의 현실을 둘러보니, 나의 처지는 그렇게 낭만적이지 않았다. 네팔에서 국제개발활동가로 살아간다는 것이 내게는 가슴을 뛰게 할 만큼 설렐 수 없었다. 혼자서 모든 일을 책임지고 진행한다는 것이 늘 버거웠기에, 솔직히 나의 가슴은 미처 뛸 여유가 없었다. 그럼에도 내가 네팔에서 주저앉아버리고 싶을 때마다 다시 일어설 수 있었던 건 나의 일이 항상 나를 웃게 만들어주었기 때문이다.

 내가 네팔을 떠나기 전에도, 네팔에 있는 동안에도, 그리고 돌아온 지금까지도 가장 많이 듣는 질문은 네팔에 간 이유에 관련된 것이다. 솔직히 말하자면, 네팔로 떠나기 전에 나의 가슴 속에는 희망만 가득했을 뿐이다. 그런 나의 심정을 가장 잘 표현한 글이 내가 지구촌공생회 회보에 입사 신고용 인사말로 적은 것이다. 그 당시에는 너무 감상적이라며 수정요구를 받아 결국 실리지는 못했지만, 희망에 가득했던 순수한 나의 동기가 담겨있어서 여기에 남겨본다.

> 모든 생각과 감성들이 내게로, 내게로만 향하던 어느 날… 나의 고요함이 세
> 상의 소란스러움을 잠재울 수도 있을 거라는 희망을 보았고, 네팔은 이러한 나의
> 희망을 옮겨 심을 첫 번째 나라가 되었다. 나는 벌써부터 히말라야의 사람들로부
> 터 배울 순수함과 여유로움에 설렌다. 그러나 아마도 나의 희망심기 프로젝트는
> 네팔 사람들이 내게 무한한 희망을 주는 프로젝트가 되어 돌아올 것이다. 그곳
> 에서의 1년 동안 나의 배움이 네팔 현지인에게 모두 전해질 수 있기를 희망한다.

무식하면 용감하다고 하는데, 내가 딱 그런 경우였다. 별로 특별한 것이
없었던 내가 네팔에 갈 수 있었던 것은 그 무모한 용기와 가슴에 가득 찬
희망 덕분이었다. 하지만 이상과 현실의 차이는 어마어마하게 컸다. 내가 희
망을 전하기에는 내가 너무나도 가진 것이 없었고 무능력하게만 느껴졌다.
하지만 지역조사를 하는 동안 방문한 학교들에서, 그리고 차도 다니지 않는
오지의 한 마을에서 나는 수많은 네팔의 아동들을 만났다. 그 아이들의 눈
은 정말 맑고 빛났으며 그 눈 속에는 희망이 담겨있었다. 찬란하게 빛나던
그 희망이 마침내 나를 웃게 만들었다. 가난한 사람들을 도와야 한다는 강
박관념과 후원자를 대리한다는 부담감은 그 희망 속에 녹아들었다. 네팔에
서 돌아오는 마지막 날까지 나는 편하게 머리를 쭉 뻗고 자본 적이 없지만,
웃음도 잃어 본 적이 없었다. 해맑게 웃는 네팔 아이들을 위한 일은 언제나
나를 웃게 해주었기 때문이다.

누군가 내게 "왜 네팔에서 국제개발 자원활동가로 살았나요?"라고 묻는
다면, 이제 나는 자신 있게 웃으면서 대답할 것이다. "그 일은 **나를 웃게 만
들었거든요.**"

🎭 국제개발구호 활동가는 전문가인가?
아니면 봉사자인가?

대학을 졸업하고 나는 네팔에서 처음으로 사회생활이라는 걸 시작했다. 그때 나는 국제개발의 'ㄱ'자도 모르면서, 그저 오래전부터 꿈꾸었던 해외 봉사를 할 수 있게 되었다는 기대감에 들떠 너무도 쉽게 홀로 네팔 땅을 밟았다.

충분한 시간을 가지고 공부하고 준비를 해도, 개발도상국에서 일을 한다는 것은 상상하는 것 이상으로 어려운 일이다. 그런데 나는 네팔에 대한 풍부한 지식도 국제개발에 대한 충분한 이해도 없이 홀로 네팔에 학교를 짓겠다고 나섰다. 젊음의 치기라고 하기에는 무모한 용기였고 과한 열정이었다.

네팔에 도착한 나는 머리와 가슴이 하얀 A4 용지처럼 깨끗하게 비워져 있었기에 오히려 뭐든 쉽고 빠르게 흡수하고 배워나갔다. 그때 나는 마치 다른 사람의 삶을 사는 것처럼 완전히 나를 버리고 또 버리며 새로운 세상에 적응해갔다. 하지만 깊은 이해 없이 시작한 일은 얼마 지나지 않아 내게 끊임없는 고민을 던져 주었다. 그중에서도 내가 누구를 위해서 일을 하고 있는가 하는 질문은 항상 나를 괴롭혔다.

　국제개발구호 엔지오의 프로젝트 매니저라는 자격으로 네팔에 파견되었음에도, 처음 몇 개월 동안 나는 스스로를 가난한 사람들을 돕는 봉사자라고만 단순하게 정의 내렸다. 이렇게 무지하고 부족한 생각을 버리는 데에는 상당한 시간이 걸렸고, 그 시간 동안 나는 성장통을 겪듯 몸도 마음도 많이 아팠다. 또한, 내가 받는 활동비라는 것이 후원자들의 정성이라는 생각에 나는 단 한 순간도 마음 편하게 지낼 수가 없었다. 어떤 일을 하든 간에 쉬는 날이 있는데도, 나는 부담감과 책임감으로 쉬는 것조차도 사치로만 느꼈다. 이처럼 자신의 일과 자리에 대한 이해부족은 나를 끊임없이 채찍질하게만 만들었다. 팽팽한 고무줄도 결국에는 끊어지듯, 나는 일은 진척시키지 못하면서 일에 대한 자신감마저도 잃어 갔다.

　3개월가량이 지나면서 나는 서서히 네팔에 정착할 수 있었지만, 프로젝트의 방향조차 잡지 못한 채 그야말로 고통스러운 나날들을 보내고 있었다. 그때 타 기관 방문에서 만난 한 선교사님께서 나에게 진심 어린 따뜻한 말 한마디를 해주셨다. "우리가 하는 일은 사람을 위한 일이에요. 그리고 많은 사람의 후원으로 가능한 일이죠. 하지만 가장 중요한 것은 그 일을 하는 사람이 나라는 것을 잊으면 안 돼요. 일 할 때를 제외하고는 오로지 나만을 위한 시간을 가지면서 재충전해야만 그 일을 제대로 해낼 수가 있어요. 쉬는 것에 대한 죄책감은 버리세요. 내가 지치지 않을 때, 아이디어도 나오고 일을 진행할 힘도 나오거든요." 이 말을 들으면서 나는 정말 울 뻔했다. 그동안 혼자서 마음고생 했던 것을 한 번에 위로 받았다고나 할까? 그분의 말씀은 나의 가슴을 울렸고 그때부터 나는 편하게 쉬면서도 일하는 법을 터득해갔다.

　다행히 나는 숨을 쉬는 순간에도 일을 해야 한다는 부담감에서는 조금 벗어났지만, 혼자 밑바닥부터 프로젝트를 만들어 나가는 일은 두려운 과정이기도 했다. 매일 밤 나는 내일을 고민하느라 제대로 잠을 잘 수도 없었다. '내일은 어떤 계획을 가지고 집을 나서야 할까? 또 다른 내일은 누구를 만나서 도움을 요청해야 할까? 어느 기관을 방문해야 할까?' 본격적으로 첫 번째 프로젝트가 시작되기 전까지 1년간, 나는 이러한 막막함과 매일 사투를 벌여야 했다. 하지만 매일 다른 사람들을 만나고 다른 기관들을 방문하고, 다른 장소를 가게 되는 일은 설레는 일이기도 했다. 나 스스로 계획을 짜고 그 계획에 따라 일을 진행하는 것이 신나기도 했으니 말이다.

내가 누구인가에 대한 답을 찾아가며, 나는 일에 대한 자부심도 놓치지 않고 지치지 않을 수 있었다. 나는 네팔의 가난한 사람을 돕는 봉사자가 아니었다. 나는 한국 후원자들의 따뜻한 마음과 정성을 효과적으로 전달하는 중간자였으며, 동정심을 뛰어넘어 프로젝트가 현지인들에게 끼칠 영향력까지도 생각해야 하는 국제개발현장 활동가였다. 이런 일에 봉사자라는 생각만으로 희생을 강요하거나 당연하다고 생각한다면, 활동가는 프로젝트를 계획하고 진행하는 데에 어려움을 겪게 될 것이다. 나도 스스로가 규정한 희생에 대한 생각 때문에 프로젝트를 시작하기도 전에 지쳐버렸었다.

국제개발구호 활동은 후원자와 수혜자 모두를 위한 일이며 정말 프로답게 전문적으로 접근해야 한다. 2년간의 시행착오를 겪은 후에야 비로소 나는 국제개발구호의 전문성이 얼마나 중요한지를 깨달았다. 하지만 내가 보는 한국사회에서는 아직도 '가난한 자에게 베푸는 일'이라는 생각에서 크게 나아가지 못하고 있다. 그러다 보니 일의 영향력을 제대로 인식하지 못하고 프로젝트를 시작하는 경우가 많았다. 또한, 현장에서 일하는 사람들의 전문성을 제대로 평가하지 못하다 보니 전문가 양성이나 그들에 대한 대우에도 인색했던 것이 사실이다.

나는 나와 같은 길을 가고자 하는 후배들이 나와 같은 시행착오는 겪지 않았으면 한다. 그 어려움 속에서 분명 나는 배우고 성장했다. 하지만 예산의 규모나 프로젝트의 영향력을 고려할 때, 계속해서 이와 같은 시행착오가 반복되는 것은 결코 바람직하지 않다. 후배들 스스로가 국제개발구호에 대한 자부심과 제대로 된 지식을 갖추어야 할 것이며, 그들이 바로 배우고 인정받을 수 있는 사회적 분위기가 만들어져야 한다. 그 시작은 국제개발구호 조직을 이끌어가는 선배님들이 해외 활동가들을 진심으로 이해하고, 그들이 전문가로서 일을 할 수 있는 장을 만들어 줄 때 가능할 것이다.

🎭 한국사회가 국제개발에 대처하는 자세

- 1. 지금 국제개발현장은 속도전쟁 중

대학에서 나의 전공은 국제개발과는 다소 동떨어진 정치외교학이었다. 네팔에 가기 전, 나는 국내사회단체에서 운영하는 방과후공부방에서 봉사를 한 것이 유일했다. 현장 경험이라고는 네팔이라는 한 국가에서 보낸 2년에 불과한 내가 한국국제개발 현장의 문제점을 지적한다는 것은 당연히 주제넘은 일이다. 다만 나는 어린아이가 처음 집 밖을 나서며 가지게 되는 호기심처럼, 처음으로 국제개발 현장에서 일하면서 느꼈던 부분들을 많은 이들과 나누고 싶었다. 그리고 앞으로 이 일을 하고 싶어하는 후배들이 나만큼은 무지하지 않고, 국제개발 현장의 리더들이 더 나은 방향으로 이끌어주기를 바라는 마음이 전부이다. 나는 이론과 실천을, 그리고 일의 가치관도 동시에 배워가면서 가장 밑바닥에서부터 국제개발 일을 시작했다. 너무나도 부족한 내가 누군가를 비판한다거나 평가하겠다는 것이 아니라 나의 뼈아픈 경험을 함께 나누었으면 하는 바람뿐이다.

'빨리빨리'는 외국인 근로자들이 한국에서 와서 가장 먼저 배우는 말 중에 하나라고 한다. 그리고 '졸속행정'의 문제점은 하루가 멀다 하고 신문과 지상파 뉴스에 나온다. 이런 조급함과 성급함은 한국사회에 만연한 문제이기도 하지만, 국제개발의 현장에서도 늘 발생하는 문제의 핵심요인이다. 이미 많은 부분에서 시스템이 갖추어진 한국 사무실과 의사소통을 하고, 빠른 시일 내에 결과물이 나오기를 바라는 그들에 맞추며 일을 하는 것은 무척이나 힘든 일이었다. 네팔에서 나는 마치 황새를 쫓으려다 가랑이가 찢어진 뱁새 같았다. 사회 시스템도, 행정도, 생활 문화도 다소 느린 개도국의 상황에 맞추며 일을 하다 보면 일의 진척을 볼 수 없는 것도 사실이지만, 한국의 방식과 속도를 따라 일을 하는 것도 거의 불가능에 가깝다.

시작부터 마무리까지 빠른 시일 내에 일을 진행하려다 보면, 현장에서 본의 아니게 간과되는 부분들이 많이 생기게 마련이다. 급하게 일을 시작하다 보면 개도국 현지의 문화나 사정에 대한 충분한 이해가 부족하게 된다. 급하게 먹는 밥이 체하듯, 성급한 프로젝트는 진행 도중에 더 많은 난관에 봉착할 수밖에 없다. 최악의 상황에는 현지인들의 방해로 일이 중단될 수도 있다. 현지 사정을 충분히 고려하지 못한 계획은 틀어지기 일쑤고, 현지인들을 위한다면서도 그들의 의견이 배제된 프로젝트는 환영받지 못하게 되는 것이다.

나의 경우에도 이와 비슷한 상황에 빠진 적이 있었다. 첫 번째 프로젝트 대상지가 선정된 이후, 나는 현지 마을과 학교 당사자들과 충분한 협의를 거치지 않은 상황에서 일을 시작했다. 학교 설계도가 이미 나온 상황에서, 학교 측에서는 교실 수를 줄이더라도 사이즈가 큰 교실을 원한다고 했다. 나는 시공업자에게 사정사정하며 개인적으로 부탁을 해서야 추가비용을 들이지 않고 견적과 설계도를 변경할 수 있었다. 그 이후에도 학교 측에서는 사소한 이유로 공사를 중단시키기 일쑤였고, 나는 그때마다 4시간이나 걸리는 먼 길을 달려가 학교 측과 대화를 하고 공사를 재개시켰다. 사전에 충분한 대화를 거쳤더라도 프로젝트를 진행하면서 의견 차이가 생기기 마련인데, 충분한 상호이해 없이 시작된 프로젝트는 더 많은 의견 차이를 보일 수밖에 없었다.

우리의 속도전은 프로젝트 진행 중에도 그리고 마무리가 될 때에도 끝나지 않는다. 개도국에서는 늘 예측 불가한 다양한 변수가 발생해서 프로젝트를 방해하는 경우가 허다하다. 내가 네팔에 있는 동안에도 예외는 아니었다. 가장 빈번하게 나의 일을 방해한 건 번다(파업)였다. 흔히 우리가 생각하는 파업과는 달리 네팔에서는 닫는다는 의미의 '번다'라는 단어를 사칭한 파업이다. 가끔은 몇 시간 동안 일부 도로만 통제하기도 하지만, 심한 경우에는 일주일이 넘도록 모든 차량 이동을 막고 모든 관공서와 가게들까지도 문을 닫도록 한다.

일상생활까지 중단되는 상황이기에 학교를 짓는 프로젝트도 그 기간 중단될 수밖에 없었다. 정치적인 요인 외에 자연 환경적인 요인으로 일이 더디어지기도 했다. 학교 공사가 시작된 지 한 달이 겨우 지났을 무렵에는 마을의 우물이 말라버려 벽돌을 쌓아 올릴 수가 없었다. 윗마을에 겨우 부탁해 물을 끌어왔지만, 두 달이 지난 후에는 우기가 예년보다 빨리 와서 학교로 가는 도로가 유실되기도 했고, 그로 인해 보름이 넘도록 학교로 자재운반을 하지 못해 프로젝트가 또 중단되었다. 프로젝트 진행보고서를 쓰면서, 예상 불가에 통제 불능이 상황들 속에서 나는 능력 없이 변명만 늘어놓는 사람이 되는 것 같아 괴로웠고 무력함에 지치기도 했다.

그나마 계속되는 시행착오 속에서 감사했던 것은 혼자서 방방 뛰어다니는 나를 학교 사람들이 잘 알고 이해해 주었다는 것이다. 한국에서 들려오는 재촉의 목소리에도 너그러이 나를 감싸 안아주던 현지인들 덕분에 나만의 속도로 고집스럽게 프로젝트를 진행할 수 있었다. 점차 시간이 지나면서 지구촌공생회 국내 사무국 식구들도 이해하려 애썼다는 것을 잘 알기에 감사한 마음을 늘 잊지는 않는다. 나는 항상 한국의 사회 시스템과 정해진 룰을 잃지 않으려고 애를 썼고, 그것들을 무시해서는 안 된다는 것을 잘 알고 있었다. 하지만 현장 경험자로서 한국이 일을 하고자 하는 나라의 상황을 고려하고, 그 사회를 이해하려고 노력도 함께 기울였으면 한다. 더 이상의 속도전쟁은 끝내고, 현지인들이 행복하고 자연스럽게 받아들일 수 있는 결과물을 만들어내는 방향으로 개발 프로젝트가 계획될 수 있기 바란다.

🎎 한국사회가 국제개발에 대처하는 자세

- 2. 불쌍하니깐, 그리고 가난하니깐… 돕는다?

여러분은 왜 사람들이 어려운 사람들에게 베푼다고 생각하는가? 아마도 아직까지는 많은 사람들이 '불쌍하니깐 돕는 거 아니겠어?'라고 대답할 것이다. 분명 이러한 동정심은 타인을 이해하고 사랑하는 출발점이 될 수 있지만, 그 정도가 지나치면 감상에 젖어 자기중심적 베풂에 머물 게 될 공산이 크다. 나보다 어려운 이들을 도우려는 마음을 내는 것은 정말 대단한 일이고 감사해야 할 일이다. 하지만 도움을 받을 사람보다 도움을 주는 내가 우선이 된다면 그 일이 아무리 훌륭할지라도 그 효과는 반감될 수밖에 없다.

당신이 화성이나 금성에서 지구로 잠시 놀러 온 우주인이 아니라면, 도움을 주는 자나 도움을 받는 자 모두 똑같은 지구인이라는 것을 알 것이다. 존 그레이의 책『화성에서 온 남자 금성에서 온 여자』때문에 헷갈리지는 말자. (사실 여자도 남자도 다 같은 지구인이다.) 지구 안에서 함께 숨 쉬고 있다는 것만으로도 모든 지구인은 존재가치가 있지 않을까? 나는 국내든 국외든 어려운 사람들을 도울 때, 그 마음은 동정심이 아닌 지구인이라는 연대의식에서 출발하기를 바란다. 그렇게만 된다면 지구 상에서 일어나는 많은 일들에 대해 남의 집 불구경하듯 대할 수는 없을 것이다. 아프리카 오지에서 깨끗하게 마실 물이 없어 죽은 아동을 보면서, 내가 물을 아끼지 않고 마구 사용했기 때문에 그 아동이 죽었겠다는 생각도 할 수 있지 않을까?

가난하니까 돕는다. 가난한 사람들을 도와야 한다는 건 맞는 말이다. 하지만 이 말 속에는 배고픈 자에게 배만 불려주면 된다는 단순한 논리에 빠질 위험도 있다. 그러다 보면 현지의 전통이나 문화는 무시한 채, 우리의 기준에 알맞은 도움만을 주게 될 수도 있다. 우리는 흔히 가난한 나라인 개도국을 떠올리면서 모든 면에서 우리보다 열등하다고 생각하는 경향이 짙다. 하지만 우리도 50년 전에는 그들보다 가난했었다는 걸 기억하자. 경제적으로 발전이 더디거나 가난하다고 그들의 문화나 존재가치가 폄하될 수 있을까?

나는 국제개발현장에서 현지인을 폄하하는 광경을 많이 보았다. 부끄럽지만 나 또한 현지에서 마주했던 수많은 어려움 앞에서 그러한 자세로 불평불만을 토로한 적이 많았다. 우리의 가치관과 시스템을 기준으로 개도국을 평가하고 수혜자들을 배려하지 않는다면, 결국에는 수혜자에게 도움을 주기는커녕 그들의 마음에 상처만을 남기고 말 것이다. 그들에게 우리가 도움을 주니까 그저 감사한 마음으로 받으라고 강요할 수는 없지 않은가? 나는 한국 사회가 지구인 연대의식을 가지고, 국제개발 혹은 구호 활동을 하는 나라에서 그들이 진정으로 필요로 하는 것을 줄 수 있는 단계로 성숙하기를 바란다. 우리가 단지 물질적으로 더 많은 것을 가졌기 때문에 그들과 나눌 수 있지, 인간적으로 월등한 것이 아니라는 것을 꼭 가슴에 담아두었으면 한다.

🎭 한국사회가 국제개발에 대처하는 자세
- 3. 우리는 불쌍한 아동만을 돕기를 원하는가?

　우리나라가 먹고살 만해진 이후로, 대한민국의 방송사들은 스타를 내세운 세계 구호 드라마 찍기에 수년째 열을 올리고 있다. 드라마의 배경이 되는 나라와 주인공은 참으로 다양하지만, 그 내용은 어쩌면 하나같이 똑같다. 눈물 없이는 볼 수 없는 스토리가 연속으로 방영된다. 찢어지도록 가난한 한 아동의 성장기가 등장하고, 현지를 방문한 스타들은 아동 옆에서 눈물을 흘리며 얘기를 듣는다. 그런 다음에는 어김없이 스타가 그를 위해 따뜻한 식사를 제공하는 모습이 나오며, 함께 다정한 시간을 보내는 모습이 아름다운 영상으로 그려진다. 슬픈 음악과 함께 흐르는 영상은 마치 한 편의 뮤직비디오 같기도 하고, 신파적 요소가 가득한 감동 드라마 한 편을 보는 것 같기도 하다.

　방송 관계자와 각종 기관의 홍보 담당자들은 이렇게 말을 한다. '슬프면 슬플수록 많은 사람들이 수화기를 들어 후원금을 낸다'고 말이다. 이런 게 방송의 생리라고 한다면 더 이상 할 말이 없지만, 나는 그들의 삶마저 장삿속으로 이용해야 하는 현실이 안타까웠다. 더욱이 모금 방송이 이러한 드라마를 찍기 위해 가난한 아동들을 고용하고 그들의 삶을 왜곡한다면, 그것마저 더 나은 방송을 위해서, 그리고 더 많이 모금하기 위해서라고 정당화할 수 있는 문제일까?

네팔에서 활동할 때의 일화를 하나 소개하고 싶다. 한 지상파 방송사에서 모금 프로그램을 촬영하기 위해 네팔에 온 적이 있었다. 그때 나는 부모가 없는 고아이면서 생계를 책임지느라 학교를 가지 못하는 10살 미만의 아동을 찾아달라는 부탁을 받았다. 처음 그 연락을 받았을 때, 나는 참으로 난감했다. 네팔에서 1년이 넘는 시간을 일을 하면서 살았지만, 그 모든 조건을 충족하는 아동을 찾는 일은 결코 쉽지 않았다. 나는 카트만두의 빈민촌이라는 곳은 다 찾아다니며, 아동들을 인터뷰했다. 그러다 인도 국경 지역에서 카트만두까지 넘어와, 벽돌을 깨며 생계를 이어나가는 사람들이 모여 사는 텐트촌에 갔다가 수상한 사람으로 몰려 쫓겨나기도 했었다.

그렇게 아동을 찾는 일에 어려움을 겪으면서 나는 나의 모든 인맥을 동원해서 '아동 찾기'에 다시 나섰다. 나는 나름 조건에 해당하는 아동들의 사진과 인적 정보를 취합해 파일로 만들어 두세 번 한국으로 보냈다. 그런데 매번 방송국 작가로부터 아동이 충분히 불쌍하지 않다는 핀잔을 들어야 했다. 처음 내가 느꼈던 난감함은 점차 분노로 바뀌어 가고 있었다. "아니, 더 불쌍한 아동을 찾으라니? 가난함과 불쌍함에도 등급이 있다는 말인가?"

나는 나의 분노를 하소연하고 도움을 요청하고자 네팔에서 10년 가까이 살고 있던 여행사 사장님께 위의 조건을 만족하는 아동을 어딜 가면 만날 수 있겠느냐고 물었다. 그때 그 사장님께서는 씨익 웃으시면서 "그런 아동이 없지는 않겠지만 정작 주변에서 찾기가 쉽지 않아서, 보통은 방송을 위해 아동을 섭외해서 사연을 부풀리거나 지어낸다."고 하셨다. 그 한 예로 히말라야에서 포터로 일을 하는 10대 미만의 아동을 촬영하기 위해서 실제로 트레킹 코스 마을에 사는 멀쩡한 아동을 섭외해서 자신의 몸무게보다도 무거운 짐을 지게 하고서 영상을 찍은 일화도 있었다고 한다. (포터란 산에서 산행 온 관광객을 위해서 대신 짐을 지고 돈을 버는 현지인을 일컫는 말로, 네팔에서 아동 포터는 법으로 금지되어 있다.) 한국 방송가에서는 그들만의 멋진 드라마를 찍기 위해 네팔의 법을 무시하고 아동의 삶과 인권도 짓밟았던 것이다. 이제 한국에서 개도국의 현실을 알리고 도움을 이끌어내는 일이 얼마나 왜곡되어있는지 알겠는가?

'닭이 먼저냐? 달걀이 먼저냐?'라는 말처럼 국제개발에 대한 비뚤어진 시선이 엔지오나 언론들이 시민들을 자극적인 이야기로 몰고 가는 것이 먼저인지, 아니면 아직도 적당히 슬픈 사연에 대해서는 수화기를 들지 못하는 우리들의 소극적인 태도가 먼저인지는 나도 정확히 모르겠다. 하지만 성급히 수화기를 들지 못할 정도로 신중한 우리네 소시민들에게 화살을 돌리기보다는 국제개발을 이끌어나가는 분들께서 개도국을 돕는 일의 가치와 방법을 제대로 알리는 게 우선이라는 생각이 든다. 당장의 모금이나 홍보에 급급하기보다는 장기적으로 시민들의 국제개발에 대한 인식을 바꾸는 일에도 노력을 한다면, 더 많은 모금이 오래도록 이어질 것이다. 다른 나라의 가난한 자들을 돕고 아픈 이들을 위해 나의 지갑을 여는 일은 지구인으로서 마땅한 우리의 의무라는 것을 잊지 말자.

🎭 한국사회가 국제개발에 대처하는 자세
- 4. A/S 정신이 부족한 개발현장

　쌍꺼풀 수술에도 A/S가 있다? 나의 오랜 친구인 깜찍 양은 또렷한 눈매를 만들고자 외꺼풀 눈을 몇 년 전에 살짝 집었다. 덕분에 더욱 깜찍해진 그녀에게는 살짝 집은 것이 도리어 문제가 되었다. 1년도 지나지 않아 그녀의 쌍꺼풀이 풀려버린 것이다. 그러자 그녀가 수술한 병원에서 무료로 재수술을 해주었다. 철저한 사후관리 서비스, 즉 A/S의 일종이었다. 그 이후로 깜찍이의 쌍꺼풀은 다시 풀리지 않고 예쁘게 자리하고 있다. 친절하고 책임감 있는 병원의 서비스에 감동한 나는 하마터면 내 양쪽 눈도 집을 뻔했다. 이처럼 요즘 우리는 사회 전방위에서 A/S가 이루어지고 있는 것을 본다. 게다가 A/S가 우리의 경제활동에서 중요한 선택조건으로 자리 잡은 지도 오래다. 그런데 이렇게 당연한 서비스 정신이 개발현장에서는 자주 실종되고 있는 것을 아는가?

　「먼 나라 가난한 나라」에서 찍은 휴먼 드라마는 방영과 동시에 ARS 모금을 하고, 이 후원금은 고이 모여 관련 기관으로 전달된다. 그런데 방송 후에는 방송국도, 관련 기관도 후원금이 어디에 어떻게 쓰이는지를 알리는 데에는 인색하다. 다시 말해, 사후 서비스가 제대로 이행되고 있는지를 도무지 알려줄 생각이 없어 보인다. 내가 네팔에서 촬영을 도왔던 모 방송사의 모금 프로그램도 A/S가 시의적절하지 못했다.

　방송 관련 아동의 인권과 필자인 나를 보호하기 위해 익명성을 전제로 그들의 부끄러운 행태를 제보한다. (기관명은 A 기관, 아동 이름은 네팔에서 가장 흔한 이름 중 하나인 마야로 하겠다.) 촬영이 이루어지기 전까지 모 방송사가 '아주 슬픈 드라마'를 만들기 위해서 얼마나 노력했는지는 '우리는 불쌍한 아동만을 돕기를 원하는가?'에서 충분히 설명했다. 방송이 나간 후에 모금은 수십억 원이 넘었을 정도로 성공적이었다고 전해 들었다. 그 엄청난 모금은 방송에 참여한 여러 기관에 배분되었고, 네팔 촬영을 주도한 A 기관에도 상당액이 전달되었다. 촬영하는 동안 A 기관은 네팔 현지 엔지오에게는 후속 사업을, 마야에게는 지속적인 지원을 하겠다고 약속했다. 하지만 모금은 A 기관의 계속해서 변경되는 내부 계획과 기나긴 결재 라인에 밀려 제때에 제대로 현장으로 돌아오지 못했다. 현지 엔지오는 후속 지원 사업에 대한 기대감과 마야에 대한 책임감으로 마야를 계속 돌보고 있었고, A 기관에서 급하게 요구하는 '마야 후원 경과보고서'로 곤란을 겪기도 했다. 마야를 위한 구체적인 지원방안도 없어 보이던 A 기관은 자사홍보를 위해 마야의 자필편지까지 요구했으니, A/S를 제공해야 할 A 기관이 도리어 A/S을 요구한 어처구니없는 상황이 되어 버린 것이다.

　현장에서 일하다 보면 한국의 현실이나 객관성을 깜박 잊게 되는 경우가 많은데, 이는 '현장의 오류'다. 내가 모 방송사와 A 기관의 행태를 비판적으로 봤던 것은 어쩌면 '현장의 오류'에 빠져있었기 때문인지도 모른다. 하지만 현지의 상황을 제대로 이해하지 못하거나 그럴 노력을 하지 못한다면, 이것 또한 큰일이다. 마야의 촬영 뒷이야기를 들어보면 왜 그런지 알 수 있을 것이다. 보통 방송에서 택하는 방식인 '한 명에게 몰아주기'는 위험천만한 일이다. 촬영을 진행하는 동안 아동은 그야말로 특별한 사람이 된다. 많은 선물을 받고 특별 대접을 받은 아동은 스스로 아주 특별한 사람이 된 줄 알고, 촬영이 끝난 이후에는 본인의 처지를 비관하거나 받아들이지 못하는 경우가 발생한다. 혹은 주변 또래 친구들로부터 부러움을 사서 촬영 팀이 떠난 후에 따돌림을 받게 되는 경우도 있다. 마야의 경우에는 따돌림을 받지는 않았지만, 되돌아온 현실에서 적응하지 못해 힘들어했다. 마야는 한국의 예쁜 여배우와 찍은 사진을 매일 손에 들고 자랑하며 다니느라 바빴고, 출산한 엄마를 돕는 일도 어린 동생을 돌보는 일도 뒷전이었다. 그리고 평소에 전혀 하지 않았던 불평불만을 늘어놓기도 했다. 집안 생계를 책임지느라 학교를 다니지 못했던 마야가 학교를 다시 나갈 수 있는 것은 잘된 일이었지만, 달라지지 않은 환경 속에서 다시 현실로 돌아오는 것은 고스란히 마야 혼자만의 몫이었다. 그나마 다행스럽게도 마야는 자신이 받은 것들에 대해서 고마움을 느끼고 점차 일상을 되찾고 학교에 다니면서 보통 아이들처럼 새로운 삶을 시작하게 되었다.

어려운 사람들을 돕고 그들의 이야기를 알리는 신성한 일에 A/S 정신을 운운해서 섭섭했는가? 하지만 마야의 사례는 아무리 좋은 의도에서 시작된 일이라도 현지인에게는 전혀 예상치 못한 상처를 줄 수도 있다는 것을 보여주었다. 마야와 같은 아동들을 촬영하고 그들에게 호의를 베푸는 일이 중요하지 않다는 말은 아니다. 하지만 이 모든 일들이 그들의 삶 속에서 어떻게 영향을 미치는지도 함께 고민되어야만 한다. 이제는 '보여주기에 급급하기'나 '성과 우선하기'보다는 실속 있고 부작용 없는 'A/S가 확실한 국제개발하기'로 거듭나야 한다.

🎙 펼쳐보지 못한 꿈
- 지구촌공생회 해외사업발굴 공모전

　내가 입사한 시점부터 지구촌공생회는 규모가 두 배 넘게 성장을 했다. 그 여정에 해외 지부 활동가들의 사기도 올리고, 아이디어 공모를 통해 새로운 사업도 구상하기 위해 지구촌공생회 한국 본부는 '2010 사업계획 발굴공모'를 추진했다. 1등에게는 300$, 2등에게는 200$, 3등에게는 100$라는 상금까지 내걸었는데, 당시 나의 한 달 활동비가 600$이었던 것을 감안하면 이는 아주 파격적인 액수였다.

　솔직히 나는 처음 상금에 욕심이 나서 아이디어 고민을 시작했지만, 시간이 지날수록 새로이 시작하게 될 '청소년센터'와 첫 프로젝트 대상지인 스리시데솔 공립학교를 연계할 수 있는 프로그램을 만들면 좋겠다는 생각을 했다. 소위 말하는 하드웨어형 프로젝트만 진행했었으므로, 이제는 실질적으로 지역주민과 학생들과 접촉하면서 호흡할 수 있는 소프트웨어형 프로젝트를 하고 싶다는 생각이 들 무렵이었고, 기왕이면 우리가 가지고 있는 자원을 다 활용할 수 있는 방법을 모색하고 싶기도 했다. 청소년센터 설립 제안서를 쓰는 동안에도, 본격적으로 설립을 준비하는 동안에도… 나는 청소년센터 안을 어떤 프로그램들로 채울 수 있을까에 대해서 많은 생각을 했었다. 기본적으로 진행하기로 결정된 한국어 교실이나 재봉틀 교실 외에, 아이들과 청소년들과 함께 재미있고 새로운 프로그램을 개발해서 진행하면 좋겠다 싶었다. 그 생각의 연속에서 나는 미술 교실과 독서 교실을 떠올렸다. 미술 교실은 미술에 재능이나 경험이 있는 교사가 꼭 필요해서 당장 진행하기에는 어려울 것 같았지만, 독서 교실은 도서관이 들어설 센터 안에서 보다 쉽게 시작을 할 수 있겠다 싶었다. 그래서 나는 독서 교실로 우선 컨셉트를 잡고, '희망 독서 교실과 희망 독서 클럽'이라는 결합 프로그램을 생각해 내었고, 그 자세한 내용과 공모전에 낸 사업 계획서는 아래에서 간략하게 적어둔다(예산 계획은 생략했음). 당시 나는 스리 시데숄 공립학교 준공을 앞두고 학교 점검과 보고서를 쓰느라 매일이 바빠서, 공모전 마감일을 며칠 넘기고서야 사업 계획안을 대략적으로 완성해서 낼 수 있었다. 마감날짜를 지키지 못했으니, 내 사업 아이디어는 당연히 당선되지는 못했다. 좀 더 부지런을 떨었으면 좋았을 거라는 아쉬움이 들기는 했지만, 내가 하고 싶은 사업을 상상하고 구체화하는 과정만으로도 나는 충분히 행복할 수 있었다.

I. 사업 개요

1. 사업명
- 희망 독서 교실과 희망 독서 클럽

2. 사업대상국가 및 지역
　① 대상 국가: 네팔

② 대상 지역: 카트만두, 다딩 널렁 마을 (청소년센터 인근의 공립학교, 다
딩: 교육사업 대상 스리 시데솔 공립학교)

3. 사업분야

교육: 교육 프로그램 개발

4. 사업목표

① 빈곤계층 청소년들에게 독서의 중요성을 알리고, 독서습관을 기르도록
한다.

② 독서교육을 통하여 인문교양을 함양시키며, 폭넓은 사고를 하도록 돕는다.

③ MDG 목표(UN 새천년 개발목표): 희망 독서 교실은 유엔 새천년 개발
목표의 두 번째 항목인 보편적 초등교육 달성과 세 번째 항목인 남녀평등
및 여성능력 고양을 성취하기 위한, 직접적인 프로젝트는 아니나 보편적
인 독서교육을 통하여 초등교육의 내실을 기할 수 있으며 학생들에게 남
녀평등의 가치관도 장기적으로 심어줄 수 있을 것이다.

5. 기대효과

① 독서의 기회가 부족한 네팔의 청소년들 중에서도 사회·문화적으로 소외
당하는 학생들에게 독서교육을 제공하여, 그들의 독서습관 형성뿐만 아
니라 지적 수준도 향상하는 효과를 낳을 것이다.

② 독서 클럽의 여학생들이 그들의 배움을 시골의 초등학생들에게 전달하
는 과정을 통해서 시골의 아동들도 독서의 즐거움을 알게 되고 독서의
중요성을 깨닫게 될 것이다.

③ 프로그램 대상자인 20명의 여학생들이 시골의 아동들에게 베푸는 과정

을 통해 나누는 삶의 기쁨과 중요성도 배우게 될 것이다.

6. 사업내용

① 카트만두의 공립학교 '+2과정'의 여학생을 20명 선발하여, 희망 독서 클럽을 만든다. 독서 클럽의 모든 활동은 카트만두 보우더에 위치한 '공생 청소년센터'에서 이루어진다.

② 독서 클럽에서는 선발된 학생들에게 독서와 관련 기본교육을 처음 한 달 동안 실시한다. 이후 다딩 널렁 마을의 스리 시데숄 공립학교에 가서 한 달에 두 번씩 독서 교실을 진행한다.

③ 스리 시데숄 공립학교에서는 한 달에 두 번씩 초등학생을 대상으로 한 독서 교실을 연다. 독서 교실은 독서 클럽의 여학생 2명이 한 조가 되어, 학년별로 독서 교실을 따로 진행한다.

7. 수혜자

- 다딩 스리 시데숄 공립학교의 초등학생과 카트만두 '+2과정 여학생'

8. 사업 기간 (총 사업 기간)

- 1년(사업종료 후 평가결과가 긍정적일 경우 동일한 사이클로 해마다 사업수행이 가능할 것)

II. 사업계획 배경 및 경위

1. 사업추진 배경

네팔의 시골 아이들에게 책이라는 것은 교과서 이외에는 접하기 어려운 물건과 같으며, 대부분의 학교나 마을에 공공 도서관이 거의 없다. 그러나 도서관을 만드는 일은 시급하고 필요한 일이지만, 시간과 예산이 많이 드는 일이기도 하다. 또한, 도서관을 어떻게 지속적으로 이용할 것인가 하는 문제가 항상 뒤따른다. 한 예로, 'Room to Read'에서 지원하여 설립된 공립학교의 도서관들이 만들어진 이후에 제대로 운영이 되지 못하는 경우가 빈번하게 목격되었다. 이에 네팔의 어린이부터 청소년에 이르는 학생들에게 도서관을 만들어주는 것도 중요하지만, 독서를 경험하고 그 경험을 통해 독서의 즐거움과 중요성을 느낄 수 있도록 해주는 것이 근원적으로 변화를 이끌어내는 일이 될 것이다.

독서는 여러 측면에서 네팔의 아동과 청소년들에게 이로움을 가져다줄 것이다. 첫째, 정보와 지식의 습득을 통해 그동안 접해보지 못한 세상에 대한 경험과 이해를 도와줄 것이다. 이는 다양한 경험과 배움이 부족한 네팔의 학생들에게 독서가 꼭 필요한 이유이기도 하다. 둘째, 다양성이 제한된 네팔의 교육여건에서 학생들은 독서를 통해 상상력과 창의력, 논리력과 판단력을 키울 수 있을 것이다. 마지막으로, 교훈과 감동이 있는 책을 통하여 학생들의 정서를 순화시키고, 공공의식이 부족한 네팔 학생들에게 공동체 의식도 길러줄 수 있을 것이다.

2. 사업대상지 현황

- 스리 시데솔 공립학교: Nalang-5, Dhading District에 있으며, 인구

3,000여 명이 거주하고 있는 마을에 있는 학교이다. 네팔의 전 지역에서 독서교육이 필요하지만, 이전의 프로젝트를 진행하면서 관계를 맺은 학교에서 사업을 시작한다면 초기 시행착오를 줄일 수 있을 것이다. 또한, 청소년센터 인근에서 사업을 진행한다면, 센터의 자료를 동시에 사용할 수 있고 진행에서부터 모니터링의 모든 과정이 수시로 이루어질 수 있을 것이다.

- 공생 청소년 도서관: 카트만두 외곽인 보우더 지역에 있으며, 주변에 초등학교부터 고등학교까지 큰 규모의 공립학교가 다섯 군데 넘게 있다. 도시 빈민이 많이 거주하고 있는 지역이다. 도서관이 없는 학교에 다니는 학생들은 그만큼 책에 대한 접근성이 떨어지며, 공립학교를 다닌다는 것은 그들이 경제적으로 여유가 없다는 것을 의미한다. 즉, 도서관이 없는 공립학교를 다니는 학생들은 학교를 통해서건 가정을 통해서건 독서의 기회를 제대로 부여받지 못하고 있다는 것을 충분히 예상할 수 있다.

3. 사업추진환경

- 공생 청소년센터에 도서관과 강의용 교실이 확보될 것이므로, 청소년센터를 기점으로 독서 클럽을 운영할 수 있을 것이며, 지방에서 진행할 독서 교실을 준비하는 것에도 문제가 없을 것임.
- 기타 지역 환경 자료는 이미 지구촌공생회가 사업을 진행하였거나 시작할 지역이므로, 관련 보고서에 충분히 설명되어 있음.
- 스리 시데솔 공립학교의 경우에는 이미 관계를 맺어놓은 지역이므로, 해당 사업을 수행함에 있어 대상자의 참여를 이끌어내는 것에 어려움이 없을 것임.

IV. 사업 추진계획

1. 평가 및 모니터링 계획

– 독서클럽

① 독서 클럽에 참여하는 여학생들의 출석률을 평가한다.

② 학생들의 프로그램에 대한 참여도를 평가한다.

③ 여학생들의 만족도를 조사한다. (매월)

④ 독서 클럽을 통한 긍정적인 변화나 여학생들의 발전 정도를 평가한다.

(프로젝트 매니저, 프로그램 담당자, 독서 클럽의 모든 참가자들이 모여서 자연스러운 토론을 함. 이 토론을 통하여 각자의 변화된 부분들을 알아낼 수 있으며, 프로그램의 개선점을 찾아낼 수 있을 것임.)

– 독서교실

① 수혜자인 스리 시데숄 초등학생들을 상대로 만족도 조사를 한다. (1/3개월)

② 교사로 활동한 독서 클럽 여학생들이 독서 교실을 할 때마다, 프로그램 종료 이후 독서 클럽 활동시간 중에 자체 평가를 실시한다. (1/1개월)

2. 홍보계획

– 청소년센터 인근의 모든 공립학교에 협조를 구하여, 독서 클럽의 취지를 알릴 것.

– 독서 클럽의 활동내용을 홍보하는 전단지를 만들어 협조를 구한 학교에 부착하고, 독서 클럽에 참여할 여학생들을 공고할 것.

– 교육 프로젝트를 진행하는 네팔 로컬 엔지오들과 지역 교육청에 전단지와 함께 공식 레터를 써서 함께 송부할 것.

– 스리 시데숄 공립학교의 경우에도 학교를 통해 간접적으로 홍보하고, 프로그램을 운영하면서 마을 사람들이나 학교 전체 학생들이 참관할 수 있는 행사를 마련하여 홍보 효과를 높일 것.

3. 지원종료 후 자립운영계획

사업을 진행하는 모든 과정에 교사를 참여시킴으로써 교사가 향후 프로그램을 운영할 수 있도록 역량을 강화시킨다. 또한, 프로그램에 운영했던 책과 자료들을 학교 측에 전달하여 지속적으로 학교에서 프로그램을 운영할 수 있도록 인프라를 구축해 준다.

V. 사업 프로그램 운영계획안

1. 독서 클럽

1) 대상: 11~12학년 여학생

2) 지역: 카트만두 청소년센터 인근 공립학교

3) 횟수: 일주일에 두 번

– 일주일 동안 두 번의 독서 클럽 모임을 가지는데, 한 번은 여학생들을 위한 독서 프로그램을 진행한다.

– 또 다른 하루 동안에는 독서 교실을 진행하기 위한 사전교육과 준비를 한다.

4) 세부 프로그램

– 독서 클럽 참여자가 확정되면 함께 독서 달력을 만들기

– 청소년의 필독서 중에서도 참여자들이 흥미를 가질 수 있는 책을 선정한다.

- 참여자 모두가 책을 읽을 수 있도록 선정된 책은 20권을 구입한다.
- 참여자는 독서클럽 모임 전에 각자 선정된 책을 읽는다.
- 모임을 가지는 날에는 모두 독서감상문을 작성해서 온다.
- 독서 클럽에서는 책을 읽은 감상을 서로 나누며 토론하는 시간을 갖는다.
- 한 달에 한 번씩 참여자들이 스스로 평가를 하여 팀별로 우수학생 1명 씩 선정하여 책을 선물로 준다.
- 독서 교실을 진행하기 위하여, 참여자들은 초등학생의 선정도서를 함 께 읽고 논의하는 시간을 가진다.
- 참여자들은 다양한 프로그램들 중에서 해당 도서에 가장 적합한 프로 그램을 선정하여 독서 교실을 준비한다.

2. 독서 교실

1) 대상: 초등학생에 해당하는 1학년~5학년

2) 지역: 다딩 널렁 마을 스리 시데솔 공립학교

3) 횟수: 한 달에 두 번

- 독서 클럽의 20명의 학생들이 10명씩 나뉘어 한 달에 한 번씩 방문하 여 독서 교실을 진행할 것.

4) 세부 프로그램

- 독서 교실 계획하는 기간에 학년별로 수준에 맞는 책을 선정한다.
- 2주 전에 책을 학생들에게 빌려준 후, 독서 교실이 열릴 때까지 읽는다.
- 독서 클럽 10명의 여학생들이 2명씩 나뉘어 학년별로 수업을 진행한다.
- 수업 프로그램
  ① 독서의 중요성에 대한 안내
  ② 독서 이후의 감상을 그림으로 그리기

③ 독서감상문을 작성하기

④ 책 속의 주인공에게 편지쓰기

⑤ '내가 주인공이라면'이라는 주제로 글쓰기

⑥ 조별로 나누어 독서 토론하기

⑦ 조별활동으로 동화 역할극 하기

네팔, 그 곳에서
나는 희망을 보았다

펴 낸 날 2017년 1월 6일

지 은 이   정재연
펴 낸 이   최지숙
편집주간   이기성
편집팀장   이윤숙
기획편집   장일규, 윤일란, 허나리
표지디자인 장일규
책임마케팅 하철민
펴 낸 곳   도서출판 생각나눔
출판등록   제 2008-000008호
주   소   서울 마포구 동교로 18길 41, 한경빌딩 2층
전   화   02-325-5100
팩   스   02-325-5101
홈페이지   www.생각나눔.kr
이 메 일   bookmain@think-book.com

• 책값은 표지 뒷면에 표기되어 있습니다.
  ISBN 978-89-6489-674-7   03810

• 이 도서의 국립중앙도서관 출판 시 도서목록(CIP)은 서지정보유통지원시스템 홈페이지
  (http://seoji.nl.go.kr)와 국가자료공동목록시스템(http://www.nl.go.kr/kolisnet)에서
  이용하실 수 있습니다(CIP제어번호: CIP2016032708).